JAPANISCHE BIBLIOTHEK

FURUI YOSHIKICHI
DER HEILIGE

Roman

Aus dem Japanischen übersetzt
und mit einem Nachwort versehen
von Ekkehard May

Insel Verlag

Originaltitel: *Hijiri* (1975)

In der Japanischen Bibliothek werden alle Namen in ihrer ursprünglichen japanischen Gestalt belassen. Hierbei steht in der Regel der Familienname voran, gefolgt von dem persönlichen Namen oder einem Schriftstellernamen.

Die Japanische Bibliothek im Insel Verlag wird herausgegeben von Irmela Hijiya-Kirschnereit.

Erste Auflage 1993

Satz und Druck: Wagner GmbH, Nördlingen
Printed in Germany

DER HEILIGE

KAPITEL 1

Einmal war ich schon an dem kleinen Tempel vorübergegangen.

Die Last des Gepäcks auf dem Rücken hatte meine Schritte beschleunigt; ich war nicht stehengeblieben, hatte auch keinen Blick ins Dunkel hinter dem Lattenwerk der Fenster geworfen.

Eine schwarz verfaulte Blüte in einem Bambusrohr, ein zerbröckelnder, aber noch weißer Reiskloß und eine gelbe Baseballmütze mit einem kleinen Stein beschwert – auch dies eine Opfergabe? –, eine unbestimmte Düsternis ließ mich eher die Augen abwenden. Außerdem war es Zeit. Wenn ich mit dem letzten Nachtzug zurückkehren wollte, durfte ich auf dem Wege nicht mehr trödeln. Am Himmel, der schon begonnen hatte aufzureißen, war heftige Bewegung von schwarzen Wolken, die von den Bergen hertrieben; es sah aus, als sollte noch ein Schauer durchziehen.

Nachdem ich eine Weile weitergegangen war, kehrte ich jedoch um. Neben dem von Regen und Wind stark verwitterten Tempelchen, dessen Front und Tiefe wohl keine zwei Meter maßen, stand – von einem Schritt weiter unterhalb zugänglich – ein gleichfalls alter, aber solide aussehender Schuppen inmitten hüfthohen Sommergrases. Die Brettertür und die Fensterläden waren mit einem Ausdruck der Endgültigkeit verschlossen. Dahinter lag gleich der Fluß, am gegenüberliegenden Ufer drängten niedrige Berge heran.

Darin könnte man leicht den Unbilden der Witterung trotzen, dachte ich. Und einen Augenblick musterte ich die Hütte mit dem Blick eines Landstreichers, dem sie eine großartige Bleibe verspricht.

Natürlich hatte ich meine kleinen persönlichen Probleme, aber für einen vierundzwanzigjährigen Studenten, den nach seiner Rückkehr Familie und ein Zuhause erwartete, war es dennoch eine ausgefallene Idee: Ich wollte noch ein oder zwei Tage länger fortbleiben. Geld zum Übernachten in einem Gasthof hatte ich nicht, aber auch eigentlich keine Lust, einen Schuppen in einer völlig reizlosen Gegend am Fuße der Berge aufzubrechen, nur um dort eine weitere Nacht zuzubringen, nachdem ich schon vier Tage hintereinander in unbewohnten Berghütten genächtigt hatte.

Auf der anderen Seite der Straße erstreckten sich bis zum Deich des Hauptflußlaufes weithin Felder. Die halbreifen Reisähren waren hier und dort vom nächtlichen Unwetter niedergedrückt. Ungefähr hundert Meter voraus wölbten sich flache Hügel an der Straße. Ein Bauernhaus schob finster sein steiles Strohdach hervor; jenseits davon schien ein Dorf versteckt zu liegen. Dort, wo die Hochspannungsleitungen in der Ferne zusammenliefen, hatten sich schwarze Wolken versammelt und breiteten sich schließlich flach aus. Sie verflossen mit dem Rauch vieler Fabrikschornsteine, die am Horizont herausstachen, zu einem weichen Grau und ließen spüren, daß die Stadt so weit nicht mehr war. Ich ging die Straße weiter und an den Hügeln vorbei. Ein Dorf war freilich nicht zu sehen.

Vor vier Tagen war ich von einem Heißquellenbad am Fuße der Berge etwas weiter nördlich aufgebrochen, hatte zunächst den äußeren Gebirgskamm fast genau nach Norden hin in einem ganzen Tag durchschritten, war dann nach Westen geschwenkt, auf den inneren Bergkamm gestiegen und gerade einen Halbkreis beschreibend nach drei Tagen wieder Richtung Süden zurückgekehrt. Am Morgen hatte ich den Berg mit der Präfekturgrenze von Westen nach Osten überquert. Die Berge in dieser Gegend sind nicht allzu hoch, jedoch mit langem Anstieg; der innere Kamm ist zudem bis nahe an die Gipfel heran von dichten Urwäldern überzogen. Seit dem zweiten Tag, schon drei volle Tage lang, war ich nicht einem einzigen Menschen begegnet. Das lag wohl auch an der Jahreszeit, Ende August, etwas außerhalb der Saison. Am Abend zuvor hatte ich endlich einen Mann mittleren Alters getroffen, mit dem ich die Nacht in einer Hütte im Gebirgsmoor auf dem Kamm zubrachte. Er berichtete, daß er vorhabe, von hier aus die innere Bergkette zu durchsteigen. Bis spät in die Nacht, inmitten des Regenrauschens, das von Zeit zu Zeit Rufe wie von Eulen heranwehte, schüttete er mir in etwas selbstmitleidiger Art sein Herz aus, von seiner unverbesserlichen Neigung, auch in diesem Alter immer noch solche Alleingänge unternehmen zu müssen. Als er am Morgen sah, daß der Regen keinesfalls aufhören wollte, sagte er: »Das ist wirklich schlimm. Wollen wir nach Anraku gehen? Das ist paradiesisch, wirklich paradiesisch!« Und mit Bewegungen, als würde er schon ins heiße Wasser eintauchen, stieg er vom weit ausgedehnten Gebirgsmoor zum Bad hinab.

Auch ich wäre gern nach Anraku gegangen, aber zum Ausruhen in einem Badeort mit heißen Quellen waren meine Geldmittel viel zu knapp. Ich bekam von dem Mann einen Beutel mit Notverpflegung, die er nicht mehr brauchte, und stieg im Regen nach Osten auf. Weil ich keine freie Aussicht gewann, kroch ich – nur meine Füße im Blick – ungefähr eine Stunde aufwärts. Dann wurde ich aber von Entsetzen gepackt, als mir meine Haare mit knisterndem Geräusch buchstäblich zu Berge zu stehen begannen. Mit dem Gewitter im Rücken rannte ich – mehr rutschend und rollend – bergab und war im Nu wieder unten, in einem Tal im Osten. Selbst bis dorthin verfolgte mich das Gewitter, aber fürs erste war ich in Sicherheit.

Als ich den Weg am Bergbach entlangging, sah ich überall Bergrutsche vom Regen der vergangenen Nacht. In die lautlos gleitenden Schlammbäche hatte sich keilförmig Erde und Geröll hineingeschoben. Es sah so aus, als ob in der Oberfläche dieser Abhänge aus Erdmassen, die vom Berg bis zum Moor den Weg versperrten, eine gerade frisch ausbalancierte

Spannung steckte. Als ich am dritten Bergrutsch eine niedrige, verkrüppelte Kiefer zu Gesicht bekam, die mit den Wurzeln weggerissen war und ihre wunderlich roten Äste still über die Schlammflut hinstreckte, hockte ich mich wie ein kleines Kind nieder. Auf allen Vieren näherte ich mich langsam dem Baum und prüfte eine Zeitlang mit dem ganzen Körper, ob ich unter dem schrägliegenden Stamm hindurchkriechen oder über ihn hinwegklettern sollte. Schließlich erkannte ich, daß das Gepäck auf dem Rücken beim Hindurchkriechen im Wege wäre und setzte meinen Fuß in der Nähe der Wurzel auf. Als ich mein Körpergewicht sachte übertrug, driftete die Wurzel knirschend ein Stückchen weg und hielt dann inne. Ich schloß die Augen und dachte an den Schlammstrom in meinem Rücken. Für eine kurze Zeitspanne war ich eins mit dem Strom gewesen. In diesem Moment tauchte in meinem Kopf, wo es ganz weiß geworden war, unversehens und leichthin, wie ein treibender Baumstumpf, der berühmte Vers auf »Den Frühlingsregen / in sich sammelnd, ward er schnell ...« Ich lachte, allein wie ich war, mit dunkler, lauter Stimme. Es war eine grausige Komik, so als habe die Ewigkeit von mir Besitz ergriffen und lachte aus mir heraus. Mir lief ein Schauer über den ganzen Körper.

Von da an war meine Furcht betäubt, und ich überquerte in einem Zeitraum von mehr als vier Stunden an vielen verschiedenen Stellen abgerutschte Erd- und Geröllmassen in geradezu nachlässiger Art und Weise. Ich weiß nicht, beim wievielten Mal es war, als ich kurz nach dem Überqueren hinter mir einen dumpfen Laut hörte. Ein großer Klumpen Erde und Geröll hatte sich wie aus einer Laune heraus in Bewegung gesetzt, riß anderes mit sich und glitt munter abwärts. Bis zuletzt führte er ganz deutlich zwei Fußabdrücke von mir mit und versank dann im Wasser. Wellenmuster breiteten sich im Kreis aus, nicht anders, als wenn man einen Stein in einen Teich wirft, und wurden weggeschwemmt. In mir rührte sich nichts.

Erst als ich am Ausgang des Tales in einem kleinen Lädchen, das sich auf Bergsteiger eingerichtet hatte, mein Nudelgericht schlürfte, begann ich darüber nachzudenken, wie gefährlich es doch gewesen war. Es waren gerade mehrere Gruppen angekommen, die von der vorderen Bergkette abgestiegen waren. Sie machten ein großes Aufheben davon, daß die Busverbindung zur Stadt N. unterbrochen war. Weil auf der Straße eine Brücke weggerissen war, mußte man bis zur acht Kilometer entfernten Stadt am Unterlauf des Flusses zu Fuß gehen.

Wenigstens bis zur eingestürzten Brücke sollten sie uns doch entgegenkommen, beschwerten sich die insgesamt etwa zehn Mann einstimmig über die unzuverlässige Busfirma. Als wir dann mit der Ausgelassenheit einer plötzlich zusammengewürfelten Gesellschaft im Trupp am linken Ufer flußabwärts gingen, kamen wir nach einer Stunde an die etwa zwanzig Meter lange Holzbrücke zum rechten Ufer. Ihre Tragbalken waren abgetrennt und genau in der Mitte heruntergebrochen. Linker Hand mündete ein schmaler, aber tief eingeschnittener Seitenarm nach einer Biegung von fast einem rechten Winkel ein. Die primitive Hängebrücke, die darüber führte, war merkwürdigerweise unversehrt.

Als wir diese Brücke überquerten, war mir, als hätte ich etwas Seltsames inmitten des Wasserlaufes gesehen. Fast genau unter der Brücke, wo die Strömung Wirbel bildend gegen eine Sandbank stieß, war etwas aus dem Wasser emporgeschoben und wandte mir direkt das Gesicht zu, einen Augenblick sah es wie ein Totenschädel aus . . .

Die anderen, die sich bei der Betrachtung der eingestürzten Brücke über Befestigungsarbeiten unterhalten hatten, waren unversehens in den Ton unbeteiligter Beobachter verfallen; jetzt sprachen sie über Tōkyō, wo wegen der Olympiade im nächsten Jahr alles um und um gewühlt wurde und sich das Erscheinungsbild der Stadt von Tag zu Tag änderte.

Auf der anderen Seite der Brücke angelangt, fühlte ich plötzlich einen Schmerz im linken Fußgelenk, der meine Aufmerksamkeit ablenkte. Ich setzte mich am Wegrand nieder, zog den Bergschuh aus und untersuchte den Fuß. Tatsächlich, der Knöchel war geschwollen, wahrscheinlich von der unvernünftigen Gangart, mit der ich über die Erdrutsche hinweggesetzt hatte. Inzwischen gingen die anderen einzeln über Feldraine weiter. Als sie dann den Deich des Flusses hinaufstiegen, bildeten sie ganz von selber eine Reihe. Ich überlegte, wie mühsam es für mich sein würde, aber hier sitzen zu bleiben, hatte auch keinen Sinn. So stand ich schnell auf und bog ebenfalls in einen Feldrain ein. Weil mir aber jeder Schritt weh tat, wenn sich der Fuß beim Einsinken in die weiche Erde verdrehte, verließ ich vorerst wieder den Rain und ging dafür eine Weile auf einem mit kleinen Steinen bedeckten Weg, der die Felder umfaßte und ein Stück mit dem Deich parallel verlief.

Allmählich gewöhnte ich mich daran, beim Gehen den Fuß nachzuziehen. Auf der linken Seite des Weges sproß üppiges Sommergras; etwas weiter dahinter, den Rand niedriger Berge entlang, war das Rauschen eines Wasserlaufes zu hören. Es war derselbe Fluß, den ich vorhin auf der Hängebrücke überquert hatte, aber unversehens hatte ich die Richtung der Strömung verwechselt und meinte, an einem Fluß entlangzugehen, der gleichlaufend mit dem Hauptfluß hinunter zur Stadt führte. Je weiter ich ging, desto mehr dehnten sich die Felder zur Rechten aus, der Deich rückte in die Ferne, und die Gestalten, die in einer Reihe darüber hinwegschritten, zeichneten sich scharf vor dem regenverhangenen, dämmrigen Himmel ab. In derselben Richtung, wohin die Hochspannungsleitungen, die Ebene schräg durchschneidend, verliefen, wurden sie immer kleiner, aber ich nahm es gar nicht mehr recht wahr. Und dann war ich an dem kleinen Tempel vorübergegangen.

Nach einer Weile wurde es noch dämmriger, und während ich dahinschritt, die Augen nur auf meine Füße gerichtet, wurde das Rauschen des Flusses immer kräftiger. Ich vermeinte fast, ihn auf mich zustürzen zu hören. Dann hob ich meinen Kopf, schaute rechts und links über die näherrückenden niedrigen Berge und wurde gewahr, daß ich der Ebene den Rücken gekehrt hatte und in ein Seitental hineinging. Ein heftiger Regen hatte eingesetzt.

Ich machte auf der Stelle kehrt und rannte den Weg zurück, den ich gekommen war. Dabei verstauchte ich mir den schmerzenden Fuß noch einmal, und diesmal gründlich.

Eine merkwürdige Hast hatte von mir Besitz ergriffen. Weil ich nicht stehenbleiben mochte, lief ich mit schmerzverzerrtem Gesicht entsetzlich humpelnd durch den Regen weiter. Ich überlegte nicht einmal, wohin ich eigentlich laufen sollte.

Als der Schuppen vor mir auftauchte, wußte ich endlich, was mein Ziel gewesen war. Ich lief näher heran und sah, daß vor der Brettertür auf der stromaufwärts gewandten Seite ein großes Schloß hing. Ich zog an den Läden der zur Straße gewandten Fenster – sie bewegten sich keinen Millimeter. Als ich weiter, am Tempelchen vorbei, um den Schuppen herumging, fand ich auf der gegenüberliegenden Seite der Brettertür noch ein niedriges Türchen, das nur gebückt Einlaß bot. Hier war ein kleines Schloß angebracht. Jetzt, da ich vollständig vom Tempel verdeckt war, rüttelte ich wie verrückt an der Tür. Dann hielt ich inne, wandte mich in ganz unnachgiebiger Stimmung zu seiner Rückseite. Dort blieb mein Blick an einem ganz genau gleichen Türchen hängen, das sich nahe der Ecke in der Unterseite der Bretterwand befand. Ehe ich mir noch etwas überlegte, ging ich langsam darauf zu.

Als ich die Hand ausstreckte und vorsichtig zog, öffnete sich die Tür ohne weiteres nach außen. Ich nahm den Rucksack ab und setzte ihn auf den Boden. Dann schob ich mich zuerst ganz hinein. Durch die Lattenfenster der Vorderseite drang das weiche Licht des Regenhimmels; allzu dunkel war es nicht. Gleich am Eingang war ein Stück gestampftes Erdreich zum Ausziehen der Schuhe, dahinter ein hüfthoher Dielenboden. Weil mich die so sehr ehrfurchtgebietenden Buddhabilder in Verlegenheit brachten, schaute ich nur kurz ins Innere, indem ich meine Hände auf den Dielenboden aufstützte. Sechs etwa drei Fuß hohe Jizō-Statuen, deren Gesichtszüge schon Spuren von Verwitterung zeigten, standen etwas unordentlich nebeneinander vor der Wand, ihre Gesichter ungefähr zur Vorderseite ausgerichtet. Merkwürdigerweise lag auf den Dielen kein Staub. Im ganzen sah es nicht so trübsinnig aus, wie es von außen den Anschein erweckt hatte; dazu war es unerwartet warm. Ich zerrte den Rucksack herein und schloß die Tür. Vor ihnen herumzugehen erschien mir bei allem doch etwas gotteslästerlich, so setzte ich mich wie ein siebter Jizō zu ihnen hinten an die Wand, machte mich klein und umfaßte meine Knie.

Zuvor hatte ich meine Hände wie zum Gebet zusammengelegt, um das zu tun, was sich in dem Raum, den ich als Bleibe in Anspruch nahm, gehörte. Ich ließ es aber gleich wieder, denn es kam mir so seltsam eingelernt und wie eine theatralische Handlung vor.

Mir war immer noch nicht klar, warum ich so versessen darauf gewesen war, ein Dach über den Kopf zu bekommen, wo ich doch vom Morgen an so völlig ungerührt durch den Regen gegangen war. Mein durchnäßter Körper hatte von innen heraus geglüht und keine Kälte empfunden. Erst jetzt, da ich mich nicht mehr bewegte, traten unerwarteterweise stechende Schmerzen im Fußgelenk auf.

Kurz bevor ich einschlief, erschienen für einen Moment die beiden einander schräg gegenüberliegenden, so heimlich verschlossenen Türchen des Jizō-Tempels und des Schuppens ganz deutlich vor meinen Augen. Es mußte jemanden gegeben haben, für den es ein vertrauter Weg war, jeden Abend, jeden Morgen. So jedenfalls kam es mir vor.

Als ich wach wurde, herrschte im Inneren wie außerhalb des Tempels die gleiche Dunkelheit. Ich hatte Kopfschmerzen und fror; außerdem bekam ich Fieber. Meinen linken

Fuß nachziehend, ging ich an die Tür mit dem Gitterwerk, legte mein Gesicht daran und spähte hinaus. Über den Feldern, wo es noch nicht ganz Nacht geworden war, ging weiter still der Regen nieder. Der Himmel, der gleichmäßig dunkel war, barg am Horizont, jenseits des Deiches, noch rötliches Licht. Das war die Richtung der Stadt N. Länger stehenbleiben konnte ich jedoch wegen der Schmerzen nicht. So holte ich den Schlafsack hervor, breitete ihn vor den Jizō-Statuen aus, warf Taschenlampe, Feldflasche, eine Flasche mit Whisky sowie den Beutel mit der Notverpflegung, den ich heute früh von dem Mann in der Berghütte bekommen hatte, ans Kopfende. Nachdem ich mir ein Fiebermittel in den Mund gesteckt und mit Wasser hinuntergespült hatte, kroch ich in den Schlafsack. Durch das Lattenwerk blies zwar Wind herein, aber ich hatte schon viele Male in Hütten übernachtet, wo es ganz ähnlich gewesen war. Sobald ich mich im Schlafsack erwärmt hatte, schlummerte ich ein.

Mitten in der Nacht wurden die Gesichter der Jizō von einem schwachen Schein erhellt und schauten vereint zu mir herunter. Während ich mir noch überlegte, daß ihre Gesichtszüge verglichen mit tagsüber doch an Lebendigkeit gewonnen hatten, verschwanden sie wieder im Dunklen. Ich erhob mich mit einem Ruck, stieg in dem Gefühl, mich hier schon gut auszukennen und ohne die Taschenlampe anzumachen, vom Dielenboden herunter und ging durch das Türchen hinaus in den Regen, wo ich auf der Rückseite des Schuppens gegen die Sommergräser gewandt Wasser ließ. Als ich wieder im Schlafsack auf dem Rücken lag, verspürte ich plötzlich Hunger. Ich streckte meine Hand zum Kopfende hin aus und legte mir den Beutel mit den Eßsachen auf die Brust. In der Tüte fanden sich Käse, Cracker und Schokolade, dazu – vielleicht die Spezialität jenes Mannes – süßsaure, mit Senf gewürzte Pickles, stückchenweise in Silberpapier eingewickelt. Es gab sogar ein Päckchen mit einem kräftig nach Knoblauch riechenden Pulver, das wohl so etwas wie ein Stärkungsmittel war. Ich schob mir, im Dunklen so auf dem

Rücken liegend, die Sachen in den Mund, wie ich sie gerade in die Hände bekam. Daneben führte ich die Wasser- und die Whiskyflasche vom Kopfende her abwechselnd an die Lippen. Ich aß, bis ich satt war, und schlief dann.

Nach einiger Zeit schlug ich wieder die Augen auf. Am Unterleib spürte ich eine starke Spannung. Wieder schwebten die sechs Jizō-Gesichter im Raum und blickten ganz deutlich zu mir herunter. Dann verschwanden sie, als würden sie in Richtung auf meine Füße hin wegtreiben. Das gleiche wiederholte sich mehrere Male. Das Dämmerlicht kam ganz offensichtlich durch das Lattenwerk herein. Zuerst war es nur eine Andeutung von Helligkeit, dann ließ sie unvermittelt die sechs Gesichter hervortreten, glitt dann, langsam schwächer werdend, schräg nach unten.

Es mochten wohl die Lichter eines Autos sein, das in der Ferne fuhr. Die Straße von N. verlief an zwei, drei Stellen genau in die hiesige Richtung und bog dann wieder ab. Allerdings konnte es zu dieser Stunde kaum jemand auf der Rückfahrt von der Arbeit sein. Vielleicht hatte er mit einer Frau geschlafen und saß jetzt allein auf dem Weg durch die Nacht mit der Hand am Steuer . . .

Die Jizō schauten tatsächlich zu mir her. Am Tag hatte es so ausgesehen, als seien sie nachlässig aufgestellt und würden halbwegs genau zur Frontseite ausgerichtet sein. In Wirklichkeit schien es aber eine ganz subtile Anordnung zu geben. Und zwar in der Weise, daß sich die Blicke der sechs Statuen nicht auf dem Menschen, der ihnen vor dem Lattenwerk seine Verehrung erwies, sondern auf dem Menschen, der vor ihnen lag, versammelten, von seiner Brust bis zum Unterleib. Irgend jemand hatte es ganz bewußt so eingerichtet. Irgendein Mann hatte hier von Zeit zu Zeit allein geschlafen. Das spürte ich auf seltsame Weise unmittelbar körperlich.

Aber bei alledem, wie kam es, daß ich mich an einem solchen Ort nicht fürchtete? Das fragte ich mich, während die Spannung immer noch anhielt. Gestern abend hatte ich einen Gefährten gehabt, aber vorgestern abend sowie die vorangegangenen Nächte hatte ich allein in Gebirgshütten verbracht und mich nicht im geringsten gefürchtet. Dabei hatte ich es gleichermaßen körperlich gespürt, wie die Feldmäuse raschelnd um meinen Schlafsack herumhuschten.

Früher war das ganz anders gewesen. Früher hatte ich zum Beispiel schon beim Anblick eines großen Keyaki-Baumes, dessen zitternde, kahle Äste sich vor dem Winterhimmel scharf gezeichnet unendlich verzweigten, die Empfindung gehabt, als würde sich meine Begierde nach einer Frau von den Füßen aus über den Erdboden hin ausbreiten, den Stamm emporsteigen und sich dann – bis in die letzte dünne Astspitze vordringend – verlieren. Jetzt aber war ein Ort wie dieser hier gerade passend.

Ich umfaßte mein steifgewordenes Glied, aber es gab da einen anderen Gefühlsausdruck als früher. Er war dem sehr ähnlich, mit dem ich mich zu dem Schuppen umgeblickt hatte, nachdem ich bei Tage an dem Jizō-Tempel vorübergegangen war.

Das ganze hatte tatsächlich etwas Theatralisches. Aber um es bloß so zu bezeichnen, war der Drang zu echt und gewichtig. Alles was mein Selbst ausmachte, strebte unablässig danach, sich in eine unerhört düstere Existenz zu verwandeln.

Wenn ich meine Augen schloß, fühlte ich, daß alles im weiten Umkreis, Belebtes und Unbelebtes, ohne Unterschied Qualen litt. Eine Vorahnung gleicher Qualen war auch in meinem Inneren. Daher hielt sich ein Gleichgewicht mit der Umgebung, und daher fürchtete ich mich auch nicht. Auch gestern abend war das so gewesen, den Abend zuvor und noch einen Abend früher . . .

Als ich die Augen wieder aufschlug, war die Sonne schon bis über das breite Vordach herumgewandert und ergoß ihr Licht schwer über die Reispflanzen, die alle ihre Ähren aufgerichtet hatten. Die Zikaden zirpten ohne Unterbrechung mit schläfrigen Stimmen. Ich schaute auf die Uhr; es war schon kurz vor Mittag. Das erste, was ich empfand, war Hunger. Ich rollte den Schlafsack zusammen, hob den Papierbeutel und die Feldflasche auf, schlüpfte durch das Türchen und ging, das Sonnenlicht suchend, zur Vorderseite des Tempels. Ich stellte die Feldflasche neben die Blumenvase und hielt meine Mahlzeit mit untergehaltener Papiertüte ab. Im Fußgelenk war noch ein schwacher Schmerz zurückgeblieben. Ich prüfte seinen Zustand, indem ich essend vor dem Tempelchen auf und ab wanderte. Wenn ich Durst hatte, nahm ich einen Schluck aus der Feldflasche und spazierte so eine lange Zeit gedankenverloren im Licht des Mittags herum, das mir fast die Augen blendete. Während des Gehens zog ich die Jacke aus, dann das Bergsteigerhemd und hatte schließlich nur noch ein vom Schweiß schon gelblich verfärbtes Unterhemd an. An den Füßen schlurfte ich meine Schnürstiefel mit ungebundenen Senkeln nach.

Die kleine Hängebrücke entdeckte ich, als ich mit der ausgeleerten Feldflasche in der einen Hand an der linken Seite des Tempels durch das Sommergras ging und wie von ungefähr einer Andeutung von Fußspuren mit den Augen folgte. Es war eine ganz einfache Brücke von knapp vier Metern Länge; von den Holzrahmen auf beiden Ufern waren grobe Seile gespannt und kleine Äste zum Gehsteig geschichtet. Sie sah zwar nicht gerade sicher aus, aber da sie nur über eine Tiefe von zwei Metern führte, betrat ich sie ohne Bedenken. Kurz hinter der Brücke ging es gleich steil nach oben, und blanker Felsen schaute heraus; dort sprudelte eine Quelle.

In der Tat, das ist also die Wasserstelle für die Hütte, dachte ich, während ich mir die trockene Kehle befeuchtete und die Feldflasche ganz auffüllte. Dann aber erschien mir mit einem Mal der Aufwand doch etwas übertrieben, für einen Schuppen – noch nicht einmal in den Bergen – eigens eine Brücke zu einer Wasserstelle zu spannen, und ich schaute mich nach beiden Seiten um. Rechts fiel der Steilhang bis zum Flußbett ab, links gab es zwischen Berg und Flußbett eine kleine, etwa halbkreisförmige Mulde, die die Sommergräser sprießen ließ. Nur etwa dreißig Meter weiter wurde sie wieder von einem Steilhang abgeschnitten.

Zeit hatte ich genug. So schlenderte ich mit der Feldflasche in der Hand langsam ins grüne Dickicht hinein. Der Boden federte weich unter den Füßen. Ich kratzte ein wenig davon mit den Fingernägeln heraus und prüfte ihn; es war eine sehr feinkrumige, fruchtbare schwarze Erde. Auf dem Ödland hier wucherte zwar alles wild durcheinander, aber trotzdem hatte ich das Gefühl, über bebautes Feld zu gehen. Sogar das Auf und Ab wie von Furchen war zu spüren, was in meinem lädierten Fuß wieder einen dumpf stechenden Schmerz hervorrief. Plötzlich stieß ich mit dem Fuß an etwas und stolperte fast. Als ich mich umsah, entdeckte ich einen kopfgroßen runden Stein, der wie wild davonrollte; er hatte inmitten des Grases halb in der Erde gelegen.

Ich lief ein Weilchen weiter und kam bis zu der Stelle, wo die Erde – wahrscheinlich eine Spur des zweitägigen Regens – fächerförmig herausgebrochen und zusammen mit dem Gras ins Flußbett hineingeschoben war. Ich kauerte mich am Rande hin. Mein Blickfeld wurde durch die Sommergräser eingeengt. Jetzt war alles nur noch aufgebrochene schwarze Erde und tiefblauer Himmel. Meine düstere Existenz, die ich aus den menschenleeren Bergen hergeschleppt hatte, war hier, so wollte mir scheinen, zu einem Endpunkt gekommen.

In die Stille drang außer den Stimmen der Grillen nur das friedliche Rattern eines Motorrades in der Ferne. Dazu hörte ich drinnen in mir das Keuchen von Männern und das Stöhnen einer Frau und wußte nicht, ob es aus der Erinnerung kam oder eine Halluzination war. Und dann beobachtete ich, wie dort, wo gerade Erde ins Flußbett hinabrutschte, etwas dahinrollte, das aussah wie ein runder, ungebrannter und beschädigter Krug. Ehe ich noch bemerkte, was es wirklich war, und erschrak, hatte ich es schon eine Zeitlang intensiv mit den Augen verfolgt.

Es war ganz ohne Zweifel ein Totenschädel. Und mir kam es vor, als müßten hier noch mehr sein. So suchte ich den Boden sorgfältig mit den Augen ab. Da knisterte die Hängebrücke und begann zu schwanken. Als ich mein Gesicht hob, stand in ihrer Mitte eine junge Frau in einem weißen, nachtkleidartigen Gewand. Sie beugte sich über das Geländer vor und war furchteinflößend schön. Mit einem triumphierenden Gesicht schaute sie unverwandt zu mir herüber.

Ich tauchte blitzschnell ins grüne Dickicht ein und kroch in der gleichen Geschwindigkeit, mit der die Frau über die Brücke geschritten kam, auf die Brücke zu, aber so, daß wir aneinander vorbeigehen mußten. Als sie am diesseitigen Ufer angelangt war und das Gras zerteilend in meine Richtung schritt, sprang ich aus dem Grase heraus auf die Brücke, die ich ganz vorsichtig überquerte. Auf der anderen Seite blickte ich mich um. Es schien so, als hätte ich die Aufmerksamkeit der Frau erfolgreich in die verkehrte Richtung gelenkt; ihre Gestalt war nirgends zu entdecken. Als ich aber bis zur Ecke der Hütte gekommen war und mich erneut umsah, schickte sie sich gerade an, die Brücke wieder zu betreten, und schaute starr herüber. Ich rannte wie ich war von der Rückseite her in den Tempel hinein und versteckte Schlafsack und Rucksack hinter den Jizō-Statuen; mit einer Hand hielt ich die kleine Tür fest zu und kauerte mich auf den gestampften Boden hin. Als mir einfiel, daß ich Jacke und Hemd vor dem Tempelchen liegengelassen hatte, war es schon zu spät. Alles, was ich mir jetzt wünschte, war, aufzugeben und nach vorne hinauszusehen, nur hatte ich keine Lust, mich ausfragen zu lassen.

Endlich hörte ich die Schritte auf der Vorderseite herankommen, ein weißes Gesicht tauchte inmitten der Helligkeit des Gitterwerkes auf. Ich bemerkte erst jetzt, daß auch die Front zu öffnen war.

»Du bist doch da drinnen. Komm schon raus!« Und dann hielt sie ihr Gesicht ein wenig schief, als wollte sie die Stirn gegen das Lattenwerk drücken, und zog ihre Brauen steil nach oben.

»Ich weiß, daß du da bist, auch wenn du dich versteckst. Puh, dieser Geruch – Whisky und Knoblauch . . .«

KAPITEL 2

Ich räusperte mich einmal als Zeichen der Entschuldigung und zerrte dann wie ein Hund mein Gepäck rückwärts durch das kleine Türchen hinaus. Draußen stand die junge Frau schon an der Ecke des Tempels und hielt meine Jacke und das Bergsteigerhemd an die Brust gedrückt. Sie hatte ein Gesicht, wie man es in der Stadt häufig sieht; merkwürdig, daß sie mir auf der Brücke so furchteinflößend schön vorgekommen war. Zwar hatte sie eine feine, weiße Haut und ihr Kinn war schlank und straff, aber sonst war glücklicherweise nichts an ihrer Erscheinung, was eine Schönheit ausgemacht hätte.

»Student, nicht wahr? Wohl aus Tōkyō?« Es war ein Blick, mit dem man seinen neuen Angestellten mustert. Während ich am Boden kauernd meinen Schlafsack zusammenpackte, ging mir die komische Frage durch den Kopf, ob denn etwa die Sünde, im Tempel geschlafen zu haben, schwerer oder leichter zählt, wenn man Student ist.

»Wie viele Tage bist du schon in den Bergen?«

»Seit fünf Tagen.«

»Sie werden sich Sorgen machen, deine Eltern.«

Was hatte sie hier die Eltern mit hineinzuziehen! Mit mürrischem Gesicht leerte ich den Rucksack aus und stopfte den Schlafsack zuunterst hinein.

»Hast du keine Eltern?«

Als ich verblüfft hochschaute, sah die Frau mit suchendem Blick zu mir herunter. Sie war etwa im gleichen Alter wie ich, aber im Gegensatz zu mir verriet ihr Gesichtsausdruck, daß sie Erfahrung mit ihrer eigenen Rolle als Teil eines Ganzen hatte. Während ich mir die beklemmenden Dinge ins Gedächtnis rief, die ich auf der anderen Seite des

Flusses gesehen hatte, ging ich zu einer absichtlich rauhen Sprechweise über.

»Die sind ganz munter !«

»Aha, dann warten sie zu Hause auf dich, nicht?«

In ihren leise gesprochenen Worten klang leichte Enttäuschung mit. Ich fuhr ungerührt fort, mein Gepäck zu ordnen.

»Aber dann darfst du doch hier nicht so herumbummeln, oder?«

»Meine Eltern wissen nichts davon. Wir leben nicht zusammen.«

»Ach so, du bist allein... Aber wohl schon auf dem Heimweg?«

»Jaja, mein Geld ist alle. Vielen Dank für das Nachtlager bei euch. Leider kann ich kein Opfergeld spenden; ich bitte um Nachsicht!«

Ich klopfte einmal kräftig auf den fertig gestopften Rucksack, damit der Inhalt sich besser verteilte, und streckte dann meine Hand rasch zu der Frau hin aus. Sie wich, die Jacke an sich drückend, ein wenig mit den Schultern zurück, sagte aber schnell mit leicht belegter Stimme:

»Ich möchte, daß du mich anhörst!«

Sie lief mit kleinen Schritten an mir vorbei, kauerte sich vor dem Türchen des Schuppens nieder und verschwand so schnell in seinem Inneren, daß sie das Schloß schon vorsorglich geöffnet haben mußte.

Nachdem sie mich dreimal gerufen hatte, ging auch ich hinein. Der Holzladen des Fensters zur Flußseite war mit einem Stock nach draußen hin hochgestellt. Es war hell und überraschend sauber. In der Mitte des Raumes war sogar eine kleine Feuerstelle eingelassen; auf beiden Seiten davon lagen Strohmatten. Während die Frau sich ganz ungezwungen mit dem Rücken zum Fenster niedersetzte, strich sie den Saum ihres Kleides ganz leicht an beiden Knien herunter. Dann saß sie mit einer Haltung da, die Unentschiedenheit verriet.

»Bis zum letzten Jahr habe ich auch ziemlich lange in Tōkyō gelebt«, sagte sie lächelnd und schaute mich an, doch ich wich ihrem Blick aus und sah mich von dem schmalen Stampfboden aus, der ungefähr so groß war wie in dem kleinen Tempel, in der Hütte um. Auch im hinteren Teil, in Wahrheit die Seite mit der Vordertür, war ein Stückchen ungedielten Bodens etwa von Mattengröße. Zur Rechten stand ein Herd, zur Linken war etwas Brennholz aufgeschichtet. Von außen schien die Hütte genauso groß wie das Tempelchen zu sein, aber selbst wenn sich zwei Leute in ihr befanden, ein Mann und eine Frau, hatte man nicht das Gefühl von Beengtheit. Es kam mir vor, als erfüllte auf seltsame Weise ein Raum das Innere, der doppelt so groß war wie von außen zu sehen.

»Hat hier jemand gewohnt?«

»Das Haus steht schon über zehn Jahre leer. Warum?«

»Na, weil alles so sauber ist.«

»Ich habe vor ein paar Tagen gründlich geputzt.«

»Soll hier jemand wohnen?«

»Nein ... Was ist, warum kommst du nicht rauf?«

Ich näherte mich mühsam der Feuerstelle. Die Frau blickte auf meine Füße und sagte, als ich auf der Matte neben ihr im Schneidersitz Platz genommen hatte, wie bedauernd:

»Für deine Verfassung kletterst du aber ganz schön in den Bergen herum!«

»Ja, so sieht's aus, aber ich bin zäh!«

»Mußt du wohl sein. Hast du das schon seit deiner Jugend?«

»Was?«

»Die Behinderung mit dem Fuß.«

»Behinderung? ... Ich hab' mir ihn gestern gerade verstaucht.«

»Oh, wirklich? Aber dafür bist du recht gewandt!«

Ich versuchte gar nicht erst, es mit Lachen zu überspielen. Mürrisch holte ich meine Zigaretten heraus. Es sah so aus, als ob ich tatsächlich eine ziemlich klägliche Figur bei meiner Flucht geboten hatte. Die Stimmen der Zikaden drangen wieder an mein Ohr.

»Wer bist du?«

»Da, wenn du an der Vorderseite des Tempels vorbeischaust, siehst du ein Dach, nicht wahr? Ich bin die Tochter aus diesem Haus.«

»Machst du Feldarbeit?«

Die Frau zeigte mit einer raschen Bewegung ihre weißen, glatten Handflächen, als strecke sie mir die Zunge kurz heraus. Dann lachte sie, sich zu dem verschlossenen Fenster abwendend, leise vor sich hin. Aber das Lachen kam wieder auf mich zu.

»Warum bist du weggelaufen?«

»Weil du mich verfolgt hast.«

»Ich bin dir gefolgt, weil du weggelaufen bist.«

»Ich war zum Wasserschöpfen gegangen.«

»Dann hast du's sicher gesehen?«

»Ja, und am Unterlauf auch. Im Wasser treibend.«

»Das Wasser braucht nur etwas anzusteigen, dann passiert es.«

Sie sprach in einem Tonfall, als ob nichts Besonderes daran wäre. Ich beschloß, von mir aus keine Fragen zu stellen. Auch die Frau schwieg eine Zeitlang.

»Es sind Gräber.«

»Ah ja, aus alten Zeiten.«

»Nein, noch bis zu der Zeit, als ich Kind war.«

»Gräber von Leuten ohne Angehörige oder solche, die unterwegs gestorben sind zum Beispiel?«

»Es sind die Gräber vom Dorf. Alle Leute vom Dorf kommen dorthin!«

»Feuerbestattung ...«

»Es war Erdbestattung.«

»Und ein Tempel?«

»Mit einem Tempel hat das dort nichts zu tun!«

»Wieso?«

»Was heißt wieso, es ist eben der hiesige Brauch!«

»Aber, ist es nicht pietätlos, sie so verkommen zu lassen?«

»So ist es eben, dort, seit alten Zeiten!«

Eine heftige Entrüstung, die ich gar nicht an mir kannte, begann sich über meinen ganzen Körper hin auszubreiten, sie schlug aber gleich in blankes Grausen um. Da hatte ich mich, ohne es zu wissen, über den unzähligen Toten hingekauert und meinen düsteren Träumen nachgehangen. Die Erde dort, die Gräser, das waren die Leiber der Toten. Das Schrecken einflößende Gesicht der schönen Frau, die sich halb über die Brücke gelehnt hatte – mir kam es vor, als wenn es jetzt von dem hellen Fenster im Rücken der Frau, die auf die Asche der Feuerstelle schaute, wieder zu mir herblickte. Mir wurde unbehaglich und drückend zumute, so brach ich von mir aus das Schweigen.

»Was wolltest du von mir?«

»Könntest du, bitte, ein paar Tage hierbleiben?«

»In diesem Dorf, wozu?«

»Nein, hier in der Hütte. Meine Großmutter liegt im Sterben.«

»Ich bin kein Medizinstudent!«

»In zwei oder drei Tagen stirbt sie.«

»Und was willst du? Was soll ich tun?«

»Du brauchst dich nur in dieser Hütte aufzuhalten. Es genügt, wenn man dich vom oberen Stockwerk meines Hauses aus am Morgen und am Abend sieht. Wenn du Langeweile hast, kannst du tagsüber in die Berge steigen oder einen Ausflug in die Stadt machen. Ich gebe dir Geld. Ich bringe dir auch Essen und Sake. Sieh es als Rettung eines Menschen. Ich bitte dich darum; es ist für das Leben im Jenseits!«

Ihre dünne Stimme war erregt. Sie hatte ihre Hände vor der Brust fest aneinandergedrückt und blickte mir in die Augen. Ich war ratlos und schwieg. Mein Körper hatte unwillkürlich auf die flehentliche Bitte der Frau reagiert; ich atmete schwer. Anbetung weckte das Tier in mir...

»Nimm bitte die Hände runter!«

»Du willigst ein?«

»Ich möchte erst einmal eine Erklärung.«

»Ja, sicher. Du bist doch vorhin vor dem Tempel auf und ab gegangen und hast irgend etwas aus einer Tüte gegessen?«

»Ja, das war mein Frühstück.«

»Großmutter hat dich gesehen. Vom Fenster des Webstuhlraumes im Obergeschoß. Sie kriecht ab und zu einmal bis zum Fenster vor.«

»Und dann hat sie irgendwas ...«

»›Der Heilige Mann ist gekommen‹, fing sie an zu schreien und wollte nicht mehr auf uns hören. Sie kann Früher und Jetzt schon nicht mehr auseinanderhalten.«

»Ein ›Heiliger Mann‹, das ist doch wohl ein Mönch, der asketische Übungen macht?«

»Nein, ein ganz gewöhnlicher Bettler, ein Landstreicher. Na ja, ein Sutra hat er wohl doch lesen gelernt!«

Ich erschrak, wie verächtlich der Ton des Mädchens plötzlich geworden war, und nahm unwillkürlich eine abwehrende Haltung ein. Die vergangene Nacht im kleinen Tempel kam mir in den Sinn. Ich hatte das Gefühl gehabt, daß sich früher hier jemand aufgehalten haben mußte.

»Der hat hier in der Hütte gewohnt, nicht?«

»Vor über zehn Jahren schon, der letzte.«

»Der letzte? Das heißt, früher waren schon viele ...?«

»Alle, die sich hier niedergelassen haben, sind nach ungefähr fünfzehn Jahren wieder aus dem Dorf verschwunden. Und bis es den nächsten wieder hierher verschlug, war die Hütte ein paar Jahre frei. Dies war dann die Zeit, wo man nicht sterben konnte, selbst wenn man wollte – sagt Großmutter.«

»Was mußte er machen, dieser Bettler?«

»Gewöhnlich die Jizō und die Gräber pflegen.«

»Und dafür bekam er wohl freie Kost? Aber wieso ›Heiliger Mann‹? Was tat er denn außerdem?«

»Alle, die starben, erhielten seinen Beistand.«

»Das ist doch wohl die Pflicht des buddhistischen Priesters!«

»Der Beistand danach.«

»Danach . . .?«

»Ganz zuletzt kamen sie den Hügel herunter, diesen Weg hier entlang, wurden von dem Heiligen Mann an den Jizō vorbeigetragen und gingen dann über die Hängebrücke. Ich habe es als Kind selbst gesehen.«

»Dann hat der Bettler damals sicher auch kranke Füße gehabt!«

Das Mädchen lachte auf, schlug aber die Augen nieder. Auch ich senkte meinen Blick. Jetzt saßen wir da, als starrten wir am hellen Mittag im Sommer zusammen in die Flammen der Feuerstelle.

Ein Mann, so überlegte ich mir, sieht sich im Hinblick auf seine Arbeit einer ebenso unverhohlenen Forderung gegenüber, wie es einer Frau mit ihrem Körper ergeht. Undeutlich spürte ich, daß das Verlangen der Frau sich nicht so sehr von einem der Art unterschied wie ›Hol mir Wasser!‹ oder ›Spalte mir Brennholz!‹ Während ich hier so stumm vor dem Mädchen saß, glich ich ganz und gar einem Mann, dem unversehens eine harte körperliche Arbeit abverlangt wird und der sich – Zwiesprache mit seinem Körper haltend – unschlüssig hin und her überlegt, ob er ablehnen soll oder doch wohl nicht, sei es, weil er erschöpft ist, es zu heiß oder zu kalt ist oder ihm der Lohn nicht paßt. Danach tauchte vor meinen Augen das Bild des Mannes auf, der nach getaner Arbeit den Sake trinkt, den man ihm gebracht hat. Ich hob mein Gesicht.

»Aber ihr wollt sie mich doch wohl nicht tragen lassen?«

»Wohl kaum. Es gibt ein reguläres städtisches Krematorium. Wir sind jetzt nämlich auch Stadt.«

»Dann ist doch der Heilige Mann überflüssig!«

»Großmutter meint, sie könne nicht sterben, wenn sie mit

Petroleum zu Asche verbrannt würde. Und es scheint tatsächlich so.«

»Und, was hast du vor?«

»Ich möchte sie in dem Glauben sterben lassen, daß der Heilige Mann sie über den Fluß bringen wird.«

»Aber das ist doch Unrecht!«

»Ist es nicht eher Unrecht, sie so sterben zu lassen? Außerdem, da du erschienen bist, ist es doch schon halbwegs die Wahrheit!«

»Mach keine Witze! Ich bin doch nur ein normaler Sterblicher, der Strafe verdiente.«

»Das ist doch gleichgültig! Das waren alle, die hier vorher gewohnt haben!«

»Na, ganz gewöhnliche Bettler werden sie wohl nicht gewesen sein. Ich dagegen habe mich immer möglichst wenig mit dem Sterben beschäftigt.«

»Vielleicht doch nicht? Als ich dich, von Großmutter darauf aufmerksam gemacht, das erste Mal sah, hatte ich, um die Wahrheit zu sagen, vorgehabt, dich für einen Job zu engagieren. Ich dachte, wenn ich mir einen passenden Vorwand ausdenke, etwa Grasschneiden oder etwas Ähnliches, könnte ich dich dazu bringen, zwei, drei Tage hier zu übernachten. Hauptsache, vom Fenster aus hätte es den Anschein, daß sich jemand in der Hütte aufhält. Aber als ich dich dann von der Brücke aus sah, habe ich gedacht: Ach, das ist jemand, dem kann man alles erzählen, der wird einwilligen, ihm wird es nicht zuwider sein!«

Ich betrachtete meinen Aufzug. Am Oberkörper trug ich nur das vom Schweiß gelb verfärbte Unterhemd, das an den Schultern fast vor Dreck starrte. Ich meinte, es verstecken zu müssen, und nahm das Bergsteigerhemd, das neben den Knien der Frau lag, und streifte es über. Ich knöpfte es zu und wollte es in die Hose stopfen, aber im Bewußtsein, daß eine Frau zugegen war, brachte ich es nicht fertig, den Gürtel aufzumachen. So ließ ich es heraushängen und senkte meinen Blick wieder auf die Asche.

Jedoch mit der äußeren Erscheinung hat es eine seltsame Bewandtnis. Denn obgleich ich angesichts dieser mehr als sonderbaren Bitte mich noch keineswegs persönlich hineinziehen lassen wollte, machte mich mein Äußeres nun deutlich geneigter für eine Zusage. Wenn ich jetzt den Mund aufmachte, könnte nur eine förmliche und zustimmende Antwort herauskommen.

Schließlich überlegte ich es mir aber doch anders. Ich fürchtete ganz ernsthaft, was ich wohl täte, wenn ich der Bitte der Frau entsprechen und in der Hütte übernachten würde. Mochte die Sache selber sein wie sie wollte, mir war nicht danach zumute, als Fremder noch mehr darüber in Erfahrung zu bringen. Ich hatte die Empfindung, mich entschuldigen zu müssen, und setzte mich ganz korrekt auf der Matte zurecht, während mich die Frau in gelöster Sitzhaltung musterte.

»Es tut mir leid, aber ich fahre doch wie geplant heim.«

»Ja?... Diese Angelegenheit ist halt für jeden unangenehm!«

»O nein, unangenehm wäre es mir eher, weil es eine Täuschung und so eine Kränkung sein müßte.«

»Aber das doch bestimmt nicht! Es wäre eine höchst ehrenhafte Rettung eines Menschen!«

»Und wenn deine Großmutter dahinterkommt, wer ich wirklich bin? Was willst du dann machen?«

»Großmutter hat dich lange vom Fenster aus beobachtet. Sie hat dich angebetet!«

»Das wird ja immer schlimmer!«

»So? Und was soll ich Großmutter nun sagen? Wo sie sich schon so gefreut hat und meinte: Jetzt ist es mir endlich möglich, ins Jenseits zu gehen! Kannst du dir nicht einen Stoß geben und es mehr als einen Job ansehen?«

Ich erhob mich, um nicht wieder ins Wanken zu kommen. Im gleichen Augenblick taumelte ich mit einem Gefühl, als würde ich rechts in den Dielenboden einbrechen. Ich klammerte mich an den Rahmen des Fensters zum Wege hin und hielt mich mit knapper Not aufrecht. Obgleich ich im bequemen Schneidersitz gesessen hatte, schien ich dabei doch unbewußt mein Körpergewicht in Fluchtrichtung verlagert zu haben, von der Frau weg. Mein rechter Unterschenkel war von den Zehenspitzen bis zur Wade so taub, daß ich fast aufgeschrien hätte.

Die Frau lächelte mühsam und blickte auf.

»Was du sagst, klingt mitfühlend, aber du bist es nicht. Du könntest einen Menschen retten, allein durch deine Anwesenheit. Was du dir dabei denkst, mit welchem Gefühl du hierbleibst, das wäre völlig gleichgültig!«

Nach diesen Worten stand sie mit einem müden Gesichtsausdruck auf und klopfte sich Stroh vom Kleidsaum. Ich konnte noch nicht wieder richtig gehen und wußte nicht, wohin ich schauen sollte. So hielt ich mich am Fenster fest, schob es hoch und spähte nach draußen, als gäbe es dort Bedeutsames zu sehen. Bis zu den Hüften in die Reishalme eingetaucht, schritten ein Mann und eine Frau langsam durch das Feld, um dann aneinander vorbeizugehen.

Das Mädchen trat an mich heran. Ich wollte gerade das Fenster herunterlassen, aber sie hielt es an meiner Stelle einen Spalt breit offen und starrte mit ihren dunklen Augen in das Licht des Nachmittags.

»Entschuldige, daß ich dir die komische Geschichte erzählt habe. Ich habe mich selbst in diese verrückte Sache verrannt, obgleich sie mich schon gar nicht mehr betrifft. Im Herbst gehe ich wieder nach Tōkyō. Und weil Großmutter sterben wird, habe ich keine Möglichkeit mehr, hierher zurückzukommen. Meine Eltern sind auch schon nicht mehr da.«

Dann, nach einer kleinen Pause, sagte sie auf einmal ihren Namen.

»Ich heiße Saëko. Richtig eigentlich Saë.«

Mit einer Hand schrieb sie die Schriftzeichen in die Luft, die ich als »unterstützen« und »Zweig« las. Aber warum sie mir jetzt nur ihren Vornamen nannte, war mir nicht klar.

Vielleicht war es ja, so dachte ich mir, der Name der alten Frau, den sie mir gesagt hatte, um ihn mir gefühllosem Menschen ins Gehirn einzugraben.

»Ach, ich wäre so gerne erst dann weggegangen, wenn ich Großmutter ihren letzten Wunsch hätte erfüllen können! Dieses eine Jahr waren wir Gefährtinnen, die sonst niemanden hatten. Sogar der Altersunterschied verschwand, wir waren wirklich wie die Mädchen aus dem Dorf zueinander. Wenn ich es mir recht überlege, ist es wirklich schlimm, nicht zu wissen, wohin man nach dem Tode gehen wird. Wenn es das andere Ufer des Flusses sein soll, dann muß man es mit den eigenen Augen sehen, nicht wahr? Und wenn man nicht weiß, wer einen hinüberbringen wird ...«

Sie erwartete ein zustimmendes Wort, aber ich schwieg. Nach einer Weile seufzte sie und fragte dann mit einem Gesicht, wie man es bei einem Allerweltsgespräch macht:

»Von wo bist du gestern gekommen?«

»Ich bin am Vormittag über den Berg S. gegangen, habe aber dann im Tal viel Zeit verloren.«

»Gab es kein Gewitter?«

»Direkt hinter meinem Rücken hat es wahnsinnig gekracht. Hat man es bis hier gehört?«

»Ist dir kein Mann begegnet, etwa dreißig Jahre, mit roter Mütze und Brille? Auch sein Hemd war rot. Ja, und der Rucksack hellorange.«

»Ja, vielleicht war er das. Von ihm hab ich eine Tüte mit Eßsachen bekommen. Das Zeug, das ich vorhin vor dem Tempel gegessen habe.«

»I – nein! Der ist tot, dieser Mann! Gestern früh am Rande der Hochebene vom Blitz erschlagen worden. Heute morgen war sein Bild in der Zeitung. Vorgestern ist er, ich weiß nicht weshalb, an unserem Tempel vorbeigekommen.«

»Woher will man wissen, daß es derselbe ist?«

»Er hat gesagt, er wolle an diesem Tage den Berg S. überqueren und dann auf eine Hütte gehen. Er war irgendwie verlegen, daß er in seinem Alter noch ...«

»Du hast ihn angesprochen, nicht?«

»Großmutter hatte ihn gesehen und gesagt, ich solle ihn fragen gehen und so ...«

Die Frau ließ das Fenster herunter und senkte den Blick. Vom Magen her stieg es kalt in mir hoch.

»Das machst du wohl mit allen Männern, die hier allein vorbeikommen, ohne Unterschied!«

»Mit allen ohne Unterschied doch wohl kaum!«

»Du hattest es auf jemanden abgesehen, in dessen Gesicht sich Züge des Todes andeuten!«

»Züge des Todes ... Was sagst du da!«

In ihren Augen trat Furcht offen zutage. Sie war verführerisch. Unwillkürlich streckte ich meinen Arm nach ihr aus und riß sie dann mit einer Gewalt, als wollte ich ihr ins Gesicht schlagen, an mich. Die Frau wand sich wild in meinen Armen, wurde aber mit einem Mal ruhig. Sie überließ mir ihre Brust und blickte zu dem Fenster hin, das noch offenstand. Ich folgte ihrem Blick. Genau vor dem Fenster war die kleine Mulde jenseits des Flusses sichtbar, die sich vom Berg her zum Flußbett hin wie eine Schale tief einsenkte. Sogar im hellen Licht des frühen Nachmittags schien sich dort Düsternis auszubreiten.

Die Frau nutzte die Gelegenheit, stieß mich von sich und sprang vom Dielenboden herunter. Ach je, jetzt rennt sie nach draußen und ruft um Hilfe, dachte ich benommen.

Sie drehte sich jedoch blitzschnell zu mir um, ging langsam in die Knie und ließ mit einer Hand im Rücken den Riegel des Türchens herunter. Dann stieg sie an der von mir entfernten Seite wieder auf den Boden herauf. Während sie mich finster anstarrte, schob sie sich Stück für Stück an der Wand entlang bis zum Fenster an der Rückseite. Kaum hatte sie durch das Licht in ihrem Rücken die gleiche Schönheit gewonnen wie die Frau auf der Brücke, griff sie schon nach dem Stock, der das Fenster offenhielt.

»Landstreicher, die sich an Frauen des Dorfes vergreifen, werden getötet!«

Das Fenster klappte mit lautem Knall herunter, und das Innere der Hütte war stockfinster. Im selben Augenblick spürte ich, wie sie den Stock mit voller Kraft über der Feuerstelle schwang. Sie zielte auf Kopfhöhe. Ich duckte mich mit angehaltenem Atem. Als es wieder zischend über meinen Kopf hinwegsauste, sprang ich über die Feuerstelle hinweg die Frau an.

Das Licht, das durch die Ritzen der Bretterfenster drang, schien rötlich anzuschwellen. Bis meine Augen an die Dunkelheit gewöhnt waren, hatte ich das Mädchen schon auf die Matte niedergeworfen. Mit einem Bein lag sie in der Feuerstelle, wo sie wütend in der Asche herumtrat. Ich sprang zurück zur Wand, in eine Ecke.

»Es ist doch nur Spaß. Und du brauchst mich auch nicht umzubringen!«

Als ihr Kopf hochkam, mit Asche und Stroh bedeckt, sah er wie der einer alten Frau aus. Sie blickte zu mir herüber. Vom schweißüberströmten Gesicht zur Brust und dann zum Unterleib, wo ihre Augen verweilten. Ich versuchte, die Ausbuchtung meiner Hose zu verbergen, indem ich das eine Bein ein wenig anwinkelte. Die Frau wandte den Blick nicht ab.

»Bis Großmutter tot ist, bleibst du hier, nicht wahr?«

KAPITEL 3

Nachdem sie das Lattenfenster an der Vorderseite mit einem Stock aufgestellt und kurz zu ihrem Haus hinübergesehen hatte, stieg die Frau vom Dielenboden herunter und drehte sich zu mir um. Es sah aus, als wolle sie etwas fragen, und so richtete ich mich auf.

»Brauchst du irgend etwas?« erkundigte sie sich.

»Eigentlich nicht... das heißt, meine Zigaretten gehen langsam zu Ende.« Das war alles, was mir einfiel.

Sie nickte und beugte sich zum Türchen nieder. Bald entfernten sich ihre leisen Schritte von der Rückseite der Hütte. Es schien, als ob sie erst in ziemlichem Abstand von der Hütte aus dem Grase heraus auf den Weg einschwenkten. Ich setzte mich im Schneidersitz auf die Matte.

Als die Frau, die mich wie einen Gefangenen in der Hütte zurückgelassen hatte, vor mir auf dem Rücken lag, scheute ich erst einmal vor ihr zurück. Die Winkel ihrer tief verschlossenen Augen bogen zu den Schläfen hin scharf nach oben; es kam mir vor, als sei dort ein Wille konzentriert, der an Wahnsinn gemahnte. Ich rückte an sie heran. »Laß das doch«, sagte ich und half ihr mit einer Hand auf. Wir saßen in der Dunkelheit nebeneinander, hatten die Köpfe über die Feuerstelle gesenkt und atmeten schwer. Unser beider Atem schien sich überhaupt nicht beruhigen zu wollen. Dann, als es plötzlich unerträglich geworden war, zog ich sie an den Schultern wieder heran. Sie überließ mir ihre Lippen, und bald drückte sie mir auch in Erwiderung der Umarmung ihre Brust entgegen. Und nun bettelte ich mit einemmal. Mit geschlossenen Augen schüttelte sie bis zuletzt mit dem Kopf.

Die Frau lag unbeweglich auf dem Bauch und hatte die Wangen im Stroh vergraben. Da ich nichts zu sagen wußte, näherte ich meinen Mund ihrem Ohr und rief ihren Namen. In dem unheimlichen Gefühl, nicht zu wissen, wen ich bis eben noch umarmte, hatte ich für mich schon mehrmals versucht, ihren Namen zu formen, jedoch, nachdem ich...

»Saë« mit meiner Stimme vorhergebracht hatte, zog ich erschrocken den Kopf zurück. In »Saë« war ein ganz unverhüllter Nachklang. War es nicht vielleicht doch der Name der alten Frau? Hatte ich den Namen der sterbenden Großmutter gerufen, während ich mir den Körper ihrer Enkelin zu eigen gemacht hatte?

Mit angehaltenem Atem starrte ich in das Gesicht des Mädchens, auf ihre bleiche Haut, in die blutrote Flecken gestiegen waren. Nach einer ganzen Weile bewegte sich ihr Kinn etwas, dann nickte sie.

»Saë, das ist ein süßer Name, nicht wahr? Von dem hast du den Namen bekommen? Wer hat dich so lieb gehabt?«

Aus einem Gefühl der Sicherheit heraus war ich zärtlich geworden und flüsterte Worte, die ich sonst nie gesagt hätte.

Die Schultern der Frau begannen zu zittern. Gerade meinte ich, nun werde sie zu weinen anfangen, da stieg ein tiefes, kehliges Lachen in ihr auf. Sie drehte sich herum, legte sich meine Hände auf die Brust, und während sie mit den Spitzen ihrer Fingernägel in meinen Handflächen spielte, begann sie zu erzählen.

»Das war ein merkwürdiger Name, den Großmutter sich für mich ausgedacht hatte! Weil alle mit der Ernte so beschäftigt waren, haben sie sich durch die Schriftzeichen täuschen lassen und nicht gemerkt, wie komisch er klingt. Weißt du, ich bin nämlich das sechste Kind; da warteten sogar schon einige, die mich adoptiert hätten, wenn ich ein Junge geworden wäre. Wegen dieses Namens bin ich in meiner Kindheit schrecklich gehänselt worden.«

Saëmon, Saëmon, so riefen die Jungen im Chor, wenn sie ihre Gestalt nur von weitem sahen, wie eine Art von Begrüßung. Und am Schluß schickten sie dann immer aufs Geratewohl einige unanständige Worte herüber. Weil Saë den Jungen an Frechheit in nichts nachstand, lief sie jedesmal spornstreichs auf sie zu und verpaßte demjenigen, der es nicht schaffte, sich rechtzeitig in Sicherheit zu bringen, wohl einen Schlag auf den Kopf. Es war sogar vorgekommen, daß sie einen von ihnen in den Fluß gestoßen hatte. Aber gehaßt wurde sie deswegen gerade nicht.

Saëmon, so nannte man für gewöhnlich den Bettler, der hier in der Hütte gewohnt hatte. Üblicherweise ging er alle drei Tage einmal im Dorf herum, benahm sich, wie es eben Bettler zu tun pflegen, blieb vor den Hausgärten stehen, wurde mit Schmutz beworfen, beschimpft, verspottet und fristete sein Leben von den Reis- und Bohnenresten, die man ihm überließ. Besonders, wenn er sich älteren Frauen näherte, die in einer Gruppe beisammenstanden, wurde er – man konnte schon sagen regelmäßig – auf ziemlich derbe Weise verspottet, wobei man meist mit Worten anfing wie: »Hallo, du, was bist du doch für ein schöner Mann! Du hast in deiner Jugend sicher sehr viel Glück bei den Frauen gehabt! Wie vielen hast du denn ein Kind gemacht?« Die Männer schrien ihn höchstens einmal an, gaben sich aber sonst nicht mit ihm ab. Manchmal riefen sie ihn »Saë no kami«, lachten und tauschten verstohlen merkwürdige Blicke.

›Heiliger Mann‹ wurde er nur zu den Zeiten genannt, wo es im Dorf einen Schwerkranken gab, der auf den Tod lag. Stand es so schlecht, daß es mit seinem Leben heute oder morgen zu Ende sein konnte, ging eine Frau aus dem betroffenen Haus am Abend zum Jizō-Tempelchen und stellte dort Reis und Sake nieder. Auch brachte sie alte Kleidungsstücke oder ähnliches. Vom nächsten Mittag an war Saëmon, der sich etwas feingemacht hatte, dann stockbetrunken, schwankte in der Nähe seiner Hütte herum oder lag vor dem kleinen Tempel, alle Viere von sich gestreckt. Er führte Selbstgespräche mit lauter, furchterregender Stimme, die man bis ins Dorf hören konnte. Eben hatte man noch aus dem Tempelchen seine Sutrenrezitation mit fast schwarzdunkler Stimme vernommen, da fing er unvermittelt an, mit schrillen Tönen unanständige Lieder zu singen. Auch kam es vor, daß er – alleine für sich – wild herumtobte. Aber Saëmon nannte ihn keiner mehr. Die Frauen und Kinder riefen ihn einfach: »Heiliger Mann«. Die Männer vermieden es tunlichst, seinen Namen in den Mund zu nehmen; wenn es nicht zu umgehen war, sagten aber auch sie »Heiliger Mann«.

Außer den Frauen aus dem Haus des Kranken näherte sich jetzt niemand mehr dem Tempelchen. Auch kam der Heilige Mann nicht mehr ins Dorf. Sollte er tatsächlich einmal versuchen hineinzugehen, so würde man ihn – hieß es – mit Stöcken zurückjagen. Saëmon, das war etwas anderes, aber der Heilige durfte das Dorf nicht betreten. Wenn unterdessen dann die nächste Nacht vorbei war, hatte der Heilige Mann das Gras geschnitten und den Weg zur Brücke säuberlich freigemacht. Es sah fast wie das Werk von Unsichtbaren aus, da man den Eindruck haben mußte, als hätte der Heilige den ganzen Tag nur betrunken herumgelungert. Zudem war er auf wundersame Weise immer rechtzeitig mit dieser Arbeit fertig, noch ehe der Kranke seinen letzten Atemzug tat.

Im Dorf gab es seit undenklichen Zeiten einen Dorftempel, zu dem ein Priester gehörte; und auch ein stattlicher Friedhof war dabei. Keineswegs hatte man die Gräber von jenseits des Flusses hierher verlegt. Das Dorf besaß deshalb zwei Friedhöfe. Die Leichen bestattete man auf dem Friedhof auf der anderen Seite des Flusses; er wurde einfach »das jenseitige Ufer« genannt. Dort gab es keine Grabsteine, und außer dem Heiligen Mann Saëmon hatte nie jemand gewagt, die Hängebrücke zu überqueren und einen Fuß daraufzusetzen. Den Sarg brachte man zunächst auf dem kürzesten Weg aus dem Dorf heraus, trug ihn um das Dorf herum, einen sanften Abhang in der Nähe von Saës Haus hinunter und stellte ihn vor dem kleinen Tempel ab. Die Männer riefen mit lauter Stimme: »Heiliger Mann, Heiliger Mann!« und rannten fort, ohne sich noch einmal umzusehen. Nach einer Weile kam der betrunkene Heilige hervor, schwankend und ein Sutra betend.

Ab und zu geschah es, daß eine lange Zeit verstrich und sich die Gestalt des Heiligen nicht zeigte. Dies war ein Zeichen, so hieß es, wie sehr die betreffende Familie ihn ungnädig gestimmt hatte. Ohne selbst etwas unternehmen zu können, mußten inzwischen die Angehörigen in einem Versteck nahe bei Saës Haus darauf warten, daß der Heilige Mann zu erscheinen geruhte. Nur in diesen Augenblicken, berichtete Saë, leisteten sie ihm für ihre alltäglichen Unhöflichkeiten Abbitte und flehten um sein Erbarmen. Wenn es ganz arg war, ließ er den Sarg schon einmal einen halben Tag lang unbeachtet vor dem kleinen Tempel stehen. Aus dem Inneren der Hütte hörte man ihn dann laut vor sich hinsummen. Einmal sei ein Mädchen aus dem Trauerhaus fast wahnsinnig geworden und mit den Worten »Ich schenk' dir alles, was du willst, nur verzeih uns bitte!« auf die Hütte zugerannt, so daß sie von den Männern zu Boden geworfen und festgehalten werden mußte. Aber auch der Heilige fürchtete Konsequenzen, falls er den Bogen überspannen sollte. Denn nach Ablauf der neunundvierzig Tage waren sogar die Familienangehörigen des Toten nicht mehr willens, sich noch besondere Zurückhaltung gegenüber Saëmon aufzuerlegen. Andererseits beachtete man seit jeher in der Art und Weise, wie man mit Saëmon sein Spiel trieb, ganz von selbst gewisse Grenzen. Zudem schien es eine Übereinkunft zu geben, daß man die gegenseitige Behandlung zu bestimmten Zeiten größtenteils wieder zu vergessen pflegte, und so kam man im allgemeinen gut zurecht.

Am »jenseitigen Ufer« wurde, so hieß es, nur ein einziger unbehauener Stein aus dem Flußbett am Begräbnisplatz aufgestellt. Der sei dann der Markierungspunkt für den Heiligen Mann gewesen. Da die Fläche nicht sehr groß war, mußte er – in der Reihenfolge des Alters – immer wieder von vorne anfangen, um Gräber für die neuen Toten auszuheben. Die Hinterbliebenen hatten den jeweiligen Platz höchstens im Traum einmal gesehen, trotzdem meinten sie gefühlsmäßig, ihn zu kennen. Am 24. jeden Monats, dem Gedenktag für den Jizō und am Todestag für den Dahingegangenen kamen die Dorfbewohner zum kleinen Tempel, brachten Opfergaben dar und versorgten so Saëmon. Außerdem wandten sie sich hierher, wenn sie zu frische und lebendige Träume von dem Jüngstverstorbenen gehabt hatten. Zum eigentlichen Grabbesuch pilgerten die Leute jedoch eher zum regulären Dorftempel. Die Seelen der Toten kamen dorthin, glaubte man. Für diesen Ort machte man, gleich wie arm man war, auch geldliche Aufwendungen, und zwar an die Adresse des Priesters.

So hatte man es seit alten Zeiten gehalten. Nachdem jedoch der Krieg ausgebrochen und verschiedene Male die sterblichen Überreste von jungen Männern, die ins Feld gezogen waren, zurückkamen, begannen für die Dorfbewohner allmählich die Schwierigkeiten. Man stellte Saëmon Sake und Reis hin und ließ ihn die Urnen mit der Asche in althergebrachter Weise auf das »jenseitige Ufer« bringen und dort bestatten. Eines Tages waren jedoch Militärpolizisten in den Ort gekommen; die Dorfältesten wurden zusammengerufen und erhielten einen strengen Verweis. Dies sei eine barbarische Sitte und ein ganz und gar unwürdiges Vorgehen gegenüber den Seelen der toten Helden. Seit jener Zeit setzte man auch die Urnen mit den sterblichen Überresten der Gefallenen auf dem Friedhof beim Dorftempel bei, und die an Krankheiten Verstorbenen wurden ebenfalls im städtischen Krematorium eingeäschert und gingen nicht mehr den Weg zum »jenseitigen Ufer«. Trotzdem konnte man Saëmons Gestalt noch bis zwei, drei Jahre nach Kriegsende beobachten, und es gab auch Tote, die über die Brücke getragen wurden. Aber sieben oder acht Jahre nachdem Saëmon aus dem Dorf verschwunden war, schienen die Leute sogar schon vergessen zu haben, daß es bei ihnen einmal eine solche Sitte gegeben hatte.

Der letzte Saëmon, den Saë noch gekannt hatte, war ein leicht hinkender Mann von etwas weniger als vierzig Jahren gewesen. Für gewöhnlich konnte man ihn wegen seiner heruntergekommenen Gestalt für nichts anderes als einen Bettler halten. Erblickte man ihn jedoch gelegentlich, wie er am Rand eines Feldes vom Wind umweht unbeweglich dastand, war zu erkennen, daß er breitschultrig und von stattlicher Figur war und markante, tief eingeschnittene, strenge Gesichtszüge hatte. Wenn die Saëmon der verschiedenen Generationen ins Dorf verschlagen wurden, waren sie meist vom dreißigsten Lebensjahr noch etwas entfernt. Einige von ihnen zogen weiter, nachdem sie vier oder fünf Tage in der Hütte übernachtet hatten; wenn sie aber irgend etwas Auffälliges taten, was damit beginnen konnte, daß sie ungebeten das Gras vor dem kleinen Tempel schnitten, ließen sie sich mit Sicherheit hier nieder. Danach blieb der jeweilige Saëmon zehn oder mehr Jahre, aber zu einem Zeitpunkt, wo man glauben mußte, daß er, obgleich ein Fremder, hier tiefe Wurzeln gefaßt hatte, verschwand er plötzlich. Dann, nach ein, zwei Jahren, wurde wieder ein Neuer hierher verschlagen.

Es war etwas dabei, das einen nicht an bloßen Zufall denken ließ. Der Jizō Bosatsu ruft sie herbei, und so ist es natürlich, daß sie ihr Weg hierher führt, so priesen manche, meist Frauen, dankbar die Fügung. Von den Männern glaubten viele eher daran, daß es unter den Bettlern, die in dieser Gegend herumzogen, ein geheimes Kommunikationssystem geben müsse. Wird das Freiwerden bekannt, so schickt ihr Boß wohl einen Bettler, für den es an der Zeit ist, sich niederzulassen, so sagten sie verächtlich, waren aber letztlich auch dankbar dafür. Ganz offensichtlich waren diese Bettler darauf vorbereitet, die Rolle des Heiligen Mannes zu spielen, wer weiß, wo man es ihnen beigebracht hatte. Auch mit dem Säubern des Platzes auf dem »jenseitigen Ufer« begannen sie, noch ehe sie damit beauftragt wurden. Selbst wenn die Leute aus dem Dorf eine Weile so taten, als ob sie es nicht bemerkten, fuhren sie ungerührt damit fort. Sie hatten keine Angst vor Leichen und schienen auch mit ihrer Behandlung vertraut. Und händigte man ihnen ein Amida-Sutra mit Lesehilfen aus, so brachten sie es fertig, es nach kaum einem Monat in feierlichem Ton zu rezitieren.

Wenn sie verschwanden, so lag es in Wirklichkeit daran, daß man sie fortjagte. Zweierlei Fälle gab es. Zum einen konnte es gelegentlich vorkommen, daß es eine Periode mit vielen aufeinanderfolgenden Todesfällen gab, sei es, daß ein Unglücksjahr daran schuld war oder eine Seuche grassierte und der Heilige Mann kaum mehr die Muße fand, sich jemals vollständig zum Saëmon zurückzuverwandeln. Auch zeigte sich dann, daß die Dorfbewohner viel eher dem Heiligen Mann als Untergebenen des Jizō ihr Vertrauen entgegenbrachten als dem Priester des Ortstempels. Vor allem für die Eltern, die ein Kind verloren hatten, traf das zu. Die Opfergaben mehrten sich, das Gesicht des Heiligen Mannes wurde runder und seine äußere Erscheinung im Ganzen ansehnlicher. Auch neigte er nun dazu, gelegentlich predigthafte Äußerungen zum besten zu geben. Aber für gewöhnlich hatte es auch damit sein Bewenden. Der Heilige Mann wurde lediglich etwas freundlicher behandelt als zuvor und verwandelte sich dann wieder zum Saëmon. Nach Ablauf einer Zeit von vielleicht vierzehn, fünfzehn Jahren schien jedoch etwas vorzufallen. Der eine oder andere brachte vor, er sei von Anfang an nur zur Übernahme dieser Arbeit hergekommen. Er, der Heilige Mann Saëmon, der ganz andere Pflichten erfülle als der Ortspriester – und doch wohl gewissenhaft –, wolle zum Heil der Verstorbenen Tempelchen und Hütte zu einem Jizō-Tempel machen.

Nicht daß sich gleich Schwierigkeiten ergeben hätten. Einen regulären Tempel daraus zu machen, ginge natürlich nicht an, war die Meinung der Erwachsenen im Dorf, die sich wiederholt zu langatmigen Beratungen versammelten. Aber viele sahen die Berechtigung für Saëmons Ansinnen ein, so daß die Stimmung für ihn gar nicht ungünstig war.

Aus dem Inneren des Tempelchens konnte man jetzt Tag und Nacht leise Sutrenrezitationen hören. Der Ortspriester kam, um die Dorfältesten zur Rede zu stellen. Man hörte ihn gebührend an, ohne sich etwas aus seinen Worten zu machen, und es ergaben sich danach auch keinerlei Konsequenzen. Als jedoch ein Monat verstrich, Saëmon überhaupt nicht mehr zum Betteln kam und nur noch seinen Übungen nachging, begann das die Dorfbewohner zu ergrimmen: Es ist ja gerade so, als ob er auf einen Toten wartete, und sagten damit etwas, das sie normalerweise nicht einmal im Spaß ausgesprochen hätten. Auch die Dorfältesten, die gemeint hatten, es könne doch eigentlich nichts schaden, wenn er – im rechten Maße – zur Erleuchtung käme, fingen an, die Stirn zu runzeln. Und dann eines Tages drangen einige betrunkene junge Männer in Saëmons Hütte ein, wobei es so aussehen sollte, als müßten sie dabei die Ältesten abschütteln, die zur Mäßigung mahnten.

Der andere Fall betraf die Frauen. So ein Saëmon, der den älteren Frauen zublinzelte, noch während sie ihn verspotteten, hatte Verhältnisse mit Frauen. Doch nicht, daß er ihre Gefühle der Dankbarkeit gegenüber dem Heiligen Mann ausgenutzt und sie verführt hätte. Die Frauen liefen zu ihm in die Hütte, und zwar solche, die verwirrt im Kopfe waren. Es kam häufig vor, daß geistesgestörte Frauen ausrissen und im Dorf und der Umgebung allein herumwanderten. Wenn man dann die Leute ihrer Familie benachrichtigte und sie nach Hause zurückgeholt wurden, dann war es – so sagte man – seit alten Zeiten die stehende Redewendung: »Du sollst doch nicht zum Saëmon gehen!«

Auch solche Fehltritte ereigneten sich erst, nachdem der Saëmon zehn oder mehr Jahre am Ort wohnte. Das war dann die Zeit, wo er auf seine Weise seßhaft geworden war, sich ein schmales Feld am Fluß gerodet hatte, Süßkartoffeln oder Bohnen anbaute und sein Äußeres lange nicht mehr so schmutzig erschien. In solchen Fällen konnte man den Saëmon ebenfalls nicht sofort wegjagen. Man tadelte ihn nicht, und die Gesichter sollten wohl ausdrücken, man glaubte hier an ein Vorkommnis auf Grund irgendeiner Vorbestimmung.

Der Frau aber erging es übel. Ihre Leute gossen ihr ein paar Becher Wasser über den Kopf und züchtigten sie hart, indem sie ihr mit einem schmalen Gürtel Schläge auf den ganzen Körper versetzten. Am Ende wurde sie dann irgendwo eingesperrt, zum Beispiel in einer Scheune. Gelang es ihr trotzdem, ein zweites oder drittes Mal zu entwischen, gab es gleich Frauen, die von einem Wunder flüsterten: Die Stricke hätten sich von selbst gelöst oder das Schloß sei ganz von allein aufgegangen. All dies wirkte sich aber später keineswegs zu Saëmons Gunsten aus. Die Männer warteten ungerührt und taten so, als würden sie nichts bemerken. Der für Saëmon so friedliche Zustand dauerte an, bis sich bei der Frau die Zeichen der Schwangerschaft zeigten. Eines Tages drangen dann einige junge Männer betrunken in Saëmons Hütte ein.

In beiden Fällen war der Saëmon sprachlos vor Furcht, wenn er merkte, daß er sich verschätzt hatte und die Situation tatsächlich sehr ernst war. Zunächst wurde er hinter den kleinen Tempel gezerrt und entsetzlich verprügelt, dann zwang man ihn, seine Sachen zu packen, überließ ihm etwas Zehrgeld und stieß ihn schließlich in der Nähe der Hängebrücke in den Fluß hinunter. Die jungen Männer schauten vom Ufer aus zu, daß er seinen Weg im Wasserlauf nahm, der ihm allerdings auch an den tiefsten Stellen nur bis zu den Knien ging. Versuchte er herauszusteigen, wurde er mit Steinen beworfen. An der äußersten Grenze des Dorfbezirkes angelangt, das heißt bei der Hängebrücke an der Mündung zum Hauptflußlauf, durfte er schließlich ans Ufer kriechen. Anscheinend sollte er sich davonmachen, ohne die Felder des Dorfes zu beschmutzen. Am nächsten Morgen liefen dann die jungen Leute mit Gesichtern herum, als würden sie ihre Tat bereuen, und von den Erwachsenen bekamen sie Vorwürfe zu hören: »Saëmon ist fort, wer soll nun die Toten über den Fluß tragen?« Aber auch dieses Hin und Her schien schon eine Art von festem Ritual zu sein.

Der letzte Saëmon war auf ganz andere Art verschwunden. Bei Kriegsende war er zwar auch schon, so sagte man, über zehn Jahre hier ansässig gewesen, aber als sich das Dorf sehr rasch auf die Feuerbestattung umstellte, hatte er von Jahr zu Jahr wieder mehr von einem Bettler angenommen. Da er zudem einen Fuß ein wenig nachzog, war er Zielscheibe des Spottes, und die Kinder riefen ihm, kaum, daß sie ihn erblickten, unanständige Dinge nach. Allerdings wurden kurz nach dem Kriege noch zwei hochbetagte Leute auf ihr ausdrückliches Vermächtnis hin auf den Armen des Heiligen zum »jenseitigen Ufer« getragen. Saë erinnerte sich daran, wie drei robuste junge Männer, eben aus der Armee entlassen, mit blassen und verzerrten Gesichtern den Weg am Hang in blinder Hast zurückstürzten, nachdem sie den Sarg vor dem kleinen Tempel abgesetzt hatten. Ganz im Gegensatz dazu der Heilige: Er kam mit einer großen, halbgeleerten Flasche billigen Sakes in einer Hand hochaufgerichtet wie ein Phantom hervor, und selbst die Bewegung seines verkrüppelten Beines war von geradezu ehrfurchtgebietender Würde.

Dieser Saëmon, der mit seinen tief eingefallenen Augen etwas von einem Skelett an sich hatte, war bei seinem ziellosen Umherstreifen unversehens mit Schwarzhändlern in freundschaftlichen Kontakt gekommen. Sie kamen gerade zu jener Zeit aus einer größeren Stadt, noch hinter der Stadt N., mit einem dreirädrigen Lieferwagen in die umliegenden Dörfer. Er begann, ihnen beim Aufladen der Waren zu helfen, und wurde dann zwei Monate lang nicht mehr bei der Hütte gesehen. Eines Tages kehrte er mit ganz rundem Gesicht auf dem Beifahrersitz des Lieferwagens zurück und war gleich eifrig als Schwarzhändler bei der Arbeit. Zehn Tage blieb er danach allein zurück, brachte täglich kleine Partien seiner Schwarzmarktware, die er in seiner Hütte versteckt hatte, mit einem Rucksack in die Dörfer der Umgebung. Er tauschte seine Sachen gegen Reis und andere Nahrungsmittel ein, die er in seiner Hütte stapelte. Wenn ihm langweilig war, kam er heraus, demonstrativ Kaugummi oder Schokolade kauend. Er lockte damit die Kinder herbei, foppte sie aber nur und wurde von den Leuten im Dorf gehaßt.

Auch der letzte Saëmon hatte etwas mit einer Frau, allerdings zeigte er sich offen mit ihr am hellichten Tage. Sie war zwar nicht geistesgestört, aber doch etwas sonderbar. Am letzten Tag schlenderte Saëmon mit ihr Arm in Arm durch das Dorf. Sie trug einen grellroten, langen Rock, er einen Hut mit lächerlich breiter Krempe, Schnürstiefel, die bis über die Knöchel reichten, dazu einen Anorak, wohl auch aus Beständen der Besatzungsarmee, und eine schlotternde Hose. Dann bestiegen die beiden die Ladefläche des Dreiradwagens, und unter dem wilden Knattern des Motors stieß er seltsame Laute aus, die wie »Hey Joe, uhohohooo ...« klangen, legte seinen Arm um ihre Schultern und zog sie an sich. Seitdem war er fort.

»Das war die Zeit, wo man um nichts auf der Welt sterben konnte.« Saë hatte ihre Stimme gesenkt und flüsterte, als ginge es nur sie selbst an. »Früher waren es höchstens drei Jahre, aber natürlich gab es inzwischen Todesfälle. Niemand vermag in die Ewigkeit einzugehen, wenn er nicht auf das ›jenseitige Ufer‹ getragen wird. Deshalb machte man den zweiten oder den dritten Sohn, auf jeden Fall einen jungen Mann, der das Dorf später verlassen würde, zum Heiligen Mann.«

Wenn sich ein Begräbnis ankündigte, mußte er einen kurzen Sutrenabschnitt auswendig lernen und sich in die Hütte zurückziehen. Zur Flußüberquerung kam er dann ganz unkenntlich gemacht, wie ein Fremder, mit furchterregendem Gesicht aus dem kleinen Tempel hervor. Und auch solche, die ganz bestimmt noch keinen Alkohol tranken, waren betrunken. Danach blieb er noch für drei Nächte in der Hütte, um sich von der Beschmutzung zu reinigen. Ins Dorf zurückgekehrt, verhielten sich alle sehr schweigsam und erzählten weder Eltern noch Geschwistern etwas vom »jenseitigen Ufer«. Man könnte sich sonst ein langwieriges Leiden zuziehen.

Weil es sechzehn- oder siebzehnjährige junge Männer waren, gab es – so erzählte man – die Sitte, daß sie nach dem Hinüberbringen eine Nacht mit einer jungen Frau aus dem Haus des Verstorbenen oder, wenn es dort keine gab, aus einer anderen Familie verbringen durften. Das galt aber nur der Form nach; in Wirklichkeit erledigte man die Sache mit Geld, und ein etwas älterer, erfahrener Mann begleitete ihn zu einem Bordellbesuch in die Stadt. Trotzdem hielt sich häufig das Gerücht, er hätte mit jener Frau geschlafen. Es lag wohl ein gewisser kitzliger Reiz darin, den alten Brauch glaubhaft zu machen. Die Betroffenen taten es mit Lachen ab, ja es schien ihnen sogar irgendwie Spaß zu machen. In der jüngeren Vergangenheit hatte man sich unter den Jungen, die in die Stadt zur Schule gingen, jeweils einen ausgewählt, der gute Leistungen vorwies, aber aus einem nicht so begüterten Haus stammte und zudem vom Charakter her wenig umgänglich war. Man bestimmte ihn unter dem Versprechen, ihn später auf eine höhere Schule zu schicken, zum Heiligen Mann. Alle, die je einen Verstorbenen getragen hatten, kamen im Umkreis von Tōkyō zu Ansehen.

Auch die Kinder, die von einem Saëmon gezeugt worden waren, wurden mit großer Sorgfalt auf die Welt gebracht. Weil es meist sehr schöne Säuglinge waren, fanden sich Adoptiveltern für sie in der Stadt. Und obwohl sie kaum in besonders wohlhabende Familien kamen, machten sie wunderbarerweise immer ihr Glück. Wenn daher jemand aus dem Dorfe Erfolg hatte, sich aber dort überhaupt nicht sehen ließ, sagte man zum Spaß: »Entweder hat man ihn einmal zum Heiligen Mann gemacht, oder er ist selbst der Sohn von einem – soviel ist sicher.« Für ein kleines Dorf wie hier gab es im Verhältnis viele Erfolgreiche.

»Einer ist zur Kaiserlichen Universität gegangen, einer war Absolvent der Waseda, ein anderer war auf irgend so einer Privatschule wie der Keiō ...«

Saë sprach ganz leise und gedankenverloren, gerade so, als würde sie sich an jeden einzelnen persönlich erinnern. Dabei knickte sie abzählend die Finger meiner rechten Hand, die sie auf ihrer Brust umfaßt hielt, einen nach dem anderen ein und streckte ihn wieder gerade. Ziemlich entgeistert schaute ich in ihr Gesicht. Das war doch wirklich unglaublich: Eine Frau, die sich bis vor kurzem ständig in Tōkyō aufgehalten hatte, sprach von dieser Universität wie von einer ordinären Privatschule.

»Sag mal, von wo bis wo ist das eigentlich deine Geschichte, was hast du selber erlebt?«

»Wie ...?« fragte Saë zurück und starrte mich ausdruckslos an, wie eine Frau, die plötzlich in der heißen Mittagsstille angesprochen wird. Aber dann lachte sie, ohne die Augen abzuwenden.

»Ach, zu dumm. Ich habe immer nur Großmutter als Gesprächspartner; das überträgt sich. Das stammt natürlich alles von ihr. Aber auch Großmutter erzählt es so, als ob sie alles selbst erlebt hätte. Ist schon seltsam. He du, vielleicht wachsen mir schon graue Haare?«

Ich ergriff die Hand, mit der sie sich durch die Haare fahren wollte, näherte mich ihrem Gesicht und schloß ihr mit dem Mund die Lippen, um ihr Lachen zu beenden. Ihre Lippen schmeckten nach einer langen Geschichte. Mir war es, als gäbe es einen Geruch der langen, langen Erzählungen der Frauen, die über viele Generationen hinweg miteinander verbunden waren.

»Noch einmal? ...« Ihr Atem war heftiger geworden.

»Aber macht man sich nicht Sorgen bei dir zu Hause?«

Während sie sich das Stroh aus den Haaren fingerte, blickte sie lange und starr mit blaß funkelnden Augen in Richtung auf das verschlossene Fenster der Frontseite.

»Ich denke schon, es ist in Ordnung. Na ja, vielleicht

sollte ich doch gehen. Ich bring' dir das Essen, ehe es dunkel wird!«

Als der Laut der Schritte vor der Hütte verklungen war, verstand ich gar nichts mehr. Wer war diese Frau, was beabsichtigte sie, was hatte sie letztlich erzählt?

KAPITEL 4

Das Abendessen, das Saë vor dem Dunkelwerden brachte, bestand aus einer gehäuften Schale mit Reis, einem in fünf Streifen zerteilten Schweineschnitzel, fein gehacktem Kohl, roten Spaghetti und Petersilie als Verzierung – eine Zusammenstellung also, die sich in nichts von einem Menü unterschied, wie man es in einem Restaurant unweit der Universität vorgesetzt bekam.

»Ich wußte nicht, was du wohl essen würdest«, sagte Saë, als sie sich hinkniete, das viereckige Aluminiumtablett vor der Feuerstelle niedersetzte und die stark duftende Miso-Suppe aus einem kleinen Topf eingoß. Sie war leicht errötet. Auf dem Tablett stand eine irdene Teeaufgußkanne und eine kleine Thermosflasche für heißes Wasser; sogar ein Pfirsich als Nachspeise fehlte nicht. Saë goß den Tee auf, rannte dann noch einmal zum Haus zurück und kehrte bald darauf ganz atemlos mit einer Petroleumlampe in der einen und einer Zweiliterflasche Sake in der anderen Hand zurück. Sie stand auf dem ungedielten Vorraum, aber kaum, daß ich dachte, sie würde noch ein wenig zum Plaudern heraufkommen, nickte sie mir nur kurz zu und machte Anstalten zu gehen.

»Bleib doch noch ein wenig«, rief ich, aber meine Stimme hatte ungewollt einen ärgerlichen, ja fast gemeinen Klang bekommen. Saë, die sich schon zum Türchen niedergekauert hatte, wurde ein wenig steif in den Schultern, wandte sich dann aber um und schaute zu mir herüber.

»Abends ist es mir unangenehm.«

Während ich allein in der Stille meinen Reis aß, war es in der Hütte dunkel geworden. Ohne die Lampe anzuzünden, versammelte ich alle meine niedrigen Instinkte darauf, mit Inbrunst zu kauen. Die Sakeflasche, die am Rande des Dielenbodens stand, spiegelte stumpf die schwache Helligkeit der Fenster wider. Mir war zumute, als ob nur noch in der Feuchtigkeit meiner Lippen und dieser Flasche das letzte Abendlicht verblieb.

Von Zeit zu Zeit tauchte vor meinen Augen meine eigene Gestalt auf, wie ich mit allem Gepäck auf nächtlichem Wege entfloh. Aber jedesmal spürte ich, daß mir meine Beine dabei nur noch schwerer wurden. Morgen würde die Frau wieder kommen, und sie würde nicht mehr versuchen, meine wahren Gefühle zu ergründen. Außerdem schmeckte das Essen, das sich so gar nicht von dem in der Stadt unterschied, ganz merkwürdig gut. Nach so langer Zeit Reis zu essen, der wirklich nach Reis schmeckte! Ein Gefühl, fast wie Traurigkeit, breitete sich zitternd in meinem Innersten aus.

Von den Dingen auf dem Tablett ließ ich nicht das Geringste übrig, holte mir dann die große Sakeflasche heran und füllte die Teeschale bis zum Rande. Als ich sie zum Mund führte und dabei ganz zufällig zum Eingang blickte, entdeckte ich an der Stelle, wo die Flasche gestanden hatte, fünf Zigarettenpäckchen »Shinsei«, dann einen Rosenkranz und ein Buch, das wie ein Sutra aussah; sie waren verstohlen dort hingelegt worden. Wozu wohl, dachte ich mit schiefgelegtem Kopf und führte den Sake erneut zum Mund. Nun noch die Lampe anzuzünden erschien mir überflüssig; so trank ich weiter, ohne den Hals der Flasche loszulassen, bis der Rausch, der sich im Winkel verborgen hatte, schließlich mit einem Mal hervorkam. Als meine Stimmung so umgeschlagen war, daß ich im Dunkeln am liebsten zu singen angefangen hätte, bekam ich vor mir selber Angst und verkroch mich im Schlafsack.

»Der trinkt mal wieder ziemlich viel!« Als ich bei diesen vorwurfsvoll klingenden Worten die Augen aufschlug, war es Morgen. Mein Kopf fühlte sich so schwer an, als würde er mir gar nicht gehören. Schon als ich ihn ein wenig anhob, wurde mir schwindlig, und es war mir unmöglich, das Gesicht der Gestalt auf dem ungedielten Absatz zu erkennen.

Ich mußte in Kleidern eingeschlafen sein, hatte sie aber später in der Umgebung verstreut und lag jetzt nur noch in den Untersachen da.

Im ersten Augenblick war mir, als sei das dort nicht Saë, sondern vielleicht ihre ältere Schwester oder ihre Schwägerin (ihre Mutter war ja nicht da), jedenfalls eine Hausfrau aus ihrer Familie, die von Saës Abenteuer gehört hatte und nun gekommen war, um auszuspähen, was das wohl für ein Mann war. In der Tat war Saës Stimme im Vergleich zu gestern lauter und gröber; sie sagte etwas in ärgerlichem Ton, aber da sie sehr schnell sprach und dazu noch mit starker Dialektfärbung, war es nicht zu verstehen. Als ich nochmals den Kopf hob und meine vom Alkohol trüben Augen weit aufriß, hatte sie mir schon brüsk den Rücken zugewendet und war hinausgegangen.

Vom Geruch des Essens, Reis und Miso-Suppe, gequält, setzte ich meinen Dämmerschlaf noch eine Weile fort; gegen Mittag erhob ich mich, ging hinunter zum Flußbett und wusch mir das Gesicht. Dann erinnerte ich mich, daß ich ja eine Aufgabe hatte, und begann, vor der Hütte und dem kleinen Tempel auf und ab zu gehen. Aber die Geschichte mit dem Heiligen Mann Saëmon dünkte mich schon ganz fern, und als ich sah, wie still es hinter den Fenstern war, die über den Hügel schauten, hatte ich das Gefühl, daß die Alte wohl gestern abend ihren letzten Atemzug getan hatte. Mir war so, als hätte Saë vorhin gesagt, ich könne jetzt ruhig nach Hause fahren.

Fast ein wenig beschämt kehrte ich zur Hütte zurück, aber selbst wenn ich jetzt nach Hause führe, wollte ich mir doch zuerst noch das Frühstück schmecken lassen, und so trug ich das Tablett mit den erkalteten Sachen zur Feuerstelle und setzte mich davor nieder. Da näherten sich plötzlich von der Rückseite der Hütte Schritte, und Saë trat lächelnd mit einem Tablett, über das ein Tuch gebreitet war, ein.

»Wie fühlst du dich? Was, du hast ja nichts gegessen!« Mit diesen Worten räumte sie die Frühstückssachen mit raschen

Bewegungen weg und stellte dafür das noch dampfende Mittagsmahl hin. Sie war wieder ein wenig rot geworden. Als ich nach den Stäbchen griff, setzte sie sich im Schneidersitz rückwärts an die Wand, als wolle sie warten, bis ich zu Ende gegessen hatte. Ich fragte sie ohne Umschweife:

»Wie ist jetzt ihr Zustand?«

»Seit gestern abend ist sie noch schwächer geworden. Vielleicht kommt heute nacht die Krisis.«

»Dann brauche ich doch wohl nicht mehr hierzubleiben?«

»Nein, ich danke dir. So, ich geh dann jetzt.«

In ihrer Antwort klang wirklich echte Dankbarkeit, aber sie machte keine Anstalten aufzustehen, und als ich mich nach einer Weile umsah, beugte Saë ihr von der Krankenpflege müde aussehendes Gesicht über das Tablett und pickte gedankenverloren in dem erkalteten Reis herum.

»Sind die Leute in deinem Haus mit dieser Geschichte hier einverstanden?«

»Ist es denn verboten, so etwas?«

»Mir ist es ja recht, aber ...«

»Was Großmutter angeht, so lass' ich mir von den Leuten im Haus nichts mehr dreinreden.«

Mit diesen Worten nahm Saë die Schale mit dem Frühstücksreis in die Hand und begann ebenfalls zu essen.

»Du wirst es dir ja sicher denken können, ich möchte halt nur mit dir schlafen.«

»Ja doch, ist ja in Ordnung.«

»Du, du denkst dabei nur an deine Großmutter.«

»Und du bist nur zu mir freundlich.«

Sie wandte sich zur Fensterfront und flüsterte:

»Großmutter hat nicht vergessen, daß du da bist! Wenn sie bei Bewußtsein ist, macht sie sich nur um dich Sorgen. ›Hat er zu essen‹, ›Ist ihm der Sake noch nicht ausgegangen‹, ›Hat er ordentlich getrunken und ist bei guter Laune?‹ – ›Saë-san, ich bitte dich, sorge für den Heiligen Mann!‹ – ›Saë-san‹, so spricht sie mich an.«

Daß die alte Frau Saë mit dem höflichen »san« anredete, hatte im Frühjahr begonnen. ›Saë-san, Saëe-san‹, so rief sie mit der Stimme eines jungen Mädchens vom oberen Stockwerk herunter. Als Saë es zum ersten Mal hörte, dachte sie, die Kranke wolle sich nur einschmeicheln, oder es sei gar ironisch gemeint oder aber sie sei jetzt endgültig verrückt geworden. Zu jener Zeit waren Saës Gefühle ihr gegenüber noch sehr kühl gewesen.

Die alte Frau hatte sich standhaft geweigert, das Gesicht ihrer Enkeltochter wiederzuerkennen, als Saë im Herbst vorigen Jahres nach vierjähriger Abwesenheit zurückgekommen war. ›Wer sind Sie denn?‹ hatte sie gefragt, als Saë sich zur Begrüßung ans Kopfende ihres Bettes gesetzt hatte. So zerrte Saë ihren Bruder herbei, der alles mögliche erzählen mußte, aber die Alte sagte nur mit einem Gesicht wie jemand, der sich sehr überzeugend dumm stellt: ›Ach so, die Jüngste der Familie Soundso ist zum Helfen gekommen, das ist nett.‹ Sie wollte überhaupt nichts verstehen, und als man sie partout dazu bringen wollte, sich zu erinnern, hatte sie schließlich geschrien, man solle sie nicht zum Narren halten. Die Schwägerin und die drei Neffen mit dem dreizehnjährigen an der Spitze steckten ihre Gesichter zur Tür herein und lachten ganz ungeniert aus vollem Halse. Auch Saë fiel schließlich in ihr Lachen ein und war viel enttäuschter darüber, daß die Mitbringsel, die sie in Tōkyō gekauft hatte und für die sie ihr ganzes Portemonnaie auf den Kopf gestellt hatte, in diesem so sehr modern gewordenen Haus jämmerlich bieder und provinziell wirkten.

Sie hatte sich von einem Freund getrennt, mit dem sie eine Weile zusammengelebt hatte, und war mit ihrem Leben in Tōkyō an einem Punkt angekommen, wo es für sie nicht mehr weiterging. Als auch ihre Gesundheit angeschlagen war, ließ sie sich durch einen fast sanften Brief ihres Bruders überreden, zur körperlichen und geistigen Erholung zurückzukommen – aber hier wurde ihr gleich die Pflege der Kranken aufgenötigt. Großmutter war eigentlich mehr altersschwach als krank, und bevor Saë kam, war ihnen schon mehrmals vom Arzt bedeutet worden, daß es wohl heute oder morgen zu Ende gehen könne, wenn sich eine Erkältung verschlimmerte. So rief man die Verwandten aus der Umgebung zusammen, und es kam vor, daß sie sich an ihrem Bett versammelten und Tränen vergossen. Aber jedesmal war die Alte am nächsten Morgen wieder ganz munter und sagte ironisch: »Tut mir leid, daß ich euch warten lasse; ich kann noch nicht ins Paradies hinübergehen.« So machten sich die Verwandten mit den Bündeln von Trauerkleidern in den Händen wieder mürrisch auf den Heimweg.

Auch kurz nachdem Saë wiedergekommen war, gab es solch einen Aufstand; diesmal war es nicht so schlimm, daß die Verwandten zusammengerufen wurden, aber ihre Schwäche dauerte lange an, und so kam es, daß Saë den rechten Zeitpunkt verpaßte, nach Tōkyō zurückzukehren. Inzwischen war sie auch von der Alten und den Familienmitgliedern gebeten worden zu bleiben und so in eine Lage geraten, aus der es kein Zurück mehr gab. Auch ihre Brüder und Schwestern aus der näheren Umgebung, die gelegentlich vorbeikamen, wunderten sich nicht besonders, daß Saë, die vor mehr als vier Jahren nach einer großen Auseinandersetzung das Haus fluchtartig verlassen hatte, nun unversehens wieder daheim und bei der Großmutter war. Saë kam sich ziemlich dumm vor, hatte aber noch nicht die Kraft, nach Tōkyō zurückzukehren. Außerdem, wenn Großmutter stürbe, sollte wohl irgend jemand eine größere Summe Geld bekommen; eine solche Abmachung war einmal mit dem älteren Bruder zustandegekommen. Und so brachte Saë ihre Zeit in dem Gefühl zu, sie habe den Tod der Großmutter abzuwarten, und zugleich wollte sie noch eine Weile hierbleiben.

»Saë, kommen die Vorbereitungen für die Olympiade in Tōkyō voran? Ist die neue Schnellzuglinie noch nicht fertig?«

Als sie sich von ihrer Schwäche etwas erholt hatte, wurde sie lästig mit ihrem ständigen Rufen nach Saë. Natürlich wußte sie ganz genau, daß es sich um ihre jüngste Enkelin handelte, die vor fast fünf Jahren nach Tōkyō gegangen war. Als Saë hartnäckig nachfragte, was denn damals bei ihrer Ankunft gewesen sei, tat sie es mit der Antwort ab, sie habe sie schon wiedererkannt, aber um ihre wahren Absichten zu erfahren, hätte sie es vorgezogen, sich unwissend zu stellen. Immer wenn sich Saë im Wohnzimmer des Erdgeschosses mit Bruder und Schwägerin unterhielt, rief sie – wenn sie nicht gerade schlief – mit lauter Stimme nach ihr, auch wenn gar nichts zu besorgen war. Erschien ihr jedoch der Inhalt des Gespräches unten verdächtig, schwieg sie still und spitzte die Ohren. Kam dann Saë mit mürrischem Gesicht die Treppe heraufgestiegen, lag sie zwar still da, lächelte aber manchmal mit halb geöffneten Augen. Bei den Mahlzeiten ließ sie sich viel, viel Zeit, hielt Saë mit allen möglichen Wünschen auf Trab und verputzte ziemliche Mengen. Beim Umkleiden und Waschen bestand sie auf einer peinlich genauen Reihenfolge. Wenn Saë sich nicht daran hielt, bewegte sie sich um keinen Millimeter. Ihre Wünsche äußerte sie nur in kleinen Portionen, so daß Saë viele Male die Treppe hinauf und hinunter mußte.

»Klar, Frauen, die sich so ungeschickt bei der Krankenpflege anstellen, denen muß ja der Mann weglaufen!«

Saë stieg manchmal das Blut zu Kopf, und sie war kurz davor, sie anzubrüllen. Aber die Alte las dann sehr schnell aus der Miene ihrer Enkelin, machte sich unter der Decke ganz klein, zog Arme und Beine an wie ein Schildkrötenkind und starrte sie mit aufgerissenen Augen an. Gerade in diesen Augenblicken fiel es Saë merkwürdigerweise immer ein, daß sie im Augenblick zu nichts anderem nütze war, als ihre Großmutter zu versorgen, und es in diesem Haus und auch in Tōkyō sonst nichts für sie zu tun gab. Und wenn sie dann die Zeit bedachte, die ihr von morgens bis abends normalerweise zur Verfügung stand, besänftigte sich ihr Zorn.

Inzwischen hatte sie schon einen gewissen Langmut entwickelt, und zwischen ihr und der Kranken hatte sich ein bestimmter Umgangston eingestellt. »Du bist doch ein ungeschicktes Kind!« sagte die Großmutter immer wieder, und Saë gab nicht faul zurück: »Und du bist eine lästige Alte, nicht wahr!« In diesem Verhältnis war allmählich schon eine Art Vertrautheit zu spüren.

Saë schleppte ihr Bettzeug in das Obergeschoß hinauf, das eher ein Dachboden war – früher der Raum für den Webstuhl –, und schlief neben der alten Frau. Spät in der Nacht kam es vor, daß die Großmutter zu stöhnen anfing, weil sie nicht einschlafen konnte und wollte, daß man sich um sie kümmerte. Dann öffnete Saë halb ihre Augen, spähte nach der Miene der Alten und sagte dann: »Großmutter, laß das Theater! Denn wenn es dir mal wirklich schlecht geht ...« Sie konnte das ohne jede Bösartigkeit sagen. Die Alte hörte dann sofort mit dem Stöhnen auf und brachte die Sprache auf ganz unerwartete Dinge. »Du, mit wieviel Männern hast du in Tōkyō geschlafen?« – »Mit hundert«, gab Saë schon halb im Schlafe zurück.

Als es Frühling wurde, hatte die Alte sich wieder eine Erkältung zugezogen und wurde von ziemlichem Husten gequält. Zwei, drei Tage war sie ganz heiser und brachte keine Stimme mehr hervor. Und dann fing sie an, mit schmeichelndem Tonfall ›Saë-san, Saë-san‹ zu rufen. Es war eine hohe, zitternde Kopfstimme, und irgendwie war darin ihr Alter überhaupt nicht mehr zu spüren. Die Leute im Hause sagten: »Was für eine unangenehme Art zu rufen!« Saë dachte: »Ihr Atem geht schwer, und sie ist nun doch schon im Kopf nicht mehr ganz richtig.« Aber auch nachdem sich ihr Husten gelegt und sie wieder bei Kräften war, rief sie weiterhin nur ›Saë-san‹.

Ihre Schwäche war seit jener Krankheit aber doch fortgeschritten. Wenn sie sich auf dem Bett aufsetzen ließ, konnte man sehen, wie schmal ihr Körper geworden war. Nachts mischten sich in ihre Atemgeräusche ganz von selber leise, wimmernde Töne hinein. Ihr Appetit litt freilich kaum, und auch ihre spitzen Bemerkungen über Saës Bruder und Schwägerin kamen wie eh und je. Gegenüber Saë selber jedoch sagte sie nun nichts Unfreundliches mehr.

»Saë-san, du bist meine einzige Stütze!« Anfangs hatte sie es so ausgedrückt. Auch Saë hatte das Gefühl, die letzte Hilfe für die Großmutter zu sein, die allmählich wieder zum Kind geworden war. An schönen Tagen, wenn die Alte die Landschaft draußen anschauen wollte, breitete Saë ihr das Bettzeug am Fenster aus, sie selbst setzte sich, ans Fenster gelehnt, neben sie, und so betrachteten sie versunken die Felder, den kleinen Tempel, Fluß und Berge, die in die Nachmittagssonne getaucht waren.

»Saë-san, du bist in der letzten Zeit viel hübscher geworden!« sagte sie, aber Saë schaute ihr nur ins Gesicht und meinte: »Großmutter, du brauchst mir keine Schmeicheleien zu sagen, ich sorge auch so richtig für dich.« Da senkte die Alte etwas verschämt den Blick.

»Saë-san, du hast so viel zu tun, verzeih mir.« An einem anderen Tage, als Großmutter wieder ihre Dankbarkeit äußerte, nahm es sich Saë wirklich zu Herzen. Und noch ein paar Tage später sagte die Alte, nachdem sie saubergemacht worden war: »Saë-san, wenn ich wieder gesund bin, komme ich auch zu dir zum Helfen.« Das fand Saë nun wirklich bemerkenswert und flüsterte es ihrem Bruder zu, als sie einmal ins Erdgeschoß hinuntergestiegen war.

Aber Großmutter hatte keinesfalls ihren Verstand verloren. Gegenüber der Familie von Saës Bruder tat sie zwar so, als ob sie schon senil wäre, auf der anderen Seite sprach sie aber mit schneidender Verachtung zu ihnen: »Wenn ihr mich, das letzte kümmerliche Überbleibsel eurer Ahnen, so nachlässig behandelt, dann sollt ihr euch nicht wundern, was aus euch, Eltern wie Kinder, in Zukunft einmal werden wird! Saë dagegen, die ist ein lobenswertes Kind!« In solchen Augenblicken rief sie sie dann heran: »Ich vergesse nicht, daß du meine Enkelin bist.« Jedoch waren sie dann nur noch zu zweit, gab es wieder die Rufe »Saë-san, Saë-san«, und es schien, als meinte sie plötzlich, mit einer anderen Person zu sprechen. Die Stimme der alten Frau wurde weicher, etwas gedämpfter, sie bekam sofort einen jugendlichen Klang. Auch ihre Ausdrucksweise änderte sich, es war dann nicht mehr die Sprache der Gegend, sie war ein wenig förmlicher, ein wenig gezierter und dabei doch von einem warmen, vertraulichen Tonfall. Aus allem, was sie sagte, mußte man schließen, daß sie sich irgendwie in ihre Jugendzeit zurückversetzt fühlte: Ein Mädchen gleichen Alters war zu Besuch oder zum Helfen ins Haus gekommen, und sie waren jetzt beim Plaudern. Saë brauchte sie nur anzusprechen, und schon wurde es ihr bewußt. Weil sie dann ein trauriges Gesicht bekam und es für Saë auch lästig war, alles einzeln herauszufragen, gab sie mit unendlicher Geduld nur Laute der Zustimmung und des Interesses von sich, bis ihr Gegenüber vor Müdigkeit den Faden der Erzählung verlor. Währenddessen wurde sie mit unerwartet sanften Worten angesprochen, wobei sie seltsamerweise in eine immer weichere Stimmung kam. Die Leute von der Familie im Erdgeschoß fanden die Vertraulichkeit der beiden unheimlich und fingen an, Saë zu hassen.

Das Verhältnis Saës zu Bruder und Schwägerin verschlechterte sich schließlich vollends. Letzten Endes ging es dabei ums Geld. Die alte Frau hatte gesagt, daß das Vermögen auf ihren Namen als Andenken an Saë übergehen solle. Weil Saë sich nicht vorstellen konnte, daß es sich dabei um eine größere Summe handelte, hatte sie ganz arglos gesagt: »Gut, die Hälfte nehme ich an.« Als Bruder und Schwägerin, vorsichtig geworden, sich bei der Großmutter erkundigten, kam heraus, daß Ersparnisse von drei, vier Millionen Yen auf ihren Namen liefen; das Siegel für das Sparbuch dazu verwahrte sie stets sorgfältig unter ihrem Kopfkissen in einem alten, schmutzigen Tragetuch auf. Da brach alles Angestaute hervor. Saë wünschte sich nur so viel Geld, um nach ihrer Rückkehr nach Tōkyō ein ruhiges Appartement als Basis für ihr weiteres Leben anmieten und den Lebensunterhalt für ein bis zwei Monate bestreiten zu können. Danach, soviel Selbstvertrauen hatte sie, würde sie es selber schaffen, wenn sie nur hart genug arbeitete. Außerdem war ihr die Vorstellung, daß sie mit den Ersparnissen von einer Million Yen als Frau alleine sparsam und zurückgezogen leben könnte, fast unheimlich; es wäre ihr unangenehm gewesen, fast so, als hätte man sie bei etwas Unerlaubtem beobachtet. Aber eines Abends wurde sie, als die Alte bereits eingeschlafen war, von ihrem Bruder zu sich gerufen. Es ginge nicht an, daß sie, die Schwäche und Nachgiebigkeit der Kranken ausnützend, nach ihrem Gelde schiele. Als er sie so mit herrischen Worten abkanzelte, wurde sie erst recht störrisch: »Ich brauche keinen Sen von dem Geld! Außerdem habt ihr mir nichts in bezug auf Großmutter zu sagen. Großmutter gehört ganz allein mir!« schrie sie ihn an und stürmte die Treppe hinauf und hielt Großmutter lange weinend im Arm.

Die Worte ihres Bruders jedoch weckten schließlich ihre Begierde. »Begierde« – das war für sie gleichbedeutend mit ihrer Bangnis, in Tōkyō irgendwann alleine leben zu müssen, nachdem sie alle Bindungen zu diesem Haus hier würde abgeschnitten haben. Wenn ihr wenigstens fünfhunderttausend Yen blieben, so könnte sie zuversichtlich in die Zukunft schauen, und so begann sie, nach zwei, drei Tagen wieder, gegenüber der Familie des Bruders versöhnlich zu sein. Sie fing sogar an, darüber nachzudenken, daß sie sich, seit ihr die Pflege der Alten aufgenötigt worden war, in ihrer eigensinnigen Art wie die typische, jüngere Schwägerin im Haus benommen hatte. Aber gerade zu jener Zeit bekam sie von ihrem Bruder zu hören: »Seitdem du zu uns gekommen bist, ist alles im Haus so schlampig geworden. Das geht nicht so weiter!« Dies wurde nun Anlaß für eine weitere große Streiterei. Saë rannte nach oben, rüttelte die Alte wach: »Großmutter, es war falsch von mir, daß ich alle angelogen habe, aber gib mir bitte fünfhunderttausend Yen an Stelle einer

Aussteuer. Wenn ich dich hier versorge, dann betrachte ich es ja nicht als Job, mit dem ich mir etwas verdienen kann. Keinesfalls will ich Geld von Leuten annehmen, die doch nur daran denken: ›Hoffentlich stirbt sie möglichst bald‹. Großmutter, ich brauche dein Einverständnis!« so klagte sie laut mit einer Stimme, die auch unten zu verstehen war. Diesmal platzte der Schwägerin der Kragen, und dann schrien sie sich beide – unten und oben an der Treppe stehend – an:

»Wir sind die Stammfamilie, und der älteste Sohn ist immer noch der älteste Sohn!«

»Und was bist du? Du bist doch wohl nur eine Fremde!«

Seitdem sprachen die beiden kaum noch miteinander; sie kochten separat, und jede machte auch die Wäsche für sich.

»Saë-san bekommt alles von mir!« Diesmal war es die Großmutter, die so sprach, daß man es auch unten hören konnte. Saë hatte sich innerlich schon so weit zurückgezogen, daß zweihunderttausend Yen für sie schon das Höchste darstellten, und sie war nicht mehr gewillt, sich noch einmal von jemanden zu irgendeiner Äußerung bringen zu lassen, solange die alte Frau noch lebte. Wenigstens bis dahin wollte sie von der Alten als ihre alleinige Erbin angesehen werden. Das würde, so meinte sie, ihr innerlich mehr Halt geben, später alleine in Tōkyō leben zu können, als es eine kleine Summe Geld jetzt vermocht hätte.

»Saë-san, ich hab' jetzt schon so lange bei dir sein dürfen. Es wird Zeit, daß ich mich verabschiede«, so flüsterte eines Abends die Alte auf ihrem Bett liegend.

»Aber nein, Großmutter, du brauchst dich doch nicht so zu beeilen, bleib ruhig noch eine Weile.« Saë ließ sich ganz in die Situation mit hineinziehen und gab so diese seltsame Antwort.

»Ich möchte wirklich bald nach Hause gehen«, wiederholte die Alte mit klagendem Ausdruck. Vielleicht hat sie geträumt, sie könnte nicht zurück, weil sie keinen Schirm mithatte, dachte Saë. Seit Beginn der Regenzeit regnete es in der Tat jeden Tag. Wenn dann die Schauer vorbeigezogen waren, fraßen sich von den Quellen aus kleine, selbständige Bäche in die Böschungen hinein, und hier und da entstanden Bergrutsche. Nach Einbruch der Nacht kam das Rauschen des Baches bis unter das Vordach des Hauses heran, und es klang, als würde die ganze Dunkelheit mit fortgeschwemmt. Der Atem der Alten, der ständig, im Wachen und Schlafen, von einem dünnen Winseln durchzogen war, war dann überdeutlich und schmerzlich zu spüren. »Ich möchte sterben und kann es doch nicht«, flüsterte die Alte nach einiger Zeit wieder, und an diesem Abend hatte sie zum erstenmal von den Gräbern am anderen Ufer und von dem heiligen Saëmon erzählt. Saë konnte sich nicht erinnern, obgleich sie ihn in ihrer Kinderzeit gesehen haben mußte. Daß es einen solchen Brauch in ihrem Dorf gegeben hatte, empfand sie einfach als scheußlich und erschreckend. »An solch einen Ort lasse ich dich nicht gehen, Großmutter!« hatte sie sogar gesagt. Aber da hatte die Alte mit zornig-bitterer Stimme erwidert:

»Ein Krematorium ist furchtbar! Wenn sich die Eisentür schließt, und im Inneren ertönt dann ein Zischen und Platzen – o nein, ich mag das nicht! Ich möchte langsam zu Erde werden, und wenn ich dann zu Erde geworden bin, werde ich in den Fluß hinuntergeschwemmt. Und der Heilige Mann bringt alles in Ordnung.«

Von da an, wenn abends heftige Regengüsse peitschten und das Rauschen des Baches näherkam, sprach die Alte jedesmal davon. Sie wiederholte das gleiche wieder und wieder und sprach so, als seien ihr diese Erinnerungen sehr lieb und teuer. Saë hatte dabei das Gefühl, als erinnerte sie selbst sich allmählich an immer mehr, und ihr war, als würden durch die Geschichten der Alten ihre Erinnerungen sogar für Dinge geweckt, die sie gar nicht selbst erlebt haben konnte. Auch nachdem die alte Frau dann, vom Erzählen ermüdet, wie in Resignation ganz klein geworden, eingeschlafen war, streichelte Saë ihren lauwarmen Rücken weiter und horchte auf die Laute der Strömung. Von Zeit zu Zeit war das dumpfe Geräusch von Erdrutschen zu hören.

Saës Großmutter war schon in ihrer Kinderzeit erzählt worden, daß zur Regenzeit am jenseitigen Ufer des Flusses jede Nacht Irrlichter leuchten sollten, aber sie hatte bis zu ihrem achtzehnten Lebensjahr nie etwas Ähnliches gesehen. Eines Abends jedoch, nachdem ein Gewitter mit Regenschauer vorübergezogen und es draußen ganz still geworden war, hatte sie, sich beständig den Schweiß aus dem Nacken wischend, den Regenladen vor dem Webstuhlraum geöffnet. Die Wolken waren noch nicht aufgerissen, feiner Regen rieselte unausgesetzt weiter, während sich von den Feldern bis zu den Bergen eine ganze Fläche von Dunkelheit ausbreitete. Weit hinten, am Ende der Finsternis, gerade in der Nähe des Friedhofs, konnte man etwas ganz schwach Weißes spüren. Als sie ihre Augen anstrengte, wurde Helligkeit sichtbar, fächerförmig, von einer Gestalt, als wäre ein Mörser mittendurch geschnitten worden. Man hatte das Gefühl, daß es sich um ganz feinkörnige Erde handeln müsse, sie leuchtete, ohne eigentlich zu leuchten. Und dann begann das Ganze zu gleiten, wurde eine Idee heller und sammelte sich am Grunde des Mörsers. Kaum, daß es ganz plötzlich deutlich eine fahlblaue Farbe annahm, durchbrach es eine Stauung und schob sich glatt und behende vor. Die Oberfläche des Flusses, der in sanften Windungen strömte, nahm den blauen Sturzbach von Sand und Erde auf. Auch im Wasser glomm es noch schwach, wurde ein, zwei Fuß weitergeschwemmt und Stückchen für Stückchen in die Dunkelheit hinein fortgetragen; auch flußabwärts leuchtete es noch einige Male kurz auf.

KAPITEL 5

An diesem Abend drang erstmals das Rauschen des Wasserlaufs an mein Ohr. Was ich in der letzten Nacht und in der Nacht, die ich in dem kleinen Tempel zubrachte, kaum wahrgenommen hatte, klang jetzt seltsam nah. Vielleicht war es meinen Ohren, die vier lange Tage an das Rauschen reißender Bergbäche gewöhnt waren, nur als ein Teil der nächtlichen Stille in der Ebene wahrzunehmen gewesen. Jedesmal, wenn es vom Geräusch des Windes ausgelöscht wurde, kam es aus den verschiedensten Richtungen in vielerlei Klangfarben und – verglichen mit den lauten Tönen der tiefen Bergtäler – hier merkwürdig melancholisch über den Boden kriechend, sich ausbreitend heran, als wollte es selbst den Körper des Schlafenden dem Flußbett gleich eben machen. Es hatte etwas, dem schwer zu entkommen war.

Saë hatte an jenem Tag nur ein wenig mit mir geplaudert und war dann wieder heimgekehrt. Ich war schon beim Zuhören, mit dem Kopf auf dem Arm als Kopfkissen, eingeschlummert. Und ich wachte erst wieder auf, als der Tag schon zur Neige ging. Schweißverklebt, wie ich war, wollte ich baden und ging hinunter zum Flußbett. Der Nachgeschmack der körperlichen Vereinigung mit der Frau haftete heute noch stärker als gestern an mir. Ich wusch meine Untersachen und mein Bergsteigerhemd rasch mit Seife durch und versenkte sie, mit Steinen beschwert, am Grunde des Wassers. Dann seifte ich meinen ganzen Körper kräftig ab und ließ mich an einer seichten Stelle rücklings im Wasser treiben. Wie ich zur Seite hochschaute, kamen – nur von ein wenig weiter oberhalb – Reste von Sand und Erde heran, die aus der Böschung herausgedrückt worden waren. Ich erhob mich und flüchtete mit raschen, unsicheren Schritten gegen die Strömung in Richtung auf den Oberlauf hin und tauchte in der Nähe der Hängebrücke wieder ein. Das Wasser teilte sich am Kopf, floß über der Brust wieder zusammen, streichelte den Unterleib, hob die Hüfte hoch, die tiefer als der Rücken eingetaucht war, und zeichnete die Linien meiner schon ganz kühl und steif gewordenen Beine bis hin zu den Zehennägeln nach. Ich schaute aus der gleichen Höhe wie das Geglitzer der Wasseroberfläche zum Unterlauf. Dort waren die Ärmel meines vorhin im Wasser versenkten blauen Hemdes nach oben hinaufgetrieben, teilten die Brust und wedelten in der Strömung.

»Heute nacht scheint es soweit zu sein.« In der anbrechenden Dunkelheit war Saë mit angespanntem Gesicht erschienen. Das Abendessen, das sie vor mich hinstellte, bestand diesmal nur aus einer Schale mit Reis, einem rohen Ei und Miso-Suppe. Sie zündete selbst die Lampe an und schaute mit forschenden Augen aus dem Fenster. Schließlich hängte sie die Lampe in den Kesselhaken. Während sie zur Tür hinunterstieg, schärfte sie mir ein, die Läden nicht zu schließen und die Lampe nicht zu löschen, bis das Licht im Webstuhlzimmer ausgegangen war. Ich vergewisserte mich hastig:

»Aber ich brauche doch nichts zu machen, oder?«

»Du könntest dich ruhig etwas betrinken und vielleicht irgendwelche Lieder singen ...«

Saë warf einen schnellen Blick auf den Rosenkranz und den Sutren-Band, die in einer Ecke der Hütte lagen; ihr Ausdruck war dabei der gleiche, mit dem sie mich bei unserem ersten Zusammentreffen abgeschätzt hatte. Dann schüttelte sie den Kopf, als ob sie sagen wollte: »Mit diesem Menschen hier ist wirklich nichts anzufangen!« und verließ den Raum. In meinem Herzen regte sich sogleich ein kindliches Verlangen, ihren Erwartungen zu entsprechen.

Aber als der Sake ins Spiel kam, kehrte ich wieder zu meiner trüben, kraftlosen Stimmung zurück. Bei Licht besehen, war meine Aufgabe eigentlich schon dadurch erfüllt, daß mich die Alte fälschlicherweise als den Bettler Saëmon angesehen hatte, bevor ich noch von Saë in die Pflicht genommen wurde. Darüber hinaus konnte ich nichts mehr tun. Eine alte Frau, die ich noch nicht einmal vom Sehen kannte, lag im Sterben, mit ihrer Enkelin war ich ein einziges Mal intim gewesen, ich aß das Essen, das sie mir zubereitete, wir aßen sogar zusammen – das war alles.

Nachdem der Sake seine Wirkung entfaltet hatte, stopfte ich den Reis in mich hinein. Als dann die Schläfrigkeit über mich kam, fiel ich bäuchlings auf meinen ausgebreiteten Schlafsack. »Du darfst nicht einschlafen!« ermahnte mich eine Stimme, und jedesmal rappelte ich mich mühsam hoch, drückte meine Stirn an die kalten Dielen, um die Müdigkeit zu vertreiben, aber dann erschien die Gestalt des Heiligen vor mir, der alle Glieder von sich gestreckt dagelegen haben sollte, und alles war gleich wieder vergebens gewesen.

Nach geraumer Zeit träumte ich, daß Saë ganz aufgelöst angerannt kam. Schritte von vielen Leuten, die den Pfad am Hügel hinunterliefen, waren zu hören. »Los, schnell!« drängte Saë, »schnell aus der Hütte raus und zum Tempel!« Und sie rief auch: »Vergiß nicht den Rosenkranz und den Spaten!« – »Das habe ich aber nicht versprochen«, verzog ich mein Gesicht ärgerlich. »Was sagst du da! Wie kannst du hierbleiben, wo es doch ein Begräbnis gibt. Tu das, was du zu tun hast, sonst werde ich dich fortjagen, weil du mit mir geschlafen hast ...«

Vom hellen Fenster kam herbstlicher Wind herein; mein Rücken war ganz kalt. Ich setzte mich auf und spähte hinaus; im Webstuhlraum brannte immer noch das Licht. Ich stürzte eine ganze Teeschale mit Sake hinunter und stieg zum ungedielten Fußboden hinab. Ich war nun willens, zu irgend etwas nutze zu sein. Während ich zwischen den Sommergräsern lange, lange mein Wasser abschlug, hatte ich das Gefühl, als ob ich jetzt vor der Hütte laut schreien müßte: »Hallo, Saëee, komm her, ich will mit dir schlafen!« Das wäre gut, das wäre eine gute Tat! Während ich mir dies ernsthaft überlegte und vor den Tempel trat, war unversehens das Licht im Webstuhlzimmer ausgegangen.

Wahrscheinlich hatte sich der Zustand der Alten in dieser Nacht stabilisiert, Saë hatte das Licht gelöscht und sich neben ihr zum Schlafen gelegt, so überlegte ich mir. In diesem Augenblick drang wieder das Rauschen der Strömung an mein Ohr. Ihr Ton wurde auch nach dem Schließen der Fensterläden überhaupt nicht schwächer. Ich setzte mich bei der Feuerstelle nieder und zog die große Sakeflasche heran.

Saë erzählte mir, daß sie anfangs gefragt hatte: »Großmutter, warum hat man eigentlich solche unmenschlichen Dinge getan, hier im Dorf?«, weil sie diese Begräbnissitten unbegreiflich fand.

»Was ist daran unmenschlich?« hatte die Alte gelacht, »ist es nicht viel herzloser, jemanden mit einem Mal zu Asche zu machen?«

Bis der Tote vollständig zu Erde geworden sei, vergäßen die Hinterbliebenen diesen Toten nicht. Mit dem, was die Mönche beim Tempel sagten, mit dem ›siebenmal siebten Tag‹ oder dem soundsovielten Totengedenken habe das alles nichts zu tun. Jedesmal, wenn man auf dem Feld die Erde umgrabe, erinnere man sich. Jedesmal, wenn man Wasser schöpfe, erinnere man sich. Jedesmal, wenn man zu Bette gehe und Arme und Beine anziehe, erinnere man sich.

»Aber, das Wichtige ist doch wohl die Seele?«

»Seele, gibt's das denn überhaupt?«

Ganz überraschend hatte die alte Frau das so leichthin gesagt. Nehmen wir einmal an, es gäbe sie wirklich, die einzelnen Seelen, jede für sich und sie würden bis auf ewig da sein, ohne zu sterben, dann wären auf unserer Welt die Mühseligkeiten noch verwickelter; was könnte man tun? Es gibt keine Seele, deshalb gibt es auch weder Himmel noch Hölle. Seit alten Zeiten haben die Menschen das in ihrem Innersten geglaubt. Was existiert, das sind nur die Menschen, die lebend zurückbleiben. Und die lebendig Zurückgebliebenen erinnern sich an die Verstorbenen. Sie denken die gleichen Dinge, die irgendwann einmal auch die Verstorbenen gedacht haben. Mit dem gleichen Gefühl tun sie die gleichen Dinge und stehen in der gleichen Haltung da. Und dann sterben sie. Die Früchte reifen und verdorren, es kommen neue Knospen, sie werden vom gleichen Wind umweht wie im Vorjahr – das ist nichts anderes. Deshalb muß man ganz von selber, ganz langsam zur Erde zurückkehren.

»Dann wäre es doch vernünftig, sich in einem richtigen Grab begraben zu lassen!«

»Drüben gibt es doch prächtige Gräber!«

»Beim Tempel ginge es nicht?«

»Du weißt doch wohl, wie wenig Platz dort ist. Er würde bald voll sein.«

»Aber dann doch zumindest im Dorf!«

»Wo gibt es denn im Dorf wohl noch übrige Felder?«

Ihre Antworten waren so schlicht und klar, daß Saë verstummte. In der Tat gab es in dem engen Dorf keine freien Flächen mehr, die man für die Toten hätte abzweigen können. Und auch das Gelände um den Tempel war nicht groß. Das »jenseitige Flußufer« war ebenfalls schmal. Wenn man für jeden Toten ein Stückchen abteilte, würde es kaum für drei Generationen reichen. Der Heilige Saëmon grub zur Beerdigung die alten Gräber um und schaffte eine dünne Schicht Erde in die tiefergelegenen Stellen. Und starker Regen spülte sie zusammen mit Sand und Erde in den Fluß.

»Aber sollten nicht lieber Leute aus der Familie die Toten hinübertragen?«

»Es ist besser, wenn keiner dort seinen Fuß hinsetzt. Wenn alle hingingen, gäbe es nur Streitigkeiten. ›Was, das ist doch unser Grab!‹, ›O je, hier hat man unsere Ahnen umgegraben!‹«

»Hat denn der Heilige Mann nur diese Pflichten?«

»Ist das nicht allein schon eine wundervolle Aufgabe? Er verdient Dank dafür.«

»Aber, wenn es keinen Himmel und keine Hölle gibt ...?«

»Es ist ja auch etwas anderes als bei den Priestern vom Tempel.«

Vielleicht um dieses Verdienst zu erklären, begann die alte Frau über den Saëmon aus ihrer Jugendzeit zu sprechen, der im Dorfe lebte, als sie achtzehn Jahre als war, also über den Saëmon der vorvorletzten Generation. Dieser Saëmon war ursprünglich, wie er selber sagte, Bauer gewesen. Er hatte gleich ein Auge auf die Felder geworfen, die der Saëmon vor ihm bearbeitet hatte und sie innerhalb von nicht zwei Jahren wieder in prächtig gedeihende Äcker verwandelt. Er war im Dorfe allgemein beliebt, weil er keinerlei Schwierigkeiten machte. Aber nach zehn Jahren, mitten im Sommer, war er plötzlich nicht mehr zu sehen, und als die Fenster der Hütte sieben Tage lang verschlossen blieben, dachten die Dörfler zuerst, er wäre heimlich fortgegangen. ›Wenn wir ihn hinausgeworfen hätten, – nun gut, aber daß er uns davonläuft!‹ Aber da kamen ein paar junge Leute, die in die Hütte gespäht hatten, aufgeregt herbeigerannt: ›Er ist tot!‹ sagten sie. Natürlich war das etwas, was – recht überlegt – schon einmal passieren sollte, aber soweit man sich erinnern konnte, bislang noch ohne Beispiel. Ein Saëmon starb doch nicht, ein Saëmon verschwand. Weil man nun aber die Toten des Dorfes schlecht sich selbst überlassen konnte, mußte wohl jemand aus dem Dorf, ein junger Mann, den Saëmon machen. Doch selbst gegenüber den Toten aus der eigenen Verwandtschaft hegte man Widerwillen. Jedoch, ging es wirklich an, sie einfach von hergelaufenen Landstreichern tragen zu lassen? Die Diskussion fing immer wieder von vorne an. Aber da brachte jemand neue Botschaft von der Hütte: ›Er lebt!‹ Man schickte noch jemanden hin, der sich vergewissern sollte. Offenbar sei er schwer krank, sehe aus wie ein Toter, aber er atme noch und habe auch die Augen auf. ›Dann müssen wir ihn schleunigst aus dem Dorf hinausschaffen‹, entrüstete sich jemand. Aber genau zu dieser Stunde fiel ein Alter aus dem Dorfe auf dem Abtritt um und tat seinen letzten Atemzug.

›Jetzt wird es aber höchste Zeit, daß wir den sterbenden Saëmon aus dem Ort bringen und jemanden als Ersatz für ihn in die Hütte stecken!‹ So beschloß man einmütig in gemeinschaftlicher Beratung, aber weil man alles andere lieber getan hätte, als einen jungen Mann aus dem Dorfe mit einer solchen Arbeit zu betrauen, wollte man sich noch einmal vergewissern, ob der Saëmon wirklich zu nichts mehr tauge, und zwei alte Männer wurden für diese Aufgabe ausersehen. Nachdem die beiden in die Hütte eingetreten waren und sich am Kopfende des Lagers vom Saëmon, der in eine Matte eingewickelt dalag, niedergekauert hatten, erkundigten sie sich ohne Umschweife – weil umständliches Drumherumreden doch nichts einbrachte –, ob er es wohl noch schaffe. ›Eine Beerdigung?‹ fragte der Saëmon, indem er die Augen öffnete, ›na ja, dann kann ich eben noch nicht sterben!‹ und richtete sich mit einem Ruck vom Lager auf. Er ließ die beiden Alten die Fensterläden öffnen und bat sie, der Familie des Toten auszurichten, er brauche kein richtiges Essen, sie sollten ihm lediglich einen dünnen Reisschleim kochen, und dann deutete er mit einer Geste den beiden verlegen Dastehenden an, sie sollten die Hütte verlassen.

Ob das wohl gut geht, fürchteten einige, aber weil es schon dunkelte, ging man auseinander, um sich für die Totenwache und die Beerdigung vorzubereiten. Unverzüglich wurden Sake und ein Napf mit Reissuppe sowie ein Beutel mit Desinfektionsmittel als Opfergaben vor der Hütte deponiert. Nur der irdene Napf verschwand im Inneren. Auch ein weiterer am nächsten Morgen war schnell nicht mehr da; doch die Gestalt des Heiligen zeigte sich nicht. Die Familie des Verstorbenen atmete erst einmal auf. Als die Zeit herangekommen war, den Leichnam über den Fluß zu schaffen, brachten drei junge Leute – einer ging voran, zwei trugen vorne und hinten – den Sarg zum kleinen Tempel. Dann zogen sie sich zurück, mit lauter Stimme den Namen des Heiligen rufend, und beobachteten gespannt den Platz vor der Halle. Der irdene Napf, den sie am Mittag als Opfergabe hingestellt hatten, blieb unangetastet, und der Heilige zeigte sich nicht, wie lange man auch wartete. Die Leute aus dem

Haus des Verstorbenen gerieten in hellste Aufregung: ›Haben wir's nicht gesagt? Jetzt ist der Leichnam schon beim Jizō-Tempel, und der Heilige Mann liegt tot in seiner Hütte. Schlimmer konnte es kaum kommen. Was bleibt uns jetzt zu tun?‹ Angesichts dieser flehentlichen Klagen rief einer der beiden Dorfältesten trotzig aus: ›Jetzt trage ich ihn hinüber!‹ – ›Aber dann befleckst du dich und kannst beim buddhistischen Tempel nichts mehr anfassen! Wer soll wohl die Anordnungen beim Fest übernehmen?‹ schalt ihn der andere. Bei all dem Hin und Her neigte sich schon der Tag, und da, endlich, war der Heilige Mann, die Tür aufstoßend, aus dem kleinen Tempel hervorgekommen. An seinem fast zum Skelett abgemagerten Körper wirkte nur der Kopf gewaltig. Sein Bauch hing faltig vornüber – seine ganze Gestalt war genau die eines Hungerteufels, wie auf einem Bilde gemalt. Er wollte gerade die Treppenstufen heruntersteigen, als seine Augen auf dem Beutel mit dem Desinfektionsmittel verweilten, er stieß ihn wütend mit einem Fußtritt um. ›Ahh . . .!‹ Die Frauen aus dem Totenhause stießen einen leisen Schreckenslaut aus.

Als er aber seine Schultern unter den Sarg schob, kam er nicht einmal mehr hoch, so sehr war er geschwächt, und die Menge konnte nur hilflos zuschauen. Da setzte der Heilige den Sarg wieder ab, stand auf und schwankte zum Tempelchen hinüber, ließ sich auf den Stufen nieder, zog die Sakeflasche heran, nahm zwei, drei Schluck zu sich und goß sich den Rest mit einer müden Bewegung über die Brust, aus der alle Rippen hervorstachen. Dann stemmte er seinen Rücken noch einmal unter den Sarg und verharrte wieder lange bewegungslos, bis er mit dem Ausruf »O Bu-ud-dha« sich aufrichtete und sich geradewegs in Richtung der Hängebrücke in Bewegung setzte. Nun hatten schon einige die Hände zum Gebet aneinandergelegt. Aber dann erst, als der Heilige am »jenseitigen Ufer« vom Gewicht des Spatens hin und her gezogen viele Male taumelte, hinfiel und, völlig mit Dreck beschmiert, zu guter Letzt den Toten in die Erde zurückgebracht hatte! Er schaute auch bei den niedriggelegenen Gebieten nach dem Rechten, zum Schluß kauerte er sich lange an der Wasserstelle nieder, bis er wieder bei Atem war, und kehrte dann mit ruhigen Schritten über die Hängebrücke zurück. Nun erhoben alle, alle bei seinem Anblick – einer Lehmfigur gleich – die Hände und legten sie im Gebet aneinander.

»Siehst du, deshalb empfindet jeder Dankbarkeit, aber das ist wohl noch nicht alles.«

Als Saë so mit ihrer Erzählung geendet hatte, rutschte sie von der Wand an meine Seite heran und goß in die leergewordenen Reisschälchen, in ihres und in meines, Tee. Dabei kam mir – ich weiß nicht, weshalb – in den Sinn, daß gestern dieselbe Saë ihre Hände mit meinen vereint hatte. Und dabei fiel mir auch gleich ein, wie mir, es war vielleicht zwei Monate her, die Mutter des Mädchens, mit dem ich zusammengelebt hatte, gesagt hatte, ich sollte mich von ihrer Tochter trennen. Und auch damals hatte das Mädchen – vor ihren Augen – meine Hand ergriffen. Ich trank mit hastigen, großen Schlucken meinen Tee und wartete zu dieser Zeit wieder auf eine Gelegenheit, Saë an mich heranzuziehen und sie zu umarmen.

»Er übernimmt ja wirklich eine unangenehme Aufgabe, letztendlich ...«

»Was auch passiert – dabei ist jeder doch auf fremde Hilfe angewiesen, oder?«

»Und hat man versucht, ihm Dankbarkeit zu zeigen?«

»Die Leute aus dem Dorf sollen gegenüber diesen Dingen seit alters her eher ziemlich kühl gewesen sein.«

Der Saëmon der folgenden Generation, so erzählte sie, war seit den ersten Tagen, da er im Dorf erschienen war, solch ein Typ. Ein Bettler ist eben ein Bettler, und er war in einem halbverhungerten Zustand in dies Dorf verschlagen worden. Für eine gewisse Weile machte er eifrig bettelnd seine Runde im Dorf, aber schon nach zehn Tagen begann man ihn als einen Saëmon zu sehen, er erhielt seine Gaben in einer gewissen Reihenfolge, und was er bekam, hatte im einzelnen seinen Wert. Ob er vielleicht ein entlaufener Priester war, ob er sich irgendwo etwas abgeguckt hatte oder einfach nur die Veranlagung dazu hatte, war nicht klar. Jedenfalls, seine Art zu reden und sich zu bewegen hatte etwas von einem Priester. Über die Gräber am »jenseitigen Ufer« schien er Bescheid zu wissen, und sobald er wieder zu Kräften gekommen war, begann er, die kleine Tempelhalle zu putzen und ihre Umgebung von trockenen Gräsern zu befreien. Auch daß er mit der Reinigung der Gräber begann, war ja in Ordnung, nur tat er es, indem er mit lauter Stimme Sutren rezitierte. Wenn Leute aus dem Dorf ihre Schritte anhielten und zuschauten, merkte er es sofort und erhob seine Stimme ein wenig, damit es feierlicher klang. Später wurde seine Stimme gewaltig, und man sagte, daß der größte Vorzug sein langer Atem gewesen sei. Inzwischen ging er schon nicht mehr als Bettler durchs Dorf, sondern in einem Aufzug wie ein Bettelmönch mit Almosenschale. Dabei stützte er sich auf einen frisch geschnittenen Stock, und während er leise ein kleines Glöckchen anschlug, das er irgendwo in seinen Besitz gebracht hatte, schritt er – wegen seiner kleinen Statur – mit würdevoll geschwellter Brust herum. Behandelte man ihn weiterhin wie einen Bettler, nahm er die Sachen zwar an, verschwand aber mit stolz hochgereckten Schultern und einem leidenden Ausdruck. ›Der hat es uns aber gegeben!‹ amüsierten sich dann die Dorfbewohner, aber allmählich verringerten sie die Gaben, bis schließlich kein Haus mehr etwas gab: ›Wir haben schon einen Priester im Dorf und das reicht!‹

Unglücklicherweise waren die Alten alle gesund, so daß es zu keiner Beerdigung kam. Aber Saëmon hielt durch. Er strengte sich an, die Herzen der Dorfbewohner mit Macht zu gewinnen. Ziemlich spät in der Nacht erklang aus dem Tempelchen die klare Stimme seiner Sutrenrezitation, und bis zum Tagesanbruch hörten die Dorfbewohner jedesmal, wenn ihr Schlaf etwas flacher wurde, halb im Traum diese Stimme. Sie war sogar in den Häusern auf der gegenüberliegenden Seite des Dorfes, d. h. in den Häusern abseits der Straße, noch zu vernehmen. ›Die kleine Tempelhalle hat vor alten Zeiten ein Wanderpriester erbaut und es dabei so eingerichtet, daß seine Stimme aus ihrem Inneren im ganzen Dorfe erschallen sollte‹, so berichtete jemand mit triumphierender Miene. Es gab auch alte Leute, die fast schon versunken zuhörten und meinten: ›Der wird immer besser!‹, aber nicht hinzuzufügen vergaßen: ›Er gibt sich seiner Sache hin, gewiß, aber es wirkt schon ein bißchen theatralisch.‹ Die Gestalt des Saëmon, wie er morgens und abends an der Wasserstelle des »jenseitigen Ufers« splitternackt rituelle Waschungen vornahm, wurde zwar von den Dorfbewohnern wahrgenommen, es war ihnen aber ziemlich gleichgültig, und manche sagten sogar: ›Der Saëmon reinigt seinen Körper; was, glaubt er wohl, sind hier seine Aufgaben!‹

Der Saëmon hielt jedoch weiter durch. Mit seinen Essensvorräten schien er schon am Ende zu sein, denn wenn man ihn gelegentlich am hellen Tage erblickte, sah er noch heruntergekommener aus als zu jener Zeit, da er hierher verschlagen wurde. Auch seine Stimme, mit der er die Sutren rezitierte, war allmählich immer dünner geworden. Um den Verlust an Kraft auszugleichen, kam der Saëmon jetzt von seiner Halle bis in die Felder, ging hier und dort auf den Rainen umher, und wenn er spürte, daß sich in einem Hause etwas bewegte, dann preßte er das Letzte aus seiner Stimme heraus. Es waren jetzt schon keine Sutren mehr, sondern eher so etwas wie Zaubersprüche oder Beschwörungsformeln. Aber keiner fürchtete sich davor oder fand es unheimlich, ja es gab nicht einmal jemanden, der wenigstens das Fenster aufgerissen und ›Ruhe!‹ geschrien hätte. Alle hörten es sich geduldig an, mit den Blicken auf den Boden, als ob es dort etwas zu entdecken gäbe. Und der Saëmon kam zwar bis in die Felder, aber nicht ins Dorf hinein.

Aber dann schließlich, nach einem weiteren halben Monat, war der Saëmon wieder ganz zu dem Bettler geworden, der er vormals war, und kam mit gekrümmtem Rücken zum Betteln ins Dorf. An diesem Tage spendierten alle Familien besonders freigebig. Zwar machte man – so wird gesagt – Späße auf seine Kosten, doch gab man reichlich. Jedenfalls waren jetzt schon drei Jahre vorbei, seit der vorige Saëmon verschwunden war.

Der besagte Saëmon liebte es auch danach noch, sich etwas wichtigtuerisch aufzuführen, im Kern war er jedoch ein überaus freundlicher Mensch. Als ihn einmal ein Alter scherzhaft fragte, wieso er damals aufgehört hatte, den tugendhaften Mönch zu spielen, soll er geantwortet haben, daß er am letzten Abend mit seiner Kraft schon ziemlich am Ende gewesen sei. Wie er dann im Dunkeln in einem Feld stand, hätte sich mit einem Male im Haus vor ihm das Fenster eines Webstuhlraumes geöffnet, und die Gestalt einer Frau habe sich gezeigt. In der Hoffnung, nun hätte sich doch die Kraft der Sutren einem Herzen mitgeteilt, habe er seine Stimme mit besonderer Inbrunst erhoben. Aber da hätte die Frau nur einmal herzhaft gegähnt und das Fenster wieder geschlossen. Nach diesem Erlebnis habe er sich vorgenommen: ›Ab morgen gehe ich wieder betteln!‹

»Die Frau war Großmutter gewesen, ungefähr ein Jahr, nachdem Großvater als Adpotivschwiegersohn eingeheiratet hatte. Der Saëmon war der vorvorige.«

»Der vorvorige, aha?« fragte ich etwas besorgt, »und der vorige?«

»Der wurde Schwarzhändler und fuhr mit einem Motordreirad fort. Vor fünfzehn Jahren.«

So antwortete Saë ganz förmlich und präzise und schlürfte ihren kaltgewordenen Tee aus dem Reisschälchen. Auch ich blieb ganz der ernsthafte Zuhörer. In der Tat, wie sollte man ihn denn anders nennen. Jedoch ... Hätte Saë in diesem Augenblick meine Verwirrung bemerkt und verlegen gelacht, dann hätte ich sie vielleicht – um meine eigene Verlegenheit zu verbergen – zu mir herangezogen und umarmt. Und was am Anfang nach Scherz aussah, wäre sicher allmählich hitziger geworden.

Wenn Mann und Frau sich intim begegnen, dann verbergen sie gegenseitig ihre Scham und Scheu. So dachte ich, während ich den Hals der Sakeflasche umfaßte und sie kippte. Kaum war die Teeschale zur Hälfte gefüllt, da war die Flasche schon leer. An zwei Abenden hatte ich also beinahe zwei Liter getrunken! Fast ungläubig klopfte ich auf den Boden der Flasche und fühlte plötzlich eine ganz unanständige Lust in mir aufsteigen. Es wäre so schön gewesen, wenn ich sie einmal nur noch hätte umarmen können. Und es war vielleicht die letzte Chance gewesen! Beide Hände auf die leere Flasche gestützt, sehnte ich mich intensiv nach dem Körper der Enkelin, die neben der dem Tode so nahen alten Frau schlummerte, und brachte noch nicht einmal ein schmerzliches Lächeln zustande.

Als ich die Lampe löschte und im Schlafsack lag, kam das Rauschen des Flusses wieder näher, und ich hatte das Gefühl, als würde die umgebende Dunkelheit dahinfließen. Wie ich es inmitten des Flusses getan hatte, stemmte ich mich ein wenig mit Händen und Füßen dagegen an, überließ mich aber ganz der Strömung.

Nach einer kleinen Weile Schlummer fuhr ich plötzlich vom Lager auf und riß meine Augen im Dunkeln weit auf. Ich drehte mich wieder auf den Rücken; einige Zeit verstrich, und ich flüsterte: »Jetzt ist die Alte gestorben!«

Wenn sie ihren letzten Atemzug getan hatte, ging es wohl kaum an, sie weiter im Webstuhlraum liegen zu lassen, sondern man mußte sie nach unten ins Wohnzimmer schaffen, vermutlich war deshalb oben das Licht ausgegangen. Weil allerdings die Tote unter ihrem Kopfkissen wichtige Dinge verstaut hatte, würde man ihr Lager wohl kaum antasten, bis sich alle näheren Verwandten versammelt hatten. Das war ihr vom Bruder in bissigem Ton gesagt worden; so jedenfalls hatte Saë erzählt.

Nachdem ich wieder kurz eingeschlafen war, schreckte ich erneut hoch und machte Handbewegungen, als wollte ich im Dunkeln nach Sutrenbuch und Rosenkranz tasten.

Ich stellte mir vor, wie ich aus dem niedrigen Türchen der Hütte schlüpfte, in meiner schwerfälligen Gangart zur Tempelhalle ging und durch die kleine Tür eintrat. Vor der Vorderseite der Halle war ein schwerer Gegenstand abgesetzt worden, und ich hatte das Gefühl, als liefen Leute davon, nachdem sie meinen Namen gerufen hatten. ›Heiliger Mann‹, so riefen sie. Vor lauter Scham mochte ich nicht mehr wachbleiben und flüchtete mich in den Schlaf.

Jedoch, nach einiger Zeit schnellte mein Oberkörper wie von selbst wieder hoch, so daß ich im Dunkeln aufrecht dasaß. Eine seltsame Härte war mit Urplötzlichkeit über mich gekommen. Das ist ja gerade so, als ob ein Dämon hereingeflogen wäre, lachte ich mit trübsinniger Stimme. Vielleicht sollte ich am Kopfende ein Schwert zu meinem Schutze bereitliegen haben, murmelte ich vor mich hin und war dann bald schon wieder eingeschlafen.

KAPITEL 6

»Du scheinst dich abgequält zu haben, aber davon sieht man jetzt nichts!« Saë, die die leere Zweiliterflasche im Arm hielt, sah mich vom Kopfende des Lagers mit einem Ausdruck im Gesicht an, als würde sie etwas Unappetitliches mit einem Stock aufspießen. Der Duft des Morgenmahls, das sie auf den Boden gestellt hatte, war intensiv, aber ich kniff noch einmal die Augen zu und rollte mich auf der Seite zusammen. »Iß bitte, ehe es kalt wird«, sagte sie nur kurz und war wieder draußen. Während ich noch ihre Schritte, die sich schnell entfernten, mit den Ohren verfolgte, hatte ich plötzlich das Gefühl, als läge ich mit einem Brummschädel im Bett meiner Wohnung in Tōkyō und hörte die Schritte der Frau, die sich, ohne ein Wort zu sagen, davongemacht hatte. »Wenigstens ein Glas Wasser hätte sie mir doch eingießen können!« dachte ich und schlief sogleich wieder ein. Die Angelegenheit mit der Alten hatte ich völlig vergessen.

Als ich mich gegen Mittag hochrappelte und umsah, waren Rosenkranz und Sutren-Buch aus der Hütte verschwunden. Ich war erleichtert, daß sie in diesem Punkt wenigstens klein beigegeben hatte. Und bald erschien Saë wieder, ohne eine Spur von Ärger, und brachte das Mittagessen.

Sie räumte zuerst das Tablett mit dem Frühstück weg, das ich wieder nicht angerührt hatte, und setzte sich, schräg hinter mir, an der Wand nieder. Und während sie berichtete, wie es der Alten in der letzten Nacht ergangen wäre, begann sie nervös in dem erkalteten Reis herumzustochern. Es war genau wie gestern. Obgleich ich mich gestern Nacht so sehr nach dem Körper einer Frau gesehnt und es bedauert hatte, sie am Mittag nicht zu einer Umarmung an mich herangezogen zu haben, empfand ich jetzt, da wir beide, jeder in eine andere Richtung schauend, unseren Reis aßen, eine wohltuend schlaffe Trägheit, so als hätten wir kurz zuvor noch zusammen im Bett gelegen.

Der alten Frau war es am frühen Abend offensichtlich schlecht gegangen, und sie schien auch nur halb bei Bewußtsein gewesen zu sein, so daß man schon glauben mußte, in dieser Nacht würde es soweit sein. Aber dann, gegen acht, atmete sie wieder ganz ohne Schwierigkeiten, öffnete heiter ihre Augen und verlangte nach einer Erfrischung durch Waschen. Nachdem sie dann ein paar Worte mit Saë gesprochen hatte, war sie friedlich eingeschlummert. Saë war danach hinuntergestiegen, hatte im Bad die verschmutzten Sachen der Alten gewaschen und dann selber gebadet. Wieder im Obergeschoß zurück, war es schon gegen zehn gewesen, und ihr fiel ein, daß sie vergessen hatte, als Zeichen für mich, das Licht auszumachen. Als sie kurz danach das elektrische Licht gelöscht hatte und aus dem Fenster schaute, hatte sie gesehen, daß in der Hütte das Licht noch brannte und der Schein nach draußen drang. Nun tat es ihr leid, weil der Abendwind doch ziemlich kühl war, und sie hatte sogar daran gedacht, zu mir hinüberzulaufen, um Bescheid zu geben, denn es ginge doch nicht an, daß ich mich, im Halbschlaf bei offenem Fenster wartend, erkälten würde. Aber sie war nach dem Bade schon im Nachtkimono und rechnete damit, daß ich wieder betrunken war. Während sie noch zögerte und daran dachte, daß sie wohl bis zum frühen Morgen nicht zurückkommen würde, falls sie hinüberginge, hatte sich der Schatten eines Kopfes in der Hütte bewegt, und der Fensterladen war heruntergegangen. So hatte sie sich beruhigt schlafen gelegt.

»Das war aber schade!«

»Es ist mir unangenehm, abends. Denn wenn ich das Gefühl habe, man wartet auf mich, kann ich mich nicht entspannen.«

»Jedenfalls habe ich hier gewartet, bis das Licht im Obergeschoß ausgegangen ist.«

»Von heute nacht an werde ich nicht mehr vergessen, es zu löschen.«

»Und bis wann läßt du mich...«

Ich erschrak über meine eigenen Worte und verschluckte den Rest. Es war ja keinesfalls so, daß ich auf den Tod der Alten wartete. Mir war auch nicht so, als wenn ich gestern gewartet hätte. Aber ich merkte doch, daß sich ein Gefühl der Unzufriedenheit in mir ausbreitete, während ich stumm meinen Reis in mich hineinstopfte. Ich spürte, daß man mir dies sehr gut ansehen konnte, selbst von hinten, von den Schultern bis zum Rücken hinunter. Auch Saë war verstummt. Selbst ihre Eßstäbchen schienen zu ruhen. Mir war, als würden aus ihrem Mund nun gleich wieder diese seltsam wohlgesetzten und feierlichen Worte einer inständigen Bitte kommen, und spürte schon im voraus meine Beschämung. Aber Saë fragte etwas ganz Unerwartetes:

»Du, mußt du überhaupt noch nach Hause zurück?«

Mir kam der komische Gedanke, daß man mit vollem Mund kein bitteres Lächeln produzieren könne.

»Wenn Ihr mich gütigst aus meinen Pflichten entlaßt, begebe ich mich unverzüglich nach Hause!«

»Ach nein, mir wäre es gar nicht recht, wenn du gingest. Aber andererseits, was wird denn deine Familie sagen? Wenn ich's recht überlege, giltst du ja wohl als vermißt.«

»Ach, das war ich eigentlich immer, mehr oder weniger.«

»Immer...? Was soll das heißen? Jemand, der in Tōkyō Familie hat! Wenn ich nach Tōkyō ginge, wäre das schon etwas anderes.«

»Willst du mir nicht lieber ganz klar machen, ob meine Wenigkeit hier noch eine Aufgabe hat oder nicht?«

»Du könntest doch wenigstens eine Postkarte schicken, oder? Es macht ja nichts, wenn es eine Frau ist.«

»Aber es gibt doch gar keine!«

»Lüg doch nicht! Sicher hast du mit einer zusammengelebt. Da, man braucht dich nur anzusehen, wie du deinen

Reis ißt, dann merkt man das irgendwie. Man spürt die Gewöhnung.« ›Es geht nicht, daß ich mich im Rücken so verkrampfe‹, dachte ich unwillkürlich, denn ich fühlte mich von hinten durchschaut. Aber dann antwortete ich doch, Stückchen für Stückchen, ganz brav auf alle Fragen. ›Vermißt‹ klang wohl etwas übertrieben, hatte ich mich doch seit gut einem halben Jahr nicht mehr im Hause meiner Eltern sehen lassen. Vier Monate davon hatte ich mit einer Frau zusammengelebt und den Rest von ungefähr zwei Monaten allein im selben Appartement zugebracht. Meine Eltern aber dachten, daß ich noch mit dieser Frau zusammen sei.

Sie stammte aus Tōkyō, war die Tochter aus einer Familie ganz in der Nähe und studierte ebenfalls. Nun ja, jemand, der einem nicht ganz unsympathisch und gerade zur Hand war, hatte sich einem angeschlossen. Als drei Monate vorüber waren, saßen wir uns noch kurz bei den Mahlzeiten gegenüber. Aber bald verschoben sich die Stunden der Anwesenheit in unserer gemeinsamen Wohnung, wobei wir vorschützten, mehr Zeit für unsere Jobs zu brauchen. Auch kam es immer häufiger vor, daß der eine seine Mahlzeiten früher einnahm und der andere dabei schweigend in einer Ecke hockte.

›Zeit des Überdrusses‹ nennt man es wohl, aber bei uns war es doch etwas anders. Wenn wir im Bett lagen, begann sie stets, mich nach tausenderlei Sachen zu fragen. Es fing damit an, daß sie mich wegen irgend etwas tadelte, dies und das sei eine schreckliche Angewohnheit von mir. Aber dann erkundigte sie sich nach Dingen aus meiner Jugend. Am Anfang war es so gewesen, als liebkosten wir gegenseitig unsere Vergangenheit. Von dieser Süße war freilich nichts mehr übriggeblieben. Sie zog vielleicht ein wenig die Brauen hoch, aber in ihren Augen schimmerte doch ein wenig Sinnlichkeit. Später kamen wir immer in Erregung und verlangten nach einander. Und dann schliefen wir ein, ohne die Decke noch ganz über uns zu ziehen. Ich war meist nicht müde genug zum Einschlafen, stand viele Male von der Seite der Frau auf und kippte einen Whisky nach dem anderen herunter. Am Morgen war sie jedesmal ärgerlich, weil ich schon wieder verkatert wäre, und verließ das Haus mit wütenden Schritten. Seltsamerweise war in erster Linie ich es selbst, der diese Art des Zusammenlebens aufrechterhielt, aber allmählich bekam ich doch das Gefühl, als ob ich mich in der Wohnung der Frau eingenistet hätte und sie bis zum Morgen belästigte.

Während sich dies alles viele Male wiederholte, kam eines Tages, als wir zufällig beide zugleich in der Wohnung waren, ihre Mutter zu Besuch. Vor vier Monaten war sie mir als überaus eingebildete Frau erschienen, die dauernd von der vornehmen Herkunft ihrer Familie sprach, und so hatte ich kein besonders schlechtes Gewissen, ihr die Tochter entführt zu haben. Aber jetzt, als sie schon vom Eingang her in ganz gebückter Haltung hereinhuschte, kam sie mir um Jahre gealtert und wie eine andere Person vor. Sie kauerte sich ganz klein in eine Ecke unseres engen Viereinhalb-Matten-Zimmers und blickte mir wie geistesabwesend ins Gesicht. Als ich mir noch überlegte, was sie wohl sagen würde, begann sie schon: »In unserer Familie gab es in der letzten Zeit nur schlimme Dinge . . .«, und dann kamen schier endlose Klagen.

Weil so viele Unglücksfälle aufeinanderfolgten, hatte sie sich – obgleich in letzter Zeit an solchen Dingen nicht sonderlich interessiert – durch die Freundlichkeit eines Bekannten an ein »Kamisama« genanntes Medium empfehlen lassen, und dabei war herausgekommen, daß ein Fluch eines Vorfahren auf ihnen lastete, und zwar der des letzten verstorbenen Verwandten. Das war die Schwiegermutter gewesen, die vor acht Jahren gestorben war. In der Tat hatte es zu ihren Lebzeiten viele Reibereien und Konflikte gegeben, von denen man anderen kaum erzählen konnte. Auch sie selber sei ziemlich drangsaliert worden und hatte ihr dann dementsprechend die Meinung gesagt, aber der Groll der Dahingegangenen sei nun doch etwas Furchtbares. In dieser Situation habe sie sich mit ihrem Mann besprochen, aber er hätte sie, obgleich er doch der älteste Sohn in der Familie war, nicht wirklich unterstützt. So blieb ihr nichts weiter übrig, als selber die Initiative zu ergreifen, sich in den Zug zu setzen und in die Provinzstadt zur Familie ihres Mannes zu fahren. Sie hätte dafür gesorgt, daß man nicht alles Fremden überließ, hätte das Grab gesäubert und Sutren für die Verstorbene lesen lassen. Ihr Mann und ihre Kinder, die doch die Blutsverwandten wären, seien völlig desinteressiert, während sie, die nicht in der Blutslinie stände, sich alleine abmühen müsse – sie käme sich sehr verlassen und hilflos vor. Und als sie dann, nach Hause zurückgekehrt, sehnsüchtig auf ein Zeichen der Wirkung wartete, hätten sich zwei, drei schwierige Angelegenheiten in bezug auf ihren Mann unverzüglich aufgelöst. So dachte sie schon ›O Gott, wie schön!‹, doch bei den übrigen Problemen bewegte sich nichts. So sei sie noch einmal zum »Kamisama« gegangen, um ihn um Rat zu fragen, und diesmal sei ein Fuchsgeist zum Vorschein gekommen.

Hier wandte sich ihre Mutter mir direkt zu, mit flehend aneinandergelegten Händen. ›Der Fuchsgeist ist nicht mit dem einverstanden, was unsere Tochter macht, und bringt so Unglück über unsere ganze Familie.‹ Zunächst habe sie gedacht, ›Was für eine merkwürdige Weissagung! – Wir führen doch ein Leben, wo wir mit Füchsen nichts zu tun haben‹, aber bei der Heimfahrt in der Bahn sei ihr plötzlich eingefallen, daß ja in einer Ecke des Gartens der Familie ihres Mannes ein Inari-Tempelchen stände, ein Heiligtum der Fuchsgottheit. Die Tochter hatte, wenn sie im Sommer dort zu Besuch waren, immer besonders gern davor gespielt und Blumen oder Wasser als Opfergaben hingestellt. Als dies eines Tages ihre Schwiegermutter von der Veranda aus betrachtete, hatte sie geflüstert: ›Sie ist so ganz anders als ihre Eltern – wie sehr hätte sie ihren Samurai-Vorfahren gefallen!‹

Ich trüge natürlich keine Schuld daran, sagte die Mutter

weiter, legte wieder – wie zum Beten – die Hände in Brusthöhe zusammen und nahm sie nicht mehr herunter. »Sie sind nicht im geringsten schuld daran! Ich habe, um ehrlich zu sein – ich hoffe, Sie verzeihen mir –, Ihr Geburtsjahr und Ihren Geburtstag aus dem Familienregister ermitteln lassen und ging dann noch einmal zur Beratung.« Dabei ergab sich, daß die Sterne für mich selbst ganz außerordentlich günstig stünden, und es wäre offensichtlich, daß ich ein Mensch von aufrichtiger Wesensart sei, aber bei der Kombination mit ihrer Tochter ergäben sich in allen Punkten Unvereinbarkeiten und ›Unglück‹ für die Familie. Und der Fuchsgott, der Schutzpatron der Familie sei, wolle warnend darauf hinweisen. Wenn man alles so beließe, wie es wäre, würde nicht nur über ihre Tochter, sondern auch über die ganze Familie unausweichlich Unheil hereinbrechen. Auch Anzeichen für ein Brandunglück gäbe es übrigens schon. »›Bringen Sie die beiden unverzüglich auseinander! Sollten Sie jedoch die Absicht haben, die beiden weiterhin zusammen zu lassen, so will ich ein passendes Schutzgebet sprechen. Mehr aber kann ich im Augenblick, zu meinem Bedauern, für Sie nicht unternehmen.‹ Diese ganz klare Botschaft wurde mir übermittelt.«

Was sollte der Unsinn! Mir wurde es wirklich zu dumm, daß letzten Endes ich als die Quelle allen Übels für die Familie hingestellt und auf diese Weise angefleht wurde. So gab ich zurück, daß der Fuchsgeist zuerst wohl mich anfallen würde, wenn es wirklich sein Fluch wäre. Da aber schaute ihre Mutter ganz starr auf einen Punkt an der Wand hinter mir und sagte mit einem fast bedauernden Ton: »Für Sie gibt es einen Schutzgott Ihrer Stamm-Familie, und der Fuchsgott unserer Familie reicht mit seinen Kräften nicht an ihn heran.«

Sicher, ich hatte eine Stammfamilie auf dem Land, und so etwas wie einen Fuchsgott gab es wohl auch, aber daß der sich um den Drittgeborenen des dritten Sohnes kümmern sollte! Mir war das Ganze äußerst lästig, und so suchte ich

Hilfe bei meiner Freundin. Und sie, die bislang aus unerfindlichen Gründen nur ausdruckslos das Gesicht ihrer Mutter angestarrt hatte, gab mir einen Wink mit den Augen und verließ das Zimmer. Draußen flüsterte sie mir hastig ins Ohr: »Es ist so schlimm jetzt – ich fahre heute abend erst einmal mir ihr nach Hause, aber in ein paar Tagen komme ich wieder zurück!« Ich atmete erleichtert auf. Heute abend wenigstens konnte ich dann nach langer Zeit wieder einmal allein schlafen.

»Und, ist sie dann tatsächlich wiedergekommen?« fragte Saë. Als ich nickte, ihr unverändert den Rücken zugewandt, schien mir, als ob sie leise aufgelacht hätte. Doch als sie näher rückte, sah ich, daß sie nicht besonders fröhlich war. Sie goß sich wie gestern den Tee in die leere Reisschale, blickte mit einem etwas verzweifelten Blick zum Vorderfenster, von dem schwülheiße Luft kam, und zuckte die Schultern:

»Warum muß es immer gleich eine Gottheit oder ein Fuchsgeist sein, bei den Leuten aus Tōkyō!«

»Ja, nicht wahr? So sind die Tōkyōter!« pflichtete ich ihr bei. Danach horchte ich aber erstaunt auf.

»Ich habe im ersten Jahr dort einen Mann kennengelernt, der in Tōkyō aufgewachsen war. Von heute aus betrachtet, war es eine ganz unschuldige Sache, aber damals hatte ich mir vorgestellt, daß wir zusammenleben könnten. Doch da haben die Leute aus seiner Familie das Orakel bei einem Shintō-Schrein befragt, und schließlich hat man auch ihn überzeugt.«

»Und hier in der Gegend? Gibt es hier auch solchen Aberglauben?«

»Ach, eigentlich nicht. Aber in N. scheint es ziemlich schlimm zu sein. Als mein Onkel und die Tante nach N. zogen, um dort ein Geschäft aufzumachen, wurde es für sie plötzlich ein ausgesprochen interessantes Thema. ›Jetzt sind sie auch Stadtmenschen geworden!‹ sagten meine verstorbenen Eltern lachend, als die beiden einmal auf Besuch kamen.

Auch mein Bruder und meine Schwester sind neuerdings so. Dabei ist bei ihnen jedes zweite Wort ›Die Zeiten haben sich geändert‹.«

»Gibt es bei Euch einen Schrein der Fuchsgottheit?«

»Der Dorfschrein ist einer. Aber das ist was anderes. Warum? Nun, zum Beispiel auf dem Dach des Ratenkredit-Kaufhauses, in dem ich meine erste Anstellung in Tōkyō hatte, ein schmales sechsstöckiges Gebäude, da stand ein kleiner Schrein, wo man den Inari verehrte. Und wenn man vom Dach aus herunterschaute, konnte man hier und dort oben auf den Gebäuden ebenfalls Inari-Schreine sehen. Sogar auf dem Kaufhaus schräg gegenüber, unserem Hauptkonkurrenten, flatterten die Fahnen mit den Schriftzeichen für seinen Namen darauf.«

»Vielleicht versetzt man sie ja bei Neubauten nach oben, um keinen Fluch auf sich zu laden?«

»Ich versteh' aber wirklich nicht, warum man an so vielen Stellen – und dann noch in derselben Gegend – ganz nach Belieben den Inari verehrt.«

»Na ja, es kommt halt aus einem Glauben, daß er Gewinn und Erfolg bringt.«

»Trotzdem, es ist schon komisch. Ein Mädchen aus unserer Firma, gerade von der Oberschule abgegangen, hatte sich den attraktivsten Mann bei uns geangelt. Aber weil er ziemlich unzuverlässig war, hatte sie wohl Angst. Einmal, an einem Regentag, ist sie aufs Dach gestiegen und hat mit aneinandergelegten Händen inbrünstig gebetet. Ich hatte es zufällig selbst gesehen, und als ich dann unserer stellvertretenden Geschäftsführerin lachend davon erzählte, da wurde sie – eine Frau schon über dreißig – ganz blaß und stürmte die Treppe nach oben hinauf. Ich dachte, was ist denn los, ging ihr nach, und da – da stand auch sie ganz versunken mit betenden Händen vor dem Schrein. Es kann mir ja egal sein, aber für den Schrein ist es doch schon komisch.«

»Ja, so gesehen ist das sicher ziemlich merkwürdig, aber – solche Dinge können doch auch hier im Dorf geschehen?«

»Mit Dingen, die einen persönlich angehen, wendet man sich nicht an die Gottheit des Dorfschreins. Auch mit Familienangelegenheiten darf man sie nicht belästigen.«

»Ja, aber um was betet ihr dann?«

»Um Dinge, die das Leben im Dorf insgesamt betreffen. Man geht eigentlich weniger hin, etwas zu erbitten, als die Gottheit günstig zu stimmen.«

»Aber bittet man nicht zum Beispiel um glückliche Geburt oder daß die Kinder gesund heranwachsen?«

»Das sind keine Dinge, die einen nur persönlich angehen, die betreffen – wie die Bitten um reiche Ernte – doch das Ganze!«

»Geldverdienen und Glück in der Liebe haben da also nichts zu suchen?«

»Die Schreingottheit kennt sich doch damit nicht aus!«

»Es kommt doch aber sicher vor, daß man nachts heimlich hingeht und betet, wenn man von einer persönlichen Sache ziemlich arg geplagt ist?«

»Davon hab' ich hier noch nichts gehört. In Tōkyō hab' ich's viele Male gesehen. Es gab nämlich mal eine Zeit, in der ich mich jeden Abend mit einem Mann traf und wir dann alle dunklen Ecken abliefen. Und da standen oft in finsteren Tempelbezirken betende Frauen, unbeweglich wie für die Ewigkeit. Es erschien mir so schrecklich zudringlich, wie sie da so einsam standen, und auch irgendwie unheimlich.«

Ob nicht vielleicht ein Mann, der ganz allein hier Gräber bewachte, nicht noch unheimlicher wäre, fragte ich mich, aber gab doch, halb unbewußt, zustimmende Laute von mir, während Saë in einer Art vor sich hinplauderte, die mich leicht ungeduldig und nervös machte. Es war eine rein mechanische Zustimmung.

»Aber du hast doch sicher auch einmal die Hände so gefaltet?«

»Ich? Kaum ..., aber was ich tue, wenn ich wieder nach Tōkyō gehe, das weiß ich nicht.«

Saë nahm die irdene Teekanne in die Hand und goß den Rest des erkalteten Tees abwechselnd zu gleichen Teilen in unsere beiden Reisschalen. Mir kam es vor, als ob ich plötzlich das Gefühl dafür verlor, wo ich mich überhaupt befand. Dies also war Saës Dorf, die Hütte des Saëmon, und direkt hinter mir lagen die Gebeine all der Dorfbewohner aus vergangener Zeit vergraben. Soweit herrschte Klarheit in meinem Kopf, und dennoch saß mein ganzes Ich gleichzeitig irgendwo anders. Wo dies sein konnte, fiel mir zwar nicht ein, aber es mußte sich um so etwas wie eine Großstadt handeln. Jedenfalls um einen Ort, der mir bis zum Überdruß vertraut war. Weder das Haus meiner Eltern noch das Appartement, wo ich mit jener Frau lebte, sondern ein Zimmer, in das ich dann und wann meine Schritte lenkte, auch wenn ich wußte, daß ich mich dort langweilen würde.

Als das Gespräch stockte, war die nachmittägliche Hitze noch stärker fühlbar. Lässig streckte Saë ihre weißen Beine aus, tat einen tiefen Atemzug und schlürfte ihren Tee. Ein Lächeln huschte über ihr Gesicht, so als wenn ihr etwas eingefallen wäre. Mir war, als hätte sie an das gleiche wie ich gedacht, und wollte sie schon danach fragen. Aber da erhob schon, einen Atemzug früher, Saë lachend ihre Stimme.

»Die Hände zum Beten zusammenlegen – ich kann das einfach nicht! Weil du eben davon erzählt hast, muß ich auch etwas berichten, was für mich sehr peinlich war.«

Saë lachte eine kleine Weile leise vor sich hin.

»Ich hab' dir doch schon erzählt, daß ich mit einem Mann zusammengelebt habe. Vor dieser Zeit hat er mich bei jedem Rendezvous in dieses Hotel mitgeschleppt. Dabei wollte ich ihm so viel erzählen und in aller Ruhe mit ihm essen. Aber seinen Sake, ungefähr drei Krügchen, trank er mit einer solchen Hast, daß ich kaum mit dem Einschenken nachkam. Er wühlte wild in seinem Essen herum, stopfte den Reis in sich hinein, und weil er für einen Tōkyōter eigentlich ziemlich ungeschickt im Reden war, konnte er dann mit der Zeit nichts anfangen und wartete, indem er ständig nervös mit den Knien zappelte, was bei seiner kräftigen Statur fast bemitleidenswert wirkte. Wenn wir das Hotel verließen, hakte er sich nicht bei mir ein, sondern rannte schweigend mit Riesenschritten ein, zwei Meter vor mir her. Er war ganz wie ein Kind. Ich bin ja gerne mit ihm mitgegangen, aber immer in dasselbe Haus, wo außerdem die Frau am Empfang uns offensichtlich wiedererkannte, denn wir wurden jedesmal in dasselbe Zimmer geführt! Du kennst so etwas wahrscheinlich schon, aber ich kannte nur dieses Hotel. Erst vom Eingang her ein Stück den dunklen Gang entlang, dann bis zum Holzsteg, der Hof drunten mit weißem Kies bestreut, ein kleiner Teich, in dem Goldfische schwimmen, auf der anderen Seite ein paar Pflanzen, eine Steinlaterne – nein, nein, es war alles innerhalb des Hauses, unter dem Holzsteg leuchtete schwach ein grünliches Licht . . . Ich mag es eigentlich nicht erzählen, du kennst es ja eh . . .«

Saë lachte krampfhaft auf und warf sich mit ihrem Oberkörper von mir weg vornüber auf den Boden. Sie schien wirklich stark mitgenommen, eilig streckte ich meine Hand aus und streichelte ihr sanft über den Rücken.

»Danke dir, du bist lieb«, sagte Saë, hielt plötzlich mit dem Lachen inne und setzte sich auf. Sie strich die Haare zurück und fuhr mit ernsthafter Miene in ihrer Erzählung fort: »Ich habe ihn nicht immer gesehen. Aber wenn wir dort vorbeikamen, die Hotelbedienstete ging voraus, dahinter jener Mann, dann kam mir stets in den Sinn ›Was denkt sie sich wohl? Und er, warum kann er denn nicht mal in Ruhe essen, was hat er wohl vor?‹ Am Ende des Holzsteges im Hof war ich immer nahe daran stehenzubleiben. Und da, eines Abends schaute ich – mit den gleichen Gedanken – zufällig zur anderen Seite des Teiches: Zwischen den Pflanzen stand ein winziger Schrein, aus dem eine porzellanene Fuchsstatue hervorschaute! Ich fing hysterisch an zu lachen. Mein Bekannter drehte sich erschrocken um, und die Bedienstete verzog das Gesicht. Es mochte wohl schon mal vorkommen, daß sich Pärchen stritten, wenn sie bis hierher gekommen waren. ›Was soll das?‹ sagte er – ganz blaß geworden –, indem er mich vorne beim Kragen packte. Wenn ich heute daran denke, bin ich damals richtig durchgedreht, ich zeigte nur auf den Inari und lachte und lachte. Da entdeckte er endlich auch den Schrein, und was, meinst du wohl, hat er gesagt? – ›Idiot, dafür wird man bestraft!‹«

Saë stieß es hervor wie einen Schmerzensschrei, krümmte sich und sank diesmal in meine Richtung auf den Boden. Ich umfaßte ihren Rücken mit meinem Arm, spürte aber in den Schultern eine abwehrende Spannung. Von ihren Haaren und vom Nacken stieg der gleiche Duft auf wie vorgestern, als ich sie an der Feuerstelle zu Boden geworfen hatte. Sie umklammerte mit aller Kraft meine Knie und drückte merkwürdig ruhig ihre Fingernägel fest hinein. Ich umfaßte sanft ihr Kinn, das sie auf den Boden preßte. Sie hob ihr Gesicht, die Augen geschlossen, zwischen den Brauen eine steile Falte, und wandte mir ihre vollen Lippen zu. Als ich mich aber über sie neigte, öffnete Saë ihre Augen einen Spalt, blies mir kräftig mit einem ›Puh‹ ins Gesicht und warf sich wieder vornüber auf den Boden. Sie versuchte, die Männerhände, die sich irgendwohin zu verirren drohten, mit dem Kinn festzuhalten, und preßte ihr Gesicht noch mehr nach unten. Den Zeigefinger, der ihre Lippen berührte, ließ sie ein Stückchen weit in ihren Mund, wobei ihr spitzer Eckzahn das Zittern ihres Halses übertrug. Nach einer kleinen Weile tropfte etwas lauwarm auf meine Händfläche.

Als ich erschrocken die Hand wegzog, erhob sich Saë mit einer raschen, wunderbar geschmeidigen und eleganten Bewegung vom Boden, ging hinüber zum Vorderfenster und blickte hinaus. Bald begann ihr ganzer Rücken mitleiderregend zu zucken und zu beben. Schon dachte ich bestürzt, was ich nur angestellt hätte, da wandte sie sich mit einem liebreizenden, strahlenden Lächeln zu mir um und begann, während sie mir fest in die Augen sah, mit dem Rücken zur Wand, ganz langsam ihre Schritte in Richtung auf den Ausgang zu lenken.

»He da, du hast was vergessen!« rief ich hinter ihr her, als sie mit leeren Händen aus dem niedrigen Türchen schlüpfen wollte, und reichte ihr die beiden aufeinandergestellten Aluminiumtabletts hinunter. Saë wurde bis an die Ohren rot und nahm die Tabletts etwas verwirrt entgegen. »Entschuldige«, sagte sie leise beim Hinausgehen.

Das Geräusch ihrer Schritte war schnell verklungen. Erst jetzt fiel mir auf, daß ich am ganzen Körper schweißbedeckt war. Also nahm ich mein Handtuch und ging nach draußen. Während ich mich vom Gesicht bis zur Brust kräftig abrieb, schaute ich zu den Bergen jenseits des Flusses hoch. Ich überlegte mir, ob ich nicht einmal dort hinaufsteigen sollte, um mir Saës Dorf von oben anzusehen.

Saë stand schon in ziemlicher Entfernung im hohen Sommergras; als sie sah, daß ich mich ungedreht hatte, zuckte sie lachend mit den Schultern – und rannte fort.

Warum denn? Wir hatten doch schon einmal miteinander geschlafen, wunderte ich mich. Heute nacht würde ich es ohnehin wieder bedauern.

KAPITEL 7

Eine vordringliche Aufgabe war es jetzt, für meine körperlichen Bedürfnisse eine Grube auszuheben.

Von der ersten Nacht, die ich im kleinen Tempel verbrachte, einmal abgesehen, war es nun schon der vierte Tag, dem ich entgegensah. Inzwischen aß ich den Reis, den Saë brachte, hörte Saës Geschichten, bereute es abends regelmäßig, daß ich versäumt hatte, Saë zu umarmen. Und jeden Tag mußte ich einmal einen geeigneten Platz innerhalb der hohen Sommergräser ausfindig machen, wo ich mich vor den Augen der Leute auf der Straße, aber auch vor denen am »jenseitigen Flußufer« – wo aber eigentlich kaum jemand war – verbergen konnte. Jedesmal ging ich los, indem ich einen anderen Platz anvisierte, aber von Nahem betrachtet, gab es kaum Orte, wo von beiden Seiten her die Gräser hoch genug waren. So ging ich schließlich doch immer zur selben Stelle. Und wenn ich mich nun tatsächlich für eine gewisse Zeit in der Hütte niederlassen sollte, so war abzusehen, daß ich mich viele Male mit demselben Problem quälen mußte.

»Kannst du mir nicht eine Schaufel mitbringen?« An diesem Morgen, als ich mit den Stäbchen gerade den heißen, noch dampfenden Reis zum Munde führte, hatte ich diesen Einfall und rief Saë, die sich gerade verstohlen aus der Hütte verabschieden wollte, mit lauter Stimme hinterher. ›An den Geschmack des Essens in diesem Hause hat sich meine Zunge schon gewöhnt!‹ dachte ich mit gelindem Erschrekken, und fast gleichzeitig spürte ich, daß ich keine Muße mehr hatte, unter meiner Nervosität zu leiden. Saë machte wieder eine leicht abweisende Bewegung und wandte sich zögernd um. Sie war in der Annahme gekommen, daß ich wohl noch schlafen würde, aber heute saß ich schon mit untergeschlagenen Beinen vor der Feuerstelle und wartete auf sie. Sie war wohl etwas überrascht, und überhaupt schien sie mir seit gestern irgendwie eigenartig.

»Wenn du einen Spaten brauchst, der ist dort.«

Ohne zu fragen, wozu ich ihn brauchte, zeigte Saë wie ein Kind mit dem Finger auf die Decke über dem Herd. Das ist wohl der Spaten des Totengräber-Heiligen, dachte ich mir, als ich zum Spaten emporschaute, der staubbedeckt verkehrt herum an einem Deckenbalken hing. Schließlich brauchte der »Alte, der die Blumen zum Blühen brachte«, aus dem Märchen wie jeder andere auch zum Graben eines Loches einen Spaten. Auf wundersame Weise wurde ich mir dessen bewußt. Auch ich, der ich in der Großstadt aufgewachsen war, hatte als Kind im Garten mit dem Spaten Löcher gegraben. Doch wie man es anstellt, aus einem schmalen, aber tiefen Loch Erde auszuheben, daran konnte ich mich nicht erinnern.

»Ich bring' dir eine Schaufel.«

Saë war hinausgerannt, nachdem sie meinen etwas ratlosen Gesichtsausdruck gesehen hatte.

Ich war ganz vertieft in eine Arbeit, die ich seit Jahren nicht mehr verrichtet hatte. Als es mir schließlich klar wurde, hatte ich inmitten der Sommergräser ein Loch gegraben, in dem ich schon bis zu den Oberschenkeln stand. Wie lange willst du eigentlich hier bleiben, dachte ich erschreckt und setzte mich erst einmal auf den Rand. Von der Erde, die vor und hinter der Grube aufgehäuft war, würde jedesmal, wenn ich meine Bedürfnisse verrichtete, ein wenig hinunterfallen. Bei dieser Tiefe könnte das Loch für einen allein wahrscheinlich über ein Jahr ausreichen. Wie haben es wohl die Saëmon der verschiedenen Generationen eingerichtet? Ich betrachtete nachdenklich das Schwarz der heraufgeworfenen Erde. Wenn sie vorhatten, für viele Jahre seßhaft zu werden, hatten sie sich bestimmt ein sehr viel tieferes Loch gegraben. Es gebe ja Tage mit Regen und Sturm, und die Winterzeit würde auch einmal anbrechen; so hatten sie sich vielleicht eine Einfriedung errichtet und Matten darübergelegt. Und mit dem Verlauf von Monaten und Jahren stieg der Boden der Grube wohl allmählich an. Vielleicht hatten sie ja beim Graben Lust bekommen, in der Umgebung Feldanbau zu betreiben. Wenn man ein Feld zwei Jahre sich selbst überlasse, werde es wieder zu Grasland; wenn ein Bauer sich zwei Jahre außerhalb seines Landes herumtreibe, vergäße er, daß er Bauer sei. Und selbst wenn ein Landstreicher fünf Jahre auf fruchtbarem Boden lebe, fiele es ihm nicht ein, das Land zu bestellen, solange er damit rechnete, von anderen etwas zu bekommen – das hatte mir Saë gestern in einem wahren Predigtton erklärt. Es klang wie aus dem Mund einer Alten.

Ich verstand nicht, weshalb diese Saë so merkwürdig verwirrt wirkte, als sie bei mir aufgetaucht war, die Saë, die ich fest auf den Boden gedrückt umarmt hatte, nachdem wir uns gegenseitig Ereignisse aus unserem Leben erzählt hatten. Einmal nur hatte sie sich – obwohl zum Teil sicher von mir körperlich überwältigt – aus der Stimmung des Augenblicks mir hingegeben. Danach schien sie mich letztlich als jemanden anzusehen, zu dem sie eigentlich keine Beziehung hatte; sie war entspannt, ohne vertraulich zu wirken. Es schien so, als sei Saë eine Frau, die plötzlich – im Blick auf Künftiges – zu zögern beginnt, wenn der Zeitpunkt nahte, mit einem Mann in tiefere Beziehung zu treten. Sie begann eine Unruhe zu zeigen, als würde sie verfolgt. Als sie sich beim Weglaufen umdrehte, hatte sie über das ganze Gesicht gelacht, aber ich konnte es gefühlsmäßig nicht unterscheiden, ob sie mir nun nähergekommen war oder sich von mir entfernte.

Inmitten der Sommergräser sitzend, konnte ich, wenn ich mich reckte, zwischen den Ähren, die der Wind zerteilte, jenseits des Feldes einen sanften Hügel und das strohgedeckte Dach von Saës Haus mit dem tief eingeschnittenen Fenster in seiner Mitte sehen. Es erschien so wie ein einzeln stehendes Haus auf einer Anhöhe. Als ich vor vier Tagen zum ersten Mal an der Hütte vorbeigekommen war, hatte ich mit der Wahrnehmung eines Wanderers, der lange Bergwege zurückgelegt hatte, die Entfernung von der Hütte bis zu jenem Haus auf einhundert Meter geschätzt. Aber nun, da ich es aus dem dichten Grün durch das klare Licht des Vormittages anschaute, war kein eindeutiges Gefühl für die Entfernung mehr greifbar. Aus jenem Fenster hatte die alte Frau die Gestalt des Bergsteigers, der an der Hütte vorbeiging, ausgemacht und die Hände im Gebet zusammengelegt, weil es für sie die Ankunft des Heiligen Saëmon war. Aus dieser Entfernung war es also gewesen. Die Sutren rezitierende Stimme des Heiligen Saëmon war bis zu jenem Haus deutlich zu vernehmen gewesen, mehr noch, sie hatte noch bis zu den Häusern am Dorfrand gegenüber gereicht. Das Dorf jedoch war – mit Ausnahme von Saës Haus – von hier aus überhaupt nicht auszumachen.

Doch gestern hatte ich mit eigenen Augen das ganze Dorf vom Abhang des Berges hinter mir überschaut. Von der sich neigenden Sommersonne beschienen, lag es vor mir ausgebreitet und verbarg nicht die kleinste Einzelheit. Dennoch hielt sich nicht der geringste Eindruck von dem, was ich gesehen hatte. Für mich war Saë weiterhin die Frau, die mir aus einem Dorf, das ich noch nie gesehen hatte, mein Essen brachte.

Im übrigen war ich gestern nicht gleich auf den Berg gestiegen, nachdem Saës Gestalt im Gras verschwunden war. Ich empfand jedenfalls keinerlei besondere Neugier, mir von oben anzuschauen, was für ein Leben hier völlig fremde Menschen führten, mit denen ich nichts zu tun hatte und mit denen es auch gar nichts zu tun gab. Ich ging erst einmal wieder zur Hütte zurück und legte mich mit der Absicht hin, so den Rest des Nachmittages zu verbringen. Mein Aufenthaltsort war diese Hütte, und mein Gegenüber war Saë, die hierher kam. Solange sie in der Hütte bei mir war, überlegte ich mir, war Saë, nicht anders als ich, ein Großstadtmensch, »eine Frau aus Tōkyō«.

Nach einer Weile jedoch wurde mir der Duft der Frau zuviel, der auf der Matte zurückgeblieben war, der Duft ihres Lachens, in dem so etwas wie Begehrlichkeit mitgeklungen hatte, und ich schlenderte wieder vor die Hütte. Meine Füße, die ich nicht ins Dorf lenken konnte, bewegten sich wie von selber auf die Hängebrücke zu. Die Brücke gab ein stumpfes, knirschendes Geräusch von sich, und wie ich mit großen Schritten den Friedhof drüben ins Auge faßte, empfand ich unwillkürlich einen leichten Schauder. Als ich dann aber unterhalb des Felsens an der Wasserstelle stand, hatte ich wieder den kühlen, verstandesmäßigen Blick des Bergsteigers, der einen Anstieg nach Haltepunkten absucht.

Ein ziemlich steiler Hang, bis zum niedrigen Bergrücken dicht mit einem schwülheißen Wald großer Bäume bewachsen. Genau oberhalb der Höhlung der Wasserstelle brachen die Felsen wie bei einem Wasserfall ab, so daß dort kein Baum wurzeln konnte; eine schmale Rinne hatte sich bis zur Mitte des Abhanges eingegraben. Sie schien den Weg aufzuzeigen, den das Regenwasser nahm, das nicht vom Boden aufgesaugt wurde, sich zu Rinnsalen sammelte und dann herabstürzte. Vielleicht hatte ja gerade dort oben der Saëmon kleinere Bäume ausgerissen, die nicht ganz fest verwurzelt waren oder prüfend mit dem Spaten die Erde gelockert, damit sie leichter herunterbrachen. Ich überlegte mir, daß es am einfachsten wäre, diese Rinne entlangzugehen, weil man dort auf dem Wege nicht vom Unterholz behindert wurde. Aber dann hatte ich doch Scheu, kletterte erst einmal den Felsen über der Wasserstelle hoch und kroch von da auf allen Vieren zwischen den Bäumen nach oben.

Nach fünf Minuten Anstieg war ich in einer Höhe, von der aus man auf das Dorf hätte herabblicken können. Aber da ich keine Gelegenheit fand, mich umzuschauen, kletterte ich weiter. Wie ich, beide Hände und Knie in den schwarzen, tropfnassen, feinkrumigen Waldboden gedrückt, dahinkroch und der Schweiß von der Stirn perlte, daß es mir fast den Atem nahm, war alles um mich herum dunkel.

Dummerweise hatte sich auch meine Erregung nicht gelegt, die der auf der Matte zurückgebliebene süße Duft der Frau ausgelöst hatte. Je mehr ich Arme und Beine bewegte, um so quälender bedrängte mich am Unterleib eine Lüsternheit, als würde ich – während ich den Berg bestieg – mit einer Frau aus dem Dorf ins Bett kriechen. Dabei hörte ich ständig eine Stimme, die mich tadelte, der Saëmon sei wahrscheinlich nie auf die Idee gekommen, vom Berg auf das Dorf hinabzusehen.

Und selbst wenn er, um Brennholz zu holen, heraufgestiegen wäre, hätte er wohl nicht hinuntergeschaut! Und selbst wenn es in sein Blickfeld geraten wäre, hätte er nicht lange hingeschaut! Er hat bestimmt besonders darauf geachtet, von unten nicht entdeckt zu werden!

Als ich an eine Stelle gelangt war, wo sich der Wald etwas lichtete, hielt ich schließlich mit meinen Bewegungen inne und schaute zurück. Der Friedhof war glücklicherweise in einem Bergeinschnitt verborgen, in der Nähe des Flußlaufes standen zwei hellbraune Schindeldächer von der Größe eines Hühnerstalls nebeneinander. Danach eine Reihe von mehr als zehn Häusern, alle nach Süden gewandt, in einer Entfernung, daß man meinte, sie mit einem Steinwurf erreichen zu können. Sie zogen sich den Hang hinab und hatten alle dicke Strohdächer wie Hüte tief über die Augen herabgezogen und standen eng an die Erde gedrückt und dicht aneinandergeschmiegt. Sie krochen miteinander wetteifernd den schmalen Bergsaum hinauf, als wäre es um jedes kleine Stück der weiten Ebene zu schade, zusammengerückt, das Sonnenlicht gleichmäßig teilend. Nur eine Häuserkette inmitten einer ruhigen, offenen Landschaft und doch eine dichte Ansammlung von eigentümlicher Wucht und merkwürdig schwermütiger Geschäftigkeit. Wie seltsam, daß von der Hütte aus nur das Dach von Saës Haus zu sehen gewesen war.

Dort, wo die Ebene begann, gab es noch einmal eine Gruppe von etwa zehn Dächern; es sah aus, als hätten es die

Häuser nicht ganz den Berg herauf geschafft. Vor ihnen breiteten sich auf der ganzen Fläche Felder mit Reis aus, der gerade anfing zu reifen, ohne daß ersichtlich war, welche Felder zu welchem Haus gehörten. Bänder zum Verscheuchen der Vögel zogen sich schräg über sie hin, vom Luftzug immer wieder verdreht und rot, bläulich und silbern blitzend. Mitten darin der schmale Flußlauf und der kiesbedeckte Fuhrweg, die nebeneinander zum Hauptlauf des Flusses führten. Als ich meine Augen weiter in diese Richtung schweifen ließ, zeigten sich jenseits der Brücke, an den Rändern der Reisfelder hier und da, o nein, in ziemlich großer Zahl Wohnblöcke wie in den Außenbezirken von Tōkyō. Kaum hatte ich mich von der ersten Überraschung erholt, schob sich schon das Konglomerat, das die Stadt N. ausmachte – und das aus unerwarteter Nähe –, in mein Blickfeld. Mir schien, als würde die Stadt als Ganzes sich zum Zentrum hin langsam und bedrohlich grau aufeinanderhäufen. Über dem auffälligen Hochbau eines Warenhauses war ein Reklame-Luftballon zu sehen, der wohl auf eine Ausverkaufsaktion hinwies. Völlig verblüfft wandte ich meinen Blick wieder ab.

Das Dorf lag in tiefem Schweigen. In der Hütte hatte ich es mir insgeheim weder als Bergdorf noch als Dorf in einem Taleinschnitt vorstellen können. Es lag auf der gleichen Fläche wie die Stadt, die sich ringsherum einfraß, offen und ungeschützt da. Aber das Dorf war immer mehr nur Dorf und gab mir nicht den kleinsten Ansatzpunkt für mein Interesse. Nur die drängende, intensive Spannung dieser kleinen Ansammlung von Häusern teilte sich mir fortgesetzt und immer stärker mit. Vielleicht war letztlich alles, was mit den Gräbern jenseits des Flusses und mit dem Heiligen Saëmon zusammenhing, identisch mit dieser Ansammlung, so kam es mir ganz vage in den Sinn. Fast in jedem Hof da unten standen vierrädrige Kleinlaster, deren Windschutzscheiben gleißend die Sonne spiegelten. Das empfand ich als einen kleinen realen Anhaltspunkt, aber es teilte mir doch nichts mit. Inmitten einer Helligkeit, die eigentlich keine Täuschung zuließ, war selbst der Inari-Schrein, von dem Saë gesprochen hatte, nicht auszumachen. Als ich unterdessen merkte, daß ich auch im Dach von ihrem Haus das Fenster nicht entdecken konnte, das eigentlich da sein mußte, gab ich auf.

Rechter Hand lag der breite Bergrücken, der sich von jenen Bergen her fortsetzte und den ich, an einem Morgen vor vier Tagen, im Regen überquert hatte. Er trug die Sonne, die sich neigte, schlug vielfältige Wellen im Gegenlicht und drängte die Schwere des Berglandes hervor. Und als würde diese Schwere urplötzlich in die Ebene überfließen und sie sättigen, loderte vor meinen Augen die Goldfarbe der Reisähren auf, glitzerte allmählich mit immer mehr Weiß und begann wie die Haare einer Frau durcheinanderzuwogen. Auch die Bäume, die hier und dort auf den Rainen standen, ließen die Haare ihrer Baumkronen im blendenden Licht spielen. Aber dann mit einem Male verlor das Blau des Himmels seinen Glanz und trug die Sonne, wie verschämt, nur noch in Weiß. Ich wandte meine Augen ab und begann rückwärts abzusteigen.

Bis zum Felsen oberhalb der Wasserstelle hinuntergeklettert, schaute ich zum Dorf hinüber. Die Häuser waren jetzt alle hinter dem Hügel versunken, nur Saës Haus – einzeln stehend – zeigte seine Gestalt. Das Fenster vom Webstuhlraum genau in der Mitte des tief heruntergezogenen Strohdaches stand klar erkennbar offen. Wo ich vom Berg aus doch keine Menschenseele gesehen habe! dachte ich. Daß nicht *einer* draußen auf den Reisfeldern gearbeitet hätte, war doch kaum anzunehmen. Und daß nicht wenigstens *einer* sich im Freien auf dem Hof aufgehalten hätte, ginge ebenfalls kaum an. Meine Augen hatten sie nur nicht gesehen, das war alles. So befand ich für mich selbst, als ich schon begonnen hatte, den Felsen hinabzusteigen. Da fiel mein Blick auf Saë, wie sie am Pförtchen der Hütte, das schon im Schatten der sinkenden Sonne lag, sich niederkauerte und nach rechts und links umschaute. Unwillkürlich zog ich mich hinter einen Baumstamm zurück und stieg dann, immer dem Dickicht folgend, mit angehaltenem Atem zum Friedhof hinunter. Ich wollte schließlich nicht dabei entdeckt werden, daß ich von oben auf das Dorf hinabgeschaut hatte, so überquerte ich nicht die Brücke, sondern watete quer durch den Fluß und erschien vor Saë mit einem Gesicht, als wäre ich nur kurz weggewesen, um mir Hände und Füße zu waschen.

»Ich hab' dir das Abendessen drinnen hingestellt«, mit diesen Worten empfing sie mich und errötete wieder ein wenig. Aber als ich schweigend näher kam, wich sie mir in kleinen Schritten aus, die immer weiter von der Hütte wegführten, und rannte mit einem Mal fort, wie jemand, der es vor Schmerzen nicht mehr aushalten kann und dann plötzlich in Lachen ausbricht. Schon war sie in den hohen Gräsern verschwunden.

Ich füllte das Loch, das ich viel zu tief gegraben hatte, ein wenig auf und badete unterhalb der Hängebrücke, während ich zu dem Berg von gestern hochschaute. Dann ging ich zur Hütte zurück und wartete, bis schließlich Saë mit ziemlich erregter Miene erschien, das Tablett mit dem Mittagessen hielt sie mit beiden Händen. Auf dem ungedielten Vorraum zögerte sie etwas, dann kam sie jedoch in einer selbstbewußten Haltung, aber mit niedergeschlagenen Augen zu mir herauf. Ohne ein Wort stellte sie das Tablett vor mich hin und nahm gleichzeitig das kleine Bündel, das sie sich unter ihre Achsel geklemmt hatte, in beide Hände. Sie setzte sich wie immer hinten an die Wand, diesmal ordentlich auf die Fersen.

»Wie geht's deiner Großmutter?«

»Sie erkennt mich schon nicht mehr. Am Nachmittag wird sie heruntergebracht, ins Empfangszimmer.«

»Dann sollte ich am besten sofort ...«

»Mir ist es gleich, ich kann ja doch nichts machen, auch wenn du gehst. Ich bleibe halt.«

Erschrocken über die Art, wie sie dies so dahinsagte, drehte ich mich – beim Essen innehaltend – zu ihr um. Ihr Gesicht war im Vergleich zu gestern, als sie dort ihren kalten Reis aufgepickt hatte, merklich schmaler und müder. Sie blickte gedankenverloren auf ihren Schoß und sah fast wie ein Kind aus, das man an einen ihm ungewohnten Platz gesetzt hatte. Als sie meinen Blick fühlte, sprach sie ganz leise:

»Ich habe heut nacht nicht gut schlafen können.«

»Das kann ich mir vorstellen!«

»Nicht was du denkst. Ich habe über mich nachgedacht.«

Mit dem Gefühl, auf Ablehnung gestoßen zu sein, schob ich mir zwei, drei Bissen Reis in den Mund. Ich sah sie noch einmal verstohlen von der Seite an. Mir fiel auf, daß sie morgens aber noch nicht solche Ringe unter den Augen gehabt hatte. Mit der einen Hand umklammerte sie fest ein schmutziges Stoffbündel und drückte es fast in ihre Magengrube, mit der anderen Hand hielt sie zwei langbeinige Schneidermücken fest, die sich gestern Abend in die Hütte verirrt hatten.

»Du hast zu Hause Streit gehabt, nicht wahr?«

»Schrecklich! Hat man es bis hier gehört?«

»Gehört hab' ich nichts, aber ...«

»Sie haben gesagt, es täte ihnen leid, wenn Großmutter ihren letzten Atemzug auf dem Dachboden tun müsse, deshalb wollten sie sie ins große Wohnzimmer unten umquartieren. Und dann hab' ich sie angebrüllt: ›Was soll das jetzt noch!‹«

»Ihr brüllt euch ziemlich oft an, nicht?«

»Großmutter bekommt schon nichts mehr mit, es ist egal. Auch deinetwegen hab' ich wieder einiges zu hören bekommen. ›Ich hab' nicht gewußt, daß er euch so lästig fällt!‹ hab' ich gesagt und bin hinausgerannt. Zuletzt haben wir uns in der Küche weitergestritten, während ich dein Essen machte.«

Mir war, als ob der Reis in meinem Mund einen ganz

anderen Geschmack angenommen hätte. Schließlich war es aus dem Haus entwendeter, gestohlener Reis. Es handelte sich ja nicht etwa um einen mir in schweigendem Einverständnis zugeschobenen Lohn dafür, daß ich für eine alte Frau, die im Sterben lag, eine Rolle spielte, sondern es war nichts als Reis, den eine Frau von sich aus zu dem Manne trug, mit dem sie ein Verhältnis angefangen hatte.

Aber was sollte das! Ich hatte ihn ja wohl auch zuvor schon mit diesem Wissen gegessen. Und so langte ich fast trotzig weiter zu. Saë saß mucksmäuschenstill hinter mir und machte nicht die kleinste Bewegung. Es schien fast so, als beobachtete sie mich mit angehaltenem Atem. Der Mann und die Frau waren hier, um gleich miteinander zu schlafen. Davor mußte der Mann sich stärken, und die Frau wartete im Hintergrund. Dazu war der Reis da und zu nichts anderem ...

Aber noch bevor ich die Schale zur Hälfte geleert hatte, legte ich die Stäbchen ganz vorsichtig aus der Hand. Zu meinem Leidwesen bekam ich vor lauter Anspannung nichts mehr herunter. Saë bemerkte es sofort und fragte:

»Was ist los? Stimmt was mit dem Essen nicht?«

»Ich hab' gerade mein Frühstück gegessen und bin noch nicht wieder hungrig.«

»Ich verstehe. Außerdem sitzt du den ganzen Tag nur in der Hütte herum. Ich werde den Tee aufgießen!«

Mit diesen Worten kam Saë etwas heran, kniete sich in einer Haltung nieder, als würde sie die Magengrube dabei einziehen, und setzte sich wieder anmutig auf ihre Fersen. Dann goß sie aus der Thermosflasche heißes Wasser in das Tonkännchen, schüttelte es eine Weile sacht hin und her und wartete, bis die Teeblätter aufgegangen waren. Als sie mir Tee einschenken wollte, bemerkte sie, daß keine Schälchen da waren, und hielt in ihrer Bewegung inne. Gestern und vorgestern hatten wir beide den Tee aus den leergegessenen Reisschalen getrunken. Für heute hatte sie wohl gleiches vorgehabt und daher vergessen, Teeschälchen mitzubringen.

»Ach wie dumm von mir!« Saë schlug die Augen nieder und lachte hilfesuchend, während sie die Teekanne weiter hochhielt. Als ich zurücklachte, wandte sie sich mit feuchten Augen ab. Ich hatte nur ganz leicht zurücklächeln wollen, dabei jedoch einen noch bedrückteren, bittenderen Ausdruck angenommen. Es schien sich das gleiche zu wiederholen wie vor drei Tagen. Als ich aber die Hand nach ihren Knien ausstreckte, setzte Saë ganz ruhig den Teetopf ab und führte beide Hände wieder zur Magengrube, als wolle sie dort etwas verbergen, und sah dann zum Fenster.

»Laß vorne auf.«

»Warum?«

»Wenn der Laden heruntergeklappt ist, weiß man, was wir hier drinnen tun.«

»Aber es könnten Leute vorbeikommen.«

»Wenn es auf ist, schaut sowieso niemand hinein.«

Ich zog die Hand von ihren Knien zurück. Natürlich konnte man es so sehen, aber genausogut hätte man auch das Gegenteil behaupten können. Nuancen bei derartigen Dingen waren wahrscheinlich nur von Frauen und Männern aus der Gegend hier richtig einzuschätzen. Außerdem schwang in Saës Worten mit, es wäre ja weiter nicht schlimm, wenn man zufällig von jemandem beobachtet würde. Ihr war es vor allem unangenehm, wenn sie aus der Ferne dabei beobachtet wurde, wie sie sich mit einem Mann in die Hütte zurückzog und dann die Fensterläden heruntergingen. Daß ein Mann und eine Frau, die in solchen Dingen derart unterschiedlich fühlten, einander in den Armen liegen sollten, kam mir wiederum ziemlich verrückt vor.

Ein jeder schwieg jetzt ganz für sich allein; gemeinsam war uns nur der Blick zum Nachmittagshimmel, der sich in der Hitze weißlich einzutrüben begonnen hatte. Nach einer Weile stand ich auf. Wenn wir uns ohnehin umarmen würden, war es nicht gut, so unbewegt sitzen zu bleiben. Ich ging zum rückwärtigen Fenster und blickte zu der Senke auf dem jenseitigen Flußufer, die inmitten der Sonne in fast schwarzem Schatten dalag. Dann machte ich die Haltestange vom Fensterladen los, die Saë drei Tage zuvor in vollem Ernst nach mir geschleudert hatte. Dieselbe Saë hatte unterdessen die von mir abgelegten Stäbchen in die Hand genommen und strich sorgfältig die Asche in der Feuerstelle glatt, während sie Ascheklümpchen herausholte, die durch den Sake, den ich verschüttet hatte, hart geworden waren; jedes einzelne Stückchen zerdrückte sie mit den Fingerspitzen ihrer anderen Hand. Nachdem eines der beiden Fenster geschlossen war, herrschte in der Hütte eine Atmosphäre wie in einem Keller. Von der Helligkeit, die im Vorderfenster jetzt um so greller erschien, waren wir nur durch eine Wand getrennt. Ich trat sacht auf Saë zu und stellte mich neben sie. Sie schaute mit den Stäbchen in der Hand zu mir hoch und lächelte mich mit schiefgehaltenem Kopf verlegen und etwas verwirrt an.

»Wenn du es gern zumachen möchtest, dann schließ es ruhig!«

Aus ihrer Stimme klang heraus, daß es ihr wirklich egal war; als ich aber das Vorderfenster heruntergelassen hatte, drang aus der Dunkelheit, die für einen Augenblick eine fast rote Färbung angenommen hatte, ein tiefes, ächzendes Stöhnen auf. Ich kroch die Strecke von ein, zwei Schritten um den Feuerplatz herum, jederzeit gewärtig, wieder einen Streich über den Schädel zu bekommen, und ertastete sie schließlich. Saë hatte sich auf ihre Knie geworfen; ihre Schultern und Rücken bebten.

»Mittags habe ich dich immer schweigend weggehen lassen, aber jeden Abend hab' ich in der Hütte auf dich gewartet, ganz still gewartet. Gestern nacht konnte ich überhaupt nicht schlafen.«

Ich zog sie, die fast zu lachen schien, zu mir hoch und verschloß ihr die Lippen; während ich meinen Körper über sie schob, drückte ich sie auf die Matte zu Boden. Ihr rechter Arm schlang sich schnell ganz fest um meinen Hals; dabei unterdrückte sie ein aufsteigendes Stöhnen. Aber irgend etwas war ganz still an ihr. Irgend etwas fühlte sich so seltsam an. Doch dann merkte ich plötzlich, daß ihr linker Arm regungslos ausgestreckt war, als wollte er weit weg von mir fliehen. Ich tastete von der Achselhöhle den Oberarm entlang. Saë hatte in der Hand immer noch das Bündel von vorhin, das sie mit festem Griff umfaßte. Als ich es ihr herauszuwinden versuchte, rückte sie ihre Hand mit kleinen Bewegungen immer weiter von mir weg, doch schließlich schlang sie auch diesen Arm – mit dem Päckchen in der Hand – fest um meinen Hals. Und sie ließ es nicht los, bis sie einen kleinen Laut von sich gab und das Bündel über meinem Rücken herunterglitt.

Mehrfach durchkreuzte meine Erregung das Bild der bleichen, kleinen Füße der Alten, wie sie huckepack von einem Verwandten die Treppe heruntergetragen wurde.

»Ich denke, ich werde dich heiraten«, sagte Saë, als wir unsere schweißüberströmten Körper voneinander lösten. In ihrer Stimme schwang weder Zärtlichkeit noch Bedauern mit, sie sagte es wie ein Versprechen, das sich wie ganz von selbst verstand. Als ich sie in Ermangelung einer passenden Antwort nur fest an mich drücken wollte, schob sie mich weg, gab mir mit den Augen einen Wink, auf Geräusche von draußen vor der Hütte die Ohren zu spitzen. Und dann packte sie mich plötzlich am Ellenbogen und sprang mit einem Ruck hoch:

»Schnell, steh auf, mach dich zurecht!«

Einen Augenblick klang es, als sollte ich die Vorbereitungen für die Hochzeit treffen, aber da hörte ich schon, wie sich aus der Ferne Schritte näherten.

»Sie kommt mich suchen! Mach schnell vorn das Fenster auf und schau nach draußen, als wenn nichts gewesen wäre. Sag ihr, ich wäre zwar gekommen, aber schon wieder weg. Ich sei in die Stadt gegangen, ganz in Eile. Sag das, nicht wahr? Und wenn sie dich fragt, antworte ihr, ich hätte dir nichts in Verwahrung gegeben!«

So flüsterte Saë eilig, während sie das Bündel zusammen mit ihren Untersachen vom Boden aufsammelte, zum Frontfenster sprang, sich unter ihm ganz eng an die Wand drückte und, langsam in die Knie gehend, mir mit einem scharfen Blick bedeutete, das Fenster jetzt rasch zu öffnen.

KAPITEL 8

Durch einen weiteren Zuruf zur Eile angetrieben, schaffte ich es gerade noch, den hölzernen Fensterladen aufzustellen – und das war auch schon die allerhöchste Zeit. Denn da erschien vom Rande der hohen Gräser, die sie eine Zeitlang noch verborgen hatten, auf dem schmalen, grellweiß von der Sonne beschienenen Weg, der bis zur Hütte lief, eine weibliche Gestalt in einem Kleid mit verwaschenem Blütenmuster. Die bloßen Oberarme waren rund und kräftig, aber von sehr heller Haut, ihr Gesicht nicht mehr jugendlich, dafür aber schmal und regelmäßig. Einen Augenblick lang dachte ich, ich hätte – vielleicht durch die Peinlichkeit meiner Situation veranlaßt – ›die Frau da‹ etwas vorschnell für Saës Schwägerin gehalten, und es wäre womöglich eine Frau aus der Stadt. Aber ihre Art zu gehen war ganz anders. Ein wenig vornübergebeugt, mit festen, ruhig nach rechts und links ausschwingenden Schritten, die wohl kaum je in zierliches Trippeln übergehen könnten.

»Ist Saë da?« Sie schien gleich mir überrascht und fragte nur ganz kurz. Meine Existenz schien sie schon einigermaßen akzeptiert zu haben.

»Bis eben war sie noch da, aber jetzt ist sie . . .« Die Worte kamen mir nur stockend, mit heiserer Stimme. »Äh, übrigens vielen Dank für Ihre Bemühungen die ganze Zeit.«

Saë, die zu meinen Füßen versteckt dasaß, zwickte mich leicht in die Wade. Die Schwägerin hatte meine Dankesfloskel nicht weiter beachtet und schaute über die Felder.

»Hatte sie etwas mitgebracht?«

»Nein, sie hatte nichts dabei . . .«

»Dummkopf!« zischte Saë und legte mehr Kraft in ihre Finger.

»Na gut, dann ist es ja in Ordnung. Nehmen Sie bitte

nichts für sie in Verwahrung. Es wäre nämlich nicht zu Saës Bestem.«

Fast wie einen Stoßseufzer sprach die Schwägerin diese Warnung aus und wandte sich wieder auf ihren Weg zurück, da der Mann für sie darüber hinaus nicht von Bedeutung zu sein schien. Aber dann drehte sie sich doch noch einmal um, als wäre ihr etwas eingefallen.

»Haben Sie wirklich vor, in Tōkyō mit Saë wieder für längere Zeit zusammenzuleben?«

Ich holte erst einmal tief Luft, um meine Verblüffung zu verbergen. Was sollte denn das? Ich packte Saë an der Schulter.

»Du hast mit mir zusammengelebt, bitte!« flüsterte Saë und verhielt sich danach mucksmäuschenstill. Mir kamen die allerbedrückendsten Zeiten mit der vorigen Frau in den Sinn. Es war so schlimm, daß ich sie hätte umbringen wollen. Und zur Schwägerin gewandt, nickte ich ein paarmal bedeutungsschwer.

»Sie scheinen ein Mensch zu sein, der allerhand aushalten kann.« Die Schwägerin sagte es zwar laut und schaute mir gerade ins Gesicht, aber es klang, als würde sie nur zu sich selbst sprechen. Dann lächelte sie etwas seltsam: »Es wäre besser gewesen, wenn uns Saë nicht so ein unsinniges Theater vorgespielt und von Anfang an alles ganz offen gesagt hätte!«

Vermutlich hatte Saë heute, als am Ende des großen Streites auch noch die Sache mit mir hervorgezerrt worden war, erstmals vor Bruder und Schwägerin etwas von Heirat geplappert. Es wäre ihr wohl unangenehm gewesen, wenn man von ihr dächte, sie hätte ihren Liebhaber gewechselt. So hatte sie vorgegeben, schon vor längerer Zeit mit mir zusammengelebt zu haben, und ausgebreitet, daß wir uns nun – nach einer Trennung – ganz offiziell zusammentun wollten. Als sie dann nicht mehr zurückkonnte, hatte sie es wohl selbst geglaubt. Irgendwie so mußte es gewesen sein.

»Aber was hat sie sich bloß dabei gedacht, einen geliebten

Menschen hier, an einem solchen Ort, unterzubringen. Und wenn ihr sowieso ein Paar werdet, ist doch alles in Ordnung!«

Die Frau von Saës Bruder lachte noch einmal vor sich hin. Es schwang ein Gefühl darin mit, daß ihr nicht nur die ungehörigen Liebesangelegenheiten der lästigen jungen Schwägerin peinlich waren, sondern daß sie sich auch schämte, es mit ansehen oder darüber nachdenken zu müssen. Ich versuchte nun, die Lage zu sondieren:

»Die alte Dame, wie geht es ihr? ... Ich kann jetzt wohl schon wieder heimkehren?«

»Was hat Saë denn gesagt?«

»Daß ich bis zum – Ende der Kranken ...«

»Also hat sie's erzählt!«

»So in groben Zügen.«

»Na ja, dann bleiben Sie bitte!«

Die Schwägerin sagte es ganz leichthin und schickte sich an zu gehen. Aber dann verharrte sie doch noch einmal, als wenn sie sich besonnen hätte, und wandte mir ihr verlegenes Gesicht zu.

»Das sind alte Geschichten. Selbst die Leute von hier haben sie schon fast vergessen. Es hat nichts damit auf sich. Es wäre besser gewesen, wenn sich die Großmutter nicht jetzt noch daran erinnert hätte, denn nun quält sie uns damit bis zu ihrem Tod. Auch Saë, die eigentlich gar keine Ahnung hat ...«

Zornig wandte sie sich zum Gehen, aber plötzlich schien sie sich zu entspannen und schaute mit melancholischen Augen um sich.

»Daß wir diese Felder irgendwie noch in unserem Besitz haben, ist alles meiner Arbeit zu verdanken. Seine Brüder kommen nicht zum Helfen, so bin ich ganz allein mit meinem Mann, der sich immer gleich ausruhen will. Es sieht zwar klein aus, aber Felder von dieser Größe Jahr für Jahr ...!«

Bei ihren Worten empfand ich – obgleich es mich nicht

selbst betraf – mit meinem Körper, der sich gerade mit einer Frau vereinigt hatte, die schwere Last des allgegenwärtigen Sonnenlichtes direkt und bedrückend.

»Wenn man sie nur zu zweit bearbeitet, ist es wirklich groß!«

»Im Dorf drüben gibt es Bauern, die ihre Felder kaum noch richtig bestellen und nur auf den Zeitpunkt zum Verkaufen warten.«

Tatsächlich, auch ohne auf den Berg hinter uns klettern zu müssen, konnte ich, wenn ich die Augen anstrengte, vom Fenster aus sehen, wie sich jenseits des Deiches vom Hauptflußlauf ein Dach nach dem anderen, mal rot, mal blau, ins Blickfeld schob.

»In Tōkyō würden auf dieser Fläche bestimmt zwanzig bis dreißig Familien wohnen.«

»Ich habe früher auch einmal mit meinem Mann in Tōkyō gelebt.« Die Stimme der Frau klang weicher. »Es waren nicht ganz zwei Jahre. Als seine Eltern kurz nacheinander starben, wurden wir zurückgerufen. Das heißt, zurückgerufen wurde eigentlich nur er. Ich wäre lieber alleine dort geblieben, aber es war halt die Zeit, wo Lebensmittel knapp waren.«

Bei diesen Worten bückte sich die Frau von Saës Bruder langsam und kauerte sich nieder, während sie Unkräuter vom Rand des Feldes ausrupfte.

»Ich stamme selber aus einer Bauernfamilie, und so ist es ein Leben, an das ich gewöhnt bin. Leider ist die Großmutter hier ziemlich verdreht. Sie erkennt mich selbst jetzt nicht als Frau im Hause an: ›Du bist nicht die Frau meines Sohnes, sondern meines Enkels!‹ Alles, was mit den Vorfahren zu tun hatte, bestimmte sie allein, versuchte mich von den Totenmessen fernzuhalten und hetzte die Schwägerinnen der Reihe nach auf, damit sie mir zusetzen sollten. Als die Schwägerinnen dann endlich wegheirateten, durfte auch ich den Ahnendienst versehen. Aber dann hieß es: ›Das ist nicht die Art und Weise, wie man es in unserem Dorf hält!‹, und sie kramte die seltsamsten Gebräuche von früher hervor. Sie quälte uns mit den schwierigsten Forderungen für ihr eigenes Begräbnis, dies und jenes müsse unbedingt so und so gemacht werden. Es war die Zeit, als Saë zurückkam, und die beiden spielten sich zusammen gerade so auf, als wären sie die Herren im Hause ... Es war schon recht merkwürdig! Die Großmutter und Saë beschuldigten mich, ich wolle unsere Familie ruinieren, denn mein Mann und die übrigen Brüder warteten nur darauf, daß ich die Arbeit nicht mehr schaffte und geneigt werden könnte, Grund und Boden zu verkaufen. Auch die Kinder scheinen mit dem Geld zu liebäugeln und schämen sich schon wegen meines dreckverschmierten Äußeren. Warum halte eigentlich nur ich, die ich nicht in der Blutslinie der Ahnen stehe, noch den Stolz aufrecht?«

Je mehr sie erzählte, desto mehr duckte und krümmte sich ihre Gestalt tiefer zur Erde, ihre Augen blickten trübe ins Leere, und dann schwieg sie.

Da hatte ich also eine kräftige, erwachsene Frau vor mir sitzen, die sich still ihren Gedanken hingab. Mir war nicht ganz wohl, und aus einer beinahe kindlichen Furcht heraus tastete ich nach Saës Schulter ... Saë umklammerte fest mein linkes Bein, berührte es aber nicht mit der Hand. Auch bei der Frau auf meiner Seite war an der Stille zu spüren, daß sie – wie die vor dem Fenster – ihren eigenen Gedanken nachhängen mochte. Nach einer kleinen Weile sagte die Frau draußen mit einer viel leiseren Stimme, die vom Wind, der über die Gräser hinwehte, überdeckt und zerstreut, kaum richtig wahrzunehmen war:

»Auch jener Mann damals ... hat sich hier im Dorf sehr wichtig getan ... die meisten, die noch etwas wissen, sind schon tot; so ist es eigentlich egal ... ich weiß auch kaum was davon, weil ich von außerhalb komme ... was mag nur Saë, die von der Geschichte erfahren hat, eigentlich vorhaben ... in ihrer Mädchenzeit, mit dem Mann aus der Hütte ...«

Ich beugte mich aus dem Fenster, um besser zu hören. Im selben Augenblick biß Saë mich in die Wade. Als ich vor Schmerz das Gesicht verzog, dachte die Schwägerin wohl, ich sei wütend geworden. Sie warf mir einen verächtlichen Blick zu und richtete sich aus der Hocke so schnell auf, als wollte sie fliehen.

»Fragen Sie Saë doch selbst!«

Diesmal blieb sie nicht noch einmal stehen. Zuerst verschwand ihre Gestalt hinter den Sommergräsern, tauchte aber endlich wieder auf dem schmalen, weißen Fußpfad auf. Obgleich sie nur ein dünnes Kleid trug, hatte sie einen Schritt, als schleppte sie eine schwere Last; ganz langsam stieg sie den sanften Abhang hinauf.

Als ich mich umblickte, saß Saë unerwartet brav mit gesenktem Kopf hinter der Feuerstelle und hielt ihr Bündel wieder auf dem Schoß umfaßt. Ich setzte mich wortlos auf die gegenüberliegende Seite. Nach einiger Zeit sah Saë mich von unten herauf an.

»Kannst du nicht, solange du hier bist, so tun, als ob wir heiraten wollen?«

»Mir macht's nichts aus.«

»Was danach passiert, werden meine Leute ja sowieso nicht erfahren.

»›Sie hat zusammen mit dem Mann aus der Hütte das Dorf verlassen‹. – Das wird's dann wohl gewesen sein!«

›Ich will sie nicht fragen!‹ sagte ich mir. Es gibt keine andere Möglichkeit zu fragen, als wirklich mit ihr zusammenzuleben. Doch Saë verteidigte nicht sich, sondern die Großmutter.

»Großmutter hatte kein solches Verhältnis mit dem Mann aus der Hütte.«

»Dann war es – ein Gerücht?«

»Ein einziges Mal ist sie am Tage ganz kurz mit ihm in der Hütte gewesen. Aber da war nichts.«

»Die Leute glauben es wohl nicht.«

»Der Saëmon hatte etwas mit einer anderen Frau, deshalb ist er aus dem Dorf gejagt worden.«

»Ist sie schwanger geworden, diese Frau?«

»Ja, als Großmutter das hörte, warf es sie aufs Krankenbett, und sie bekam schließlich auch einen dicken Bauch.«

›Ich will sie doch nicht fragen!‹ Als ich mich wieder dazu ermahnte, hatte ich schon eine Haltung eingenommen, als wollte ich sie mit Fragen über ihre eigene Vergangenheit in Bedrängnis bringen, und ich blickte ihr fest und direkt in die Augen. Saë beugte sich wie gequält vornüber und schien schweigen zu wollen, aber weil sie meinen Augen nicht ausweichen konnte, gab sie es auf und begann zu erzählen, in die Asche des Herdplatzes sprechend.

Saës Großmutter und das Mädchen, das von dem Saëmon schwanger geworden war, waren im Alter von achtzehn Jahren dicke Freundinnen gewesen. Der Saëmon war der vorvorige – von dem letzten an gerechnet, der vor jetzt sechzehn Jahren mit seinem dreirädrigen Schwarzmarktauto das Dorf verlassen hatte –, jener Mann also, der, selber schwerkrank, den einen Leichnam so bravourös zum jenseitigen Ufer hinübergebracht hatte.

›Das war wohl sein letzter Dienst für uns!‹ empfanden die Dorfbewohner mit Dank und Mitleid, aber der Mann überwand unversehens seine Krankheit und erholte sich. Dafür ereigneten sich nach etwas mehr als einem Jahr im Dorfe selber – ohne daß es etwa eine Seuche gegeben hätte – viele Todesfälle hintereinander. Alte Leute starben, Kinder starben, aber auch kräftige, gesunde Männer ereilte ein plötzlicher Tod. Der Heilige Mann hatte keine Zeit mehr, sich zum Saëmon zurückzuverwandeln, und die Opfergaben vor der kleinen Tempelhalle wurden nicht weniger. Er las morgens, mittags und abends, ja manchmal spät nachts in der Halle mit leiser Stimme Sutren, benahm sich aber sonst nicht wie ein wirklicher Priester und brachte auch nicht etwa vor, die Halle zu einem regulären Jizō-Tempel machen zu wollen. Er blieb unverändert bescheiden und lebte, indem er sein eigenes Feld selber bestellte. Auch vergaß er nicht, alle drei Tage einmal in demütig gebeugter Haltung zum Betteln ins Dorf zu kommen.

Unter solchen Umständen hätte man vermuten können, daß sich die Leute in zwei Gruppen teilen würden, in solche, die ihm ganz einfach dankbar waren und andere, die anfingen, sich im Gegenteil besonders vor ihm vorzusehen. Aber die Dorfbewohner verhielten sich ihm gegenüber alle gleichmäßig, waren beruhigt, hatten Vertrauen und sprachen gut von ihm. Wenn mit dem Beginn der Regenzeit große Regengüsse aufeinanderfolgten und am jenseitigen Ufer wiederholt Erdrutsche auftraten, wurden die Menschen im Dorf unruhig, ob sie nun aus Familien stammten, die einen Toten dort hatten hingeben müssen, oder nicht. Das war schon in normalen Jahren so, um so mehr zu Zeiten, da es viele Todesfälle gab. Doch immer an Tagen mit starkem Regen war die Gestalt des Saëmon, angetan mit einem Umhang aus Stroh, durch die Regenschleier zu sehen, wie er am Berganstieg jenseits des Flusses die ganze Zeit hindurch nach oben und unten und von der rechten zur linken Seite umherwanderte. Dennoch kam es vor, wenn bis in die Nacht hinein immer wieder schreckliche Regengüsse herabrauschten, daß Angehörige von jüngst Verstorbenen es nicht mehr ertragen konnten und – obgleich sie selbst machtlos waren – mit Laternen in der Hand zum Flußufer kamen, dem sie sich sonst selbst am hellen Tage nicht genähert hätten. Im Schein der Laternen sahen sie dann die halbnackte, dreckverschmierte Gestalt des Saëmon auf einem halbhohen Felsen stehend, wie er, einen Spaten in der Hand, angestrengt das Ausmaß der Erdrutsche betrachtete. Hinter hohen Gräsern verborgen legten die Hinterbliebenen die Hände aneinander und sprachen leise: ›Wir bitten um deine Hilfe!‹, danach kehrten sie beruhigt nach Hause zurück. Später sagten sie dann: ›Er hat wie ein Fudō-san ausgesehen!‹, also wie einer der grimmig dreinblickenden, halbnackten Tempeltorwächter.

Zwei, die diesen Saëmon ungerührt verspotteten und neckten, waren besagtes Mädchen und Saës Großmutter. Achtzehn Jahre war – anders als heute – normalerweise das Heiratsalter. Da beide als einzige Töchter aus begüterten Familien stammten, von den Eltern verhätschelt wurden und so mancher Zweit- oder Drittgeborene oder dessen Eltern sich bei ihnen um ihre Gunst bewarben, war es nur natürlich, daß sie eingebildet geworden waren. Besonders die Freundin von Saës Großmutter hatte ein hübsches Gesicht, war hochgewachsen, besaß eine starke Willenskraft und gab nie klein bei, wenn sie sich mit den jungen Burschen laute Wortgefechte lieferte.

Dieses Mädchen ließ seine Augen grausam aufblitzen, wenn sie nur des Saëmon ansichtig wurde, und begann sofort, ihn zu foppen. Freilich waren es keine ordinären Anzüglichkeiten wie bei den schon älteren Ehefrauen im Dorf. Sie brachte ihn allerdings eben dadurch in Verlegenheit, daß sie ihn wie einen ganz normalen »Mann« behandelte, und so war die Art und Weise, wie sie ihren Spott mit ihm trieb, im Ergebnis die gleiche. Jener Saëmon war, seinem Alter von etwas über Vierzig entsprechend, durchaus klug und gewitzt, aber er beachtete seine Grenzen als Saëmon genau und benahm sich so, wie man es von einem ärmlich-schmutzigen Bettler erwartete. Sah man ihn genauer an, dann hatte er etwas ganz unschuldig Reines von einem jungen Mönch an sich und einen Gesichtsschnitt, daß man ihn durchaus als »schönen Mann« hätte bezeichnen können.

Saës Großmutter wollte dem Saëmon eigentlich nichts Böses, und weil sie vor kurzem zum ersten Mal gesehen hatte, wie die Erde von den Gräbern bläulich leuchtend im Fluß fortgeschwemmt wurde, zeigte sie stets zu Beginn Hemmungen; wenn sie aber dann zusammen ihren Schabernack trieben, ging der Übermut schnell mit ihr durch. Der Saëmon wurde weder wütend noch zeigte er ein heuchelnd-unterwürfiges Lächeln. In seiner Miene drückte sich nur ganz wenig aus, wie fürchterlich verlegen er wurde und daß er der Genasführte war. Bei alldem ließ er jedoch keine aufreizende Gelassenheit spüren und bewahrte streng die mitleiderregenden Manieren des von den Dorfbewohnern verspotteten Bettlers. Das gerade regte nun die Freundin besonders auf: »Er ist durch und durch ein Bettler!« rief sie und führte sich, ungeduldig geworden, wie verrückt auf, verfolgte ihn hartnäckig und lief ihm bis zur Hütte nach, der sie sich nicht nähern durfte. Wenn der Saëmon dann im Inneren der Hütte verschwunden war, warf sie aus einiger Entfernung Erdklumpen oder ähnliches gegen die Fenster, so daß Saës Großmutter sie ganz aufgeregt zurückhalten mußte.

Die Menschen im Dorf runzelten zwar die Stirn über das Treiben der beiden, beobachteten es dennoch amüsiert. Freilich kam es vor, daß sie mit ansehen mußten, wie erbärmlich der Heilige Mann Saëmon behandelt wurde, der keine Möglichkeit hatte, sich zu wehren.

Seit dem Ende der Regenzeit war die Freundin von Saës Großmutter noch hübscher und ein wenig nachdenklicher geworden. Nun ergriff sie nicht mehr die Initiative, wenn sie Saëmons Gestalt erblickte, das hieß aber nicht, daß er ihr gleichgültig geworden wäre. Sie beobachtete ihn mit Augen, in denen eine stille Verachtung schlummerte, wie er herumging und in seiner üblichen, merkwürdig vernünftigen Art Almosen entgegennahm. Wenn er seinen Bettelrundgang beendet hatte und zur Hütte zurückkehrte, ging sie eine Zeitlang stumm hinter ihm her, sobald er sich aber nach ihnen umdrehte, stachelte sie Saës Großmutter auf. Der war der Saëmon eigentlich völlig egal, aber wenn er plötzlich anfing wegzulaufen und ihre Freundin ihr mit einem verächtlichen Schnauben einen Schubs in den Rücken gab, dann lief sie – ohne selbst zu wissen warum – wie ein Hund hinter ihm her.

Wurde er von ihr eingeholt, zeigte er, ganz anders als sonst, Zeichen der Furcht. Dann allerdings wurde es schlimm, denn das brachte Saës Großmutter in eine überaus grausame Laune. Sie war nicht so redegewandt wie ihre Freundin, dafür immer gleich flink mit ihren Händen. Sie schlug dem Saëmon den gerade erbettelten Reis aus der Hand, und während er noch auf allen Vieren die Körner auf der Erde zusammenkratzte, leerte sie seinen Beutel mit Bohnen inmitten eines Feldes aus, das er nicht betreten durfte. Derweil schaute die Freundin mit Blicken zu, als würde es ihr weh tun, als wäre sie es selber, die so gequält wurde. Dabei kam Saës Großmutter in eine noch wildere Stimmung, aber während sie dem Saëmon immer übler mitspielte, empfand sie in ihrem Inneren wieder und wieder: ›So etwas darf man doch nicht tun, so etwas darf man doch nicht tun!‹

Dieser Mensch erfüllte eine wichtige Aufgabe. Er war jemand, ohne den es im Dorf nicht ging. Sowohl die Erwachsenen als auch die Kinder im Dorf trieben ihren Spott mit ihm, aber das war so etwas wie ein festes Ritual, eine Art Abmachung. Und dabei gab es natürlicherweise Grenzen. Niemand durfte sich so vergessen, diesen Menschen so weit zu demütigen. Das war gegen die Abmachung, das verstieß gegen die Regeln.

Nach einer ziemlichen Weile näherte sich dann die Freundin, machte fast bittend dem ganzen ein Ende, so daß Großmutter wie erleichtert von ihm abließ. Am Ende wechselte Saëmon mit der Freundin einen Blick, als seien sie beide über das Geschehene entsetzt, dann zog er sich eilig in seine Hütte zurück.

Wenn es Zeit war, daß der Saëmon wieder – alle drei Tage – im Dorf auftauchen sollte, kam die Freundin jedesmal, wie zufällig, mit schönen, strahlenden Augen an, um ihre Gefährtin mitzunehmen. So wiederholte sich das gleiche mehrere Male. Die Dorfbewohner sahen sich von weitem an, was die beiden trieben, aber weil die Kette der vielen aufeinanderfolgenden Begräbnisse endlich abriß und die mit Besorgnissen verbundene Regenzeit zu Ende war, hatte es den Anschein, daß man ihn nur noch als Bettler betrachtete, in den er sich jetzt zurückverwandelt hatte. Saës Großmutter bekam aber doch Angst, wenn sie daran dachte, was sein würde, wenn es wieder Begräbnisse im Dorf geben sollte und der Saëmon sich als Heiliger Mann aufführen könnte. Und so begann sie, ihrer Freundin aus dem Wege zu gehen. Die Freundin hängte sich noch eine Zeit zäh an sie an, kam aber schließlich nicht mehr.

Dann war der Höhepunkt des Sommers vorbei. Eines Nachmittags blickte Saës Großmutter, als sie nach einem schwülheißen Mittagsschlaf im Webstuhlraum des Obergeschosses ihre Augen geöffnet hatte, nach draußen. Da bemerkte sie, wie ein gutes Stück oberhalb der Hütte die Gestalt ihrer Freundin, die sich lange nicht mehr hatte sehen lassen, behende aus dem Schatten des hochstehenden Korns heraus über den weißen Fußweg sprang, sich mit einem kurzen, scharfen Blick in ihre Richtung umwandte und dann inmitten der Gräser am Flußufer verschwand. Es war eine Stelle, zu der fast nur die jungen Mädchen und Burschen hingingen, wenn sie sich, meist kurz nach dem Mittag, zu einem Rendezvous trafen. »Paßt auf, daß euch der Saëmon nicht zuschaut!«, war eine beliebte Spottrede. ›Sieh einmal an!‹, dachte Saës Großmutter und ließ die Gesichter von einigen der jungen Männer aus dem Dorfe im Geiste Revue passieren, aber da wurden ihre Augen darauf gelenkt, daß es anscheinend hinter dem Fenster der Hütte plötzlich dunkel geworden war. Als Kind hatte sie einmal, von den Erwachsenen unbemerkt, in die Hütte gespäht und entdeckt, daß auch auf der Rückseite ein Fenster offenstand; die Spuren von den Erdrutschen am jenseitigen Ufer erschienen von dort aus zum Greifen nahe. Und jetzt, in der heißesten Mittagszeit, war der rückwärtige Laden heruntergelassen worden! Während Saës Großmutter darüber nachsann, hörte sie nur noch die wie wild gellenden Stimmen der Zikaden und starrte auf das offen gebliebene Vorderfenster.

Es verging eine ziemlich lange Zeit, bis die Freundin ihren Kopf wieder aus den Gräsern hervorsteckte. Sie sicherte auf dem Weg nach links und rechts, spähte hinüber zum Fenster des Webstuhlzimmers und trollte sich dann langsam in Richtung auf die diesseitigen Felder. Fast im gleichen Augenblick wurde die Fensteröffnung der Hütte – diesmal ganz deutlich – heller, und das Gesicht des Saëmon lugte hervor.

Mehrere Tage hintereinander ereignete sich das gleiche. Von Tag zu Tag schien die Freundin kühner zu werden. Immer zur selben Zeit richtete sich Saës Großmutter schweißgebadet vom Mittagsschlaf auf und begleitete die Gestalt ihrer Freundin mit den Augen, wie sie – ohne sich überhaupt noch nach allen Seiten zu vergewissern – in den Gräsern verschwand. Dann behielt sie mit angespanntem Atem das einsame Vorderfenster der Hütte im Blick. Wenn die Freundin auf ihrem Rückweg von der Hütte unbemerkt wieder hinter dem diesseitigen Felde verschwunden war, atmete die Beobachterin erleichtert auf, als wäre sie selbst es gewesen, die es geschafft hatte. Danach war es ihr eine Zeitlang nicht möglich, sich von ihrem Lager zu erheben, und nachts schlief sie immer schlechter. Nachdem, was man so hörte, reagierten die Familien normalerweise so, daß sie unbedingt das jeweilige Mädchen unter Hausarrest zu stellen versuchten, wenn eine Sache mit dem Saëmon ans Licht kam. Die Menschen im Dorf verhielten sich jedoch äußerst kühl: »Passiert so etwas, dann ist es halt Schicksal, und es ist unnütz, dem Einhalt gebieten zu wollen«, so sprachen sie und warteten ab. Das Mädchen wird bestimmt schwanger, der Saëmon wird aus dem Dorf gejagt, und das Kind wird gleich irgendwohin in Pflege gegeben. Die Frau ist die Dumme: Sie wird zur Arbeit in die Stadt geschickt oder kommt für einen Spottpreis an einen Mädchenhändler. Was dann letztlich aus ihr wird, weiß man nicht, aber man kann es sich vorstellen: Geht man zum Jahrmarkt in die Stadt, sieht man dort Wanderkünstler. Unter ihnen in der Gruppe von Menschen, die alle eine Kunst beherrschen, steht ganz verloren eine Frau, dick geschminkt, die überhaupt nichts kann ...

Eines Tages erschien ihre Freundin nicht mehr auf dem Fußpfad. In der Stille, die ihr noch tiefer als sonst erschien, erfaßte sie ganz plötzlich Trauer um ihr mögliches Schicksal. So stand sie auf und ging leise die Treppe hinunter. Sie hatte vor, dem Saëmon ins Gewissen zu reden: ›Das Mädchen ist verrückt; ich möchte, daß Sie sie freigeben. Bitte gehen Sie weg von hier, so bald wie möglich!‹ Und sie hatte sich überlegt: ›Wenn er meiner Bitte nachkommt, ist es zum Wohle des Mädchens, deshalb ist es egal, was mir geschieht.‹ Das war in der Tat schon nicht mehr ganz alltäglich. Als sie den kleinen Fußweg überquerte, wurde ihr, inmitten der gleißend hellen Sonne, schwarz vor Augen, und sie wußte schon nicht mehr, ob sie es selber war oder jenes Mädchen.

»Und der Saëmon saß hier, so ...?«

Saë, die mit dem Rücken zum noch verschlossenen Hinterfenster saß, öffnete ganz leicht ihre weißen Knie und deutete mit einer Bewegung den Schneidersitz an. Dann krümmte sie ihren Rücken tief herunter und streckte beide Arme lang zum Herdplatz aus. Es war eine unheimliche, fast affenartige Bewegung. Der Saëmon hatte gerade einen Berg Süßkartoffeln, die er gegen Mittag bei einem Hause erbettelt hatte, vor sich stehen und blickte sich, langsam seinen Unterkiefer bewegend, mit fahlem, angespanntem Gesicht um. In seiner Miene stand: ›O nein, nicht auch das noch!‹

»Großmutter hatte sich dort niedergekauert.«

Saë wies mit dem Blick in die Ecke mit dem ungedielten Boden, als wolle sie sich selber hinter ihrem eigenen Rücken verbergen, besagtes Bündelchen fest an die Brust gepreßt.

KAPITEL 9

Der Saëmon drehte sich nicht noch einmal um. Bis zum Schluß sagte er kein Wort. Er stopfte sich seine Süßkartoffeln in den Mund und kaute mit vollen Backen im blassen Gesicht.

Saës Großmutter saß klein zusammengeduckt in der Ecke, und als sie sich endlich ein Herz gefaßt hatte, preßte sie mit dünner Stimme hervor: »Bitte, verlassen Sie dieses Dorf, möglichst schnell; es ist zum Besten für jenes Mädchen!« So appellierte sie an ihn, aber wie der Saëmon jedesmal nur mit zuckenden Schultern rauh seinen Atem hervorstieß, bekam sie das unheimliche Gefühl, als würde sie ein wildes Tier, das sie selbst keinesfalls bändigen konnte, ahnungslos und unbeabsichtigt in die Enge treiben, und so verstummte sie.

Vielleicht wäre es besser, so überlegte sie sich, hinter ihm an der Wand herumzuschleichen, den bewußten Stock zum Aufstellen der Fensterklappe loszumachen und den Saëmon jetzt sofort zu töten. Bis zuletzt hatte er nicht widersprochen, bis zuletzt hatte er sich nicht umgewandt. Er würde mit einem einzigen Schlag lautlos vornübersinken und sich nicht mehr bewegen. Und sie würde auf den Berg hinter der Hütte steigen und sich erhängen . . .

Während sie nun, allein mit dem Saëmon, eine kleine Weile den wie betäubend sirrenden Stimmen der Grillen vom Berge lauschte, rückte ihr Bewußtsein immer ferner und ferner, so als wäre sie selber schon am jenseitigen Ufer begraben. Als sie mit einem kleinen Schreck wieder zu sich kam, verließ sie den Saëmon, der immer noch mit Hingabe seine Süßkartoffeln verspeiste, und rannte aus der Hütte. Das war alles. Aber als sie aufgeregt und überstürzt aus den Gräsern direkt neben der Hütte hervorsprang, wurde sie von jemandem beobachtet.

Am gleichen Abend noch rief ihr Vater sie in den Speicher, wo er sie, mit einer schmalen Reisigrute in der Hand, einem peinlichen Verhör unterzog. Wie sie sich später erinnerte, war ihr zu diesem Zeitpunkt seltsamerweise überhaupt nicht besonders bänglich zumute, und so antwortete sie ganz schlicht und ohne Umschweife, sie sei zur Hütte des Saëmon gegangen. Wie das aufgenommen werden konnte, war ihr noch nicht recht bewußt. Unverzüglich bekam sie mit der Reisigrute solche Prügel auf den Rücken, daß ihr fast die Luft wegblieb. Aber sie ging völlig furchtlos und vor Wut fast wahnsinnig auf ihren Vater los: »Warum glaubst du mir nicht? Warum kannst du den Worten deiner eigenen Tochter nicht glauben?« schrie sie mit gellender Stimme, während sie von Fußtritten im Speicher hin und her geworfen wurde. Aber dann schien der Vater ein wenig von ihr abzulassen und fragte sie mit einer Miene, als ob schon ihr bloßer Anblick eine unerträgliche Beschmutzung darstellte, wozu sie denn in die Hütte gegangen sei. Die Tochter, um eine Antwort verlegen, schaute nur zu Boden und ertrug danach in einer selbst für sie sehr willensstarken und ruhigen Art, wie sie weiter geschlagen wurde, bis ihr Vater einhielt, dem es fast unheimlich wurde.

Diese Nacht mußte sie auf dem Fußboden des fest verriegelten Speichers zubringen; vom nächsten Tag an wurde sie im Webstuhlraum des Dachgeschosses eingeschlossen. Eine Frau mittleren Alters aus der entfernteren Verwandtschaft wurde ihr als ständige Aufpasserin beigegeben. Sie folgte ihr mit dem Ausdruck der höchsten Wichtigkeit bis auf die Toilette und schließlich auch noch, als man sie ins Bad steckte. Dann war da noch ein Mann, angeblich ein Neffe vom verstorbenen Mann der Aufpasserin, von kräftigem Körperbau, aber etwas schwachem Verstand, der vor längerer Zeit sich im Dorfe als Landarbeiter verdingt hatte. Der saß den ganzen Tag über vor sich hindösend auf den Dielen unter der Treppe, seine Knie mit den Armen umfassend.

Auch ihr Essen mußte sie getrennt einnehmen; es wurde

ihr jedesmal eigens ins Webstuhlzimmer gebracht. Der Vater kam morgens und abends einmal bis zur Mitte der Treppe hinauf und schaute schweigend nach dem Rechten. Lediglich dann schrie die Tochter: »Warum glaubt ihr mir nicht, warum glaubt ihr mir nicht?«, aber ihr Vater überhörte es mit strengem Gesichtsausdruck und ging keinen Schritt weiter nach oben. In den Augen der Mutter war sogar Verachtung zu spüren, und selbst der Großvater, der sie bisher am meisten verwöhnt hatte, schaute sie mit Blicken an, wie sie vielleicht Frauen im Dorfe gelten mochten, über die es üble Gerüchte gab.

Trotzdem betrachtete Saës Großmutter alles nur als eine vorübergehende Züchtigung und verhielt sich still, weil es ja zum Besten ihrer Freundin war. Am Nachmittag des vierten Tages jedoch, als ihre Aufpasserin einzunicken begann und sich auch unterhalb der Treppe niemand aufzuhalten schien, entschloß sie sich, kurz einmal zum Luftholen nach draußen zu gehen. Als sie auf Zehenspitzen die Treppe heruntergekommen war, tauchte plötzlich hinter einem Pfeiler jener Mann auf und streckte mit einem widerlichen Lächeln die Arme nach ihr aus, als wollte er sie an sich ziehen. Sie sprang rasch beiseite und stürzte die Treppe wieder hinauf. Die Frau, vom Lärm aufgeweckt, schimpfte in großer Aufregung auf den Mann unter der Treppe ein und drückte ihren Schützling recht unsanft zu Boden: »Ich hoffe, du kommst nicht auf dumme Gedanken!« sagte sie. »Deine Eltern haben mir streng eingeschärft, dich mit allen Mitteln hier festzuhalten, falls du dich in ihrer Abwesenheit wild aufführen und zur Hütte rennen solltest. Und da das der Wille deiner Eltern ist, muß ich jetzt noch einmal beide Augen zudrükken!« schüchterte sie sie ein.

Saës Großmutter war sich jetzt endlich über die Entschlossenheit ihrer Eltern klargeworden und fragte die Frau über alles aus. Am bewußten Abend hätte ihr Vater schon mit einem großen Küchenmesser in der Hand zum Speicher laufen wollen, aber dann, weinend von der Mutter angefleht, von seinem Vorhaben abgelassen. Die Mutter selbst hatte vor dem Ahnenschrein sitzend die Vorfahren unter Tränen um Verzeihung gebeten, daß sie in den zwanzig Jahren, seit sie als junge Braut ins Haus gekommen sei, nur ein einziges Kind geboren und aufgezogen habe. Der Großvater hätte nur etwas von Vorbestimmung gemurmelt und dabei ganz eiskalte Augen gemacht. Am nächsten Tage war das Gerücht schon im ganzen Dorf herum.

Nicht daß ihre Eltern gefühllos gewesen wären. Es ging auch nicht darum, ob sie den Worten ihrer Tochter glaubten oder nicht. Von dem Zeitpunkt an, wo jemand beobachtet worden war, wie er aus der Hütte des Saëmon kam, galt es für das Dorf als Tatsache. Danach blieb nichts weiter übrig, als darauf zu warten, ob das verrückte Mädchen nun schwanger wurde. Und die Eltern dachten in diesem Punkt auch nie anders darüber. Allerdings, wenn das Mädchen kein zweites Mal zur Hütte lief und auch kein Kind bekam, dann war die Tatsache keine Tatsache mehr. An diese Hoffnung hatten sich letztendlich auch die Eltern von Saës Großmutter geklammert. Wenn man sie nur streng genug einschloß und dann glücklicherweise das monatliche Zeichen sichtbar wurde, könnte man es den Dorfleuten als Beweis zeigen und das Mädchen gleich zu entfernten Verwandten in Obhut geben. Weil es sowieso nicht mehr allzu lange dauern würde, bis ein neuer Saëmon kam, gab es nichts Besseres, als zu warten.

Das war die gängige Ansicht im Dorf. Aber leider gäbe es kein Beispiel dafür, daß einmal alles so gut abgelaufen wäre, sagte der Großvater mit einem Seufzer, während er den Kopf nachdenklich hin und her wiegte. Frauen, die einmal zum Saëmon in die Hütte gelaufen waren, rannten immer wieder hin, bis sie schwanger wurden, wie streng man sie auch einsperren mochte. Wäre es anders, wer würde dann wohl einen solchen Bettler so fürchten und ihm gleichzeitig so dankbar sein . . .?

Die Menschen im Dorf bedachten die verzweifelt-nutzlosen Anstrengungen der Eltern keineswegs mit verächtlichen Blicken; sie bemühten sich aus Mitleid, eher wegzusehen. Die Eltern ihrerseits begannen, die Menschen zu meiden, so daß es wie eine Art von Ausschluß aus der Dorfgemeinschaft war.

Da Saës Großmutter hier aufgewachsen war, verstand sie natürlich die Haltung ihrer Eltern. Aber selbst wenn sie die Wahrheit offenbarte, würden ihr die Mitbewohner nicht glauben, und der Argwohn bliebe zu gleichen Teilen an ihr und der Freundin haften. Die Eltern hätten natürlich große Erleichterung verspürt, weil sie in diesem Fall gern den Worten der eigenen Tochter Glauben schenken könnten. Wenn sie jetzt nur noch eine Zeitlang durchhielte, erledigte sich wahrscheinlich die ganze Angelegenheit auf die eine oder andere Weise von selbst. Der Saëmon schien noch nichts bemerkt zu haben, denn er hatte jüngst – wie es hieß – seine Bettelrunde im Ort gemacht. Sollte ihm unterdessen das Gerücht zu Ohren kommen, hätte er sich bestimmt freiwillig aus dem Staube gemacht.

Aber während sie sich so auf ihre eigene Situation eingestellt hatte, war ihr auf der anderen Seite bange, ob wohl das Verhältnis ihrer Freundin mit Saëmon noch andauerte, und deshalb bat sie ihre Eltern, die Freundin am Mittag des nächsten Tages zu sich rufen zu lassen. Die waren erst sehr skeptisch, ob man sie überhaupt hierher lassen würde, aber die Freundin kam gleich herbeigelaufen und rannte die Treppe zum Webstuhlzimmer hinauf, ergriff ihre Hände und sprach mit so lauter Stimme, daß es auch die Eltern im Erdgeschoß hören konnten: »Ich glaube dir, ich werde dir helfen, alle Zweifel zu vertreiben!« Es war zwar nicht klar, wie sie das anstellen wollte, aber ihre Gefährtin war erleichtert und zu Tränen gerührt, daß sie ihr Geheimnis gehütet hatte. Als schließlich die Eltern beruhigt zur Scheune hinübergegangen waren, weil sie merkten, daß oben alles in bester Ordnung war, die Freundin die Aufpasserin nach unten geschickt hatte, um etwas zu besorgen, nahm Saës

Großmutter in diesem unbeobachteten Augenblick die Hände ihrer Freundin und fragte mit leiser Stimme: »Du wirst doch wohl nicht jetzt noch . . .?« Die Freundin schüttelte ganz leicht den Kopf. ›Sei beruhigt!‹ sollte das sagen, und sie schaute sanft und freundlich zurück. Aber dann wurde ihr Blick für einen Moment streng, und nun war sie es wieder, die die Arme ihrer Gefährtin ergriff. Mit den Fingernägeln kratzte sie, fast liebkosend, ihre Arme hinauf bis zu den Schultern, zum Nacken. »Und du, hast du mit ihm geschlafen?« stieß sie mehrfach mit leiser, belegter Stimme hervor. Dabei lächelte sie.

Von nun an schickte Saës Großmutter jeden Tag kurz nach Mittag jemanden zu ihrer Freundin, sie solle doch kommen, ihr wäre einsam zumute. Angenommen, die Freundin würde – von anderen möglichst unbeobachtet – zur Hütte gehen wollen, dann nur zu einer Zeit, wo sich die Menschen vor der größten Sonnenglut in die Häuser verkrochen. Die Eltern vom Haus gegenüber hegten außerordentliche Sympathie für Saës Großmutter und gaben jedesmal, sobald ein Bote kam, ihr Einverständnis, ohne ihre Tochter erst zu fragen. Obgleich der Eingesperrten nichts fehlte, hatte sie sich doch ihre Bettsachen ausbreiten lassen und lag im Nachtkimono da. Wenn sie unten die Stimme der Freundin hörte, zog sie trotz der Hitze die Decke bis ans Kinn hoch und gab sich den Anschein, an Körper und Seele zu leiden. Die Freundin war unverändert sanft zu ihr und behandelte sie ganz selbstverständlich wie eine Kranke. Wenn alles wieder gut wäre, wollten sie dies und jenes zusammen unternehmen, und sie tröstete sie mit den Worten, daß sie auf jeden Fall beide zusammen im Dorf bleiben würden. Saës Großmutter fühlte sich dadurch erleichtert, umfaßte aber den Körper der Freundin plötzlich mit einem Blick, als ob an ihr etwas verändert erschiene. Ihre Gedanken teilten sich sofort mit, und während die Freundin lächelte, als müsse sie einen Säugling beschwichtigen, führte sie eine Hand unter die Bettdecke und zwickte ihre Gefährtin dort, wo sie ganz weiche Haut hatte, kräftig mit den Fingerspitzen, als wollte sie sagen: ›Na, eher du!‹ So stark, daß später ein blauer Fleck blieb. So ging das jeden Tag. Ganz konzentriert auf die Aufgabe, ihre Freundin unbedingt vom Saëmon fernzuhalten, ertrug Saës Großmutter alles tapfer. Weil sie schon so sehr gequält worden war, hatte sie eine starke Willenskraft entwickelt. Sie fühlte sich zwar jämmerlich, aber bis zu jener Zeit war ihr Verstand noch ganz intakt.

Am siebten Tage jedoch brach der Großvater ihrer Freundin auf der heißen Straße zusammen, und sein Leben konnte heute oder morgen zu Ende gehen. Ein Begräbnis war wie das Reispflanzen eine Unternehmung des ganzen Dorfes. In den Fällen, wo ein Ende abzusehen war, pflegte ein alter, mit den örtlichen Sitten vertrauter Mann ohne viel Aufhebens bei der Familie vorbeizugehen, solange der Kranke noch am Leben war, um sie in die Dinge einzuweisen, die nach dem Ableben zu beachten waren. Aber nun geschah etwas völlig Unerwartetes. Als der Alte, der sich um den Fall kümmerte, den Angehörigen riet, zunächst vor der Jizō-Halle Sake und Reis als Opfergaben hinzustellen und so dem Heiligen Mann Saëmon ihre Reverenz zu erweisen, da lehnte das Oberhaupt der betroffenen Familie, das heißt der Vater jenes Mädchens, rundweg ab. Er habe nicht die Absicht, den Toten über den Fluß bringen zu lassen, deshalb sei er auch nicht auf die Hilfe des Saëmon angewiesen. Das waren seine Worte.

Eine solch barbarische Bestattungsweise käme für ihn überhaupt nicht in Frage. »Gewiß ist es ein Brauch der Vorfahren seit Generationen, aber haben nicht die Menschen in unserem Dorf, unsere eigenen Eltern, deren Eltern und wiederum die Eltern von ihnen, ständig im Grunde ihres Herzens mit dem Gedanken gelebt: ›Es ist unverzeihlich, es ist grauenvoll . . .‹? Unser so armes Dorf wendet für das Seelenheil der Toten erhebliche Geldsummen auf, man verehrt die Ahnenschreine und die Gräber beim Buddha-Tempel mit aufrichtiger Hingabe. Aber hat man in Wirklichkeit nicht viel eher das Gefühl, die Seelen der Verstorbenen irrten in großen Scharen jenseits des Flusses umher, ja weit schlimmer, sie seien noch unter der Erde eingeschlossen? Wenn man an die Toten denkt – kann man dann überhaupt jemals beruhigt schlafen, behaglich alle Glieder ausgestreckt? Lauscht man nicht bei starken Regengüssen angestrengt Tag und Nacht auf die Geräusche der Erdrutsche und fleht mit bittenden Händen zu solch einem Bettler? Und werden nicht die Frauen, wenn sie von Sinnen kommen, regelmäßig in seine Umarmungen gezogen, kurz vor dem jenseitigen Ufer? Ich möchte neben dem Verstorbenen leben. Ich habe vor, auf einer kleinen Fläche hinter dem Haus eine Grabstelle nur für unsere Familie zu schaffen und dort morgens und abends mein Gebet zu verrichten.«

Er war ein Mann, der es mit den althergebrachten Bräuchen stets weit genauer genommen hatte als alle anderen. Der beauftragte Alte war sprachlos vor Erstaunen, meinte wohl gar, jener müßte den Verstand verloren haben, und lief eilends zum Bürgermeister. Auch der war ziemlich ratlos und rief erst einmal die wichtigsten Persönlichkeiten des Ortes zu sich ins Haus. Von der Familie von Saës Großmutter hätte eigentlich ihr Großvater als einer der Dorfältesten kommen müssen, der aber schickte – weil er wohl die Befleckung der Enkeltochter schon für sich akzeptierte – ihren Vater als Vertreter. Auch dieser hatte Hemmungen, aber weil kein regulärer Ausschluß aus der Dorfgemeinschaft vorlag, nahm er wohl oder übel teil.

Für die zusammengerufenen Honoratioren gab es keinerlei Diskussion – es war schlechterdings undenkbar. Einer meinte aufgebracht: »›Hinter dem Haus‹ sagt er! Wir wohnen doch am Hang; nach unten schließen sich danach unmittelbar die Felder an. Fließt nicht das Wasser von hier zu ihnen hinunter?« – »Wenn der Tote gleich hinter dem Haus begraben wird, können die Leute aus dieser Familie überhaupt noch an Schreinfesten teilnehmen?« fragte jemand und wiegte nachdenklich den Kopf. Und ein anderer lachte:

»Wenn er ihn auf einem derartig kleinen Fleck bestatten will, dann mag er in der Tat sein Leben lang nicht beruhigt – alle Viere von sich gestreckt – schlafen können!« Jedoch, es war jetzt nicht die Zeit, über solche Dinge nachzudenken. Vorderhand drohte eine komplizierte Situation zu entstehen. Angenommen, jene Familie würde tatsächlich das Generationen alte Brauchtum ignorieren, dann wüßte im Dorf keiner, wie er vorgehen sollte, selbst wenn er beim Begräbnis helfen wollte. Die vielerlei Vorschriften der Etikette hingen sämtlich damit zusammen, daß der Tote ans jenseitige Ufer zu bringen war, daher gäbe es für den neuen Fall keinerlei Regeln des Miteinander. Wahrscheinlich würde – aus langjähriger menschlicher Verbundenheit – jeder einzeln und nach eigenem Gutdünken kondolieren gehen, aber das wäre natürlich kein Begräbnis mehr, das das Dorf als Ganzes ausrichtete. Selbst in den Fällen von Ausschluß aus der Dorfgemeinschaft galten Begräbnisse und Feuersnöte als Ausnahmen, daher war die jetzige Lage tatsächlich etwas Außergewöhnliches. Aber noch schlimmer: Was sollte man mit dem Heiligen Mann Saëmon machen? Falls man ihn nicht unterrichtete, bemerkte er es spätestens beim Klang der Glocke für das Totengeleit. Wenn sich der Trauerzug nicht hinunter zum Fluß wandte, könnte er sicher nicht mehr in diesem Dorf weiterleben. Als Heiliger Mann Saëmon, als einer von vielen in einer Kette von Generationen, dürfte er dazu wohl kaum schweigen. Auch war nicht vorauszusehen, was er in einer solchen Situation anstellen würde. Es gab ja auch Zeiten, wenn ihn seine ›Brunft‹ packte und er sich wild aufführte, weil er merkte, daß man ihn bald hinauswerfen könnte ... Hier schwiegen die Männer, als sie das Gesicht vom Vater des verdächtigten Mädchens sahen, mit vielsagenden Blicken, als wollten sie einerseits Rücksicht nehmen, dann aber auch wieder nicht. Nach einer Weile hob der Bürgermeister den Kopf: »Nun gut, in dieser Lage sollten wir dem Saëmon das mitteilen, was es mitzuteilen gibt, ohne die Angehörigen davon zu unterrichten. Dann dürfte es immer noch nicht zu spät sein, das Oberhaupt der Familie umzustimmen. – Aber wieso ist er überhaupt auf diese Idee gekommen?« so faßte er alles zusammen, und man ging auseinander, nachdem man die Aufgaben verteilt hatte.

Kurz vor dem Dunkelwerden erklang, vermischt mit dem rauschenden Konzert der Zikaden vom rückwärtigen Berg, die sanfte Stimme der Sutren-Rezitation zum Webstuhlzimmer herüber. Saës Großmutter lag – in der Haltung, wie sie immer ihre Freundin erwartete – ganz benommen da, seitdem sie die schlechte Nachricht erfahren hatte. Als sich unverhofft die Stimme des Heiligen Mannes erhob, überließ sie sich ihr aufatmend, während ihr Tränen in die Augen traten. Auf dem Rücken dieses Mannes, der sie selber in liebender Umarmung umfangen hatte, würde ihr eigener Großvater von ihm über den Fluß getragen werden, und sie müßte ihn, die Hände andächtig gefaltet, mit Blicken fortbegleiten ... Das Geschick ihrer Freundin, das ihr bei diesem Gedanken geradezu erschreckend vorgekommen war, wurde von der Sutren-Stimme gemildert und war jetzt nur noch einfach traurig. Die beiden mußten wohl aufeinander verzichten; der Heilige Mann war schon kein Saëmon mehr. Wenn er diese Aufgabe erfüllt hatte, würde er sicher das Dorf verlassen.

Es war eine volle, reife Stimme, die in ihrem Inneren reichen Glanz barg. Ah, das war um vieles erhabener als je bei dem Heiligen Mann, lauschte Saës Großmutter schmerzlich verzückt. Ihr war es, als sollte die Stimme, die in ihre Seele hineinströmte, die Seele endlich weit hinaus zum weichen Abendhimmel emporführen. So verging eine lange Zeit, aber dann öffneten sich ihre Augen unvermittelt wie von selber. Die Gestalt des Saëmon war erschienen. Mit flakkerndem Blick, unruhig seine Süßkartoffeln kauend, saß er in unverschämter Pose da. Vor ihren Augen tauchten seine schmutzigen Lenden aus der Sutren-Lesung hervor. Je gemeiner seine Haltung wurde, desto feierlicher tönte die Stimme; je reiner ihr Klang wurde, desto stärker verbreitete er um sich einen Gestank von Unanständigkeit. »Ein Tier!« flüsterte sie und richtete sich mit einem Ruck vom Bett auf. Es geschah mit solch einem Schwung, als wollte sie gleich aufstehen und hinauslaufen. Da brach die Stimme mit einem Mal ab. Als sie ihre Umgebung wieder wahrnahm, war es diesseits und jenseits der Fenster schon fast dunkel, und die Aufpasserin spähte aus der Zimmerecke besorgt herüber. Wieder auf dem Rücken liegend, entschwand dem Mädchen allmählich wieder aus dem Bewußtsein, womit sich ihre Gedanken beschäftigt hatten. Inmitten der Dunkelheit starrte sie noch eine Weile ins Leere.

Vom Abendessen rührte sie nichts an. Darauf schaute die Mutter einmal nach oben. Sie kam jetzt öfter, wohl, weil sie als weiblicher Elternteil in der letzten Zeit instinktiv die Unschuld ihrer Tochter erspürt hatte. Heute abend schien sie sich offensichtlich zu langweilen, denn sie schickte die Wärterin in die Küche, setzte sich selber neben das Bett und erzählte von dem Aufruhr, der von der Familie des Kranken ausgelöst worden war. Nach der Zusammenkunft hatte man sofort in einem anderen Haus auf einem separaten Herd Reis gekocht und ihn zusammen mit Sake vor die Jizō-Halle gebracht. Der Bürgermeister war daneben mit zwei wichtigen Persönlichkeiten zum Haus des Kranken gegangen, aber der Hausherr ließ sich überhaupt nicht auf ihre Argumente ein. Als schließlich aus der Ferne die Sutren rezitierende Stimme des Heiligen Mannes zu hören war, zog er erst nur die Augenbrauen hoch, wurde aber dann zornig: »Es ist mir egal, ob wir aus der Dorfgemeinschaft ausgeschlossen werden; wir werden euch allen zeigen, daß wir drei, Eltern und Tochter, auch allein wunderbar zurechtkommen. Es mag zwar alles sehr eng sein, aber wir haben Naß- und Trockenfelder und auch Platz, ein Grab anzulegen. Wenn wir einen Totengräber, einen Landarbeiter oder einen Schwiegersohn brauchen, dann holen wir ihn uns von außerhalb!« rief er mit lauter Stimme, so daß sich der Bürgermeister und die beiden anderen erst einmal zurückzogen. Sie nahmen sich aber vor, weil es mit dem Kranken glücklicherweise nicht so schnell gehen würde, nach dem Abendessen wiederzukommen, um ihn vielleicht doch noch umzustimmen.

Der Vater von Saës Großmutter war nach der Zusammenkunft mit bedrückter Miene zurückgekehrt. Er berichtete in großen Zügen über den Verlauf und setzte dann hinzu, als ob er zu sich selber spräche: »Aber der Mann hat recht!« Der Großvater verwies ihm das sofort heftig, und mit gedämpften Stimmen entspann sich ein Wortwechsel zwischen Vater und Sohn. »Du meinst«, sprach der Vater hitzig, »die Familie sei wichtiger als das Dorf. Aber erst weil das Dorf existiert, gibt es auch die Familie! Denk nur an die Hungersnot früher! In den umliegenden Dörfern gab es haufenweise Tote, aber aus unserem Dorf ist kein einziger gestorben. Und was war die Ursache dafür? Lag es nicht daran, daß das ganze Dorf eine einzige Familie bildete und die übriggebliebenen Reisfelder verteidigte? Im Ernstfall gab es dann nicht das Feld dieser oder jener Familie. In den Dörfern, wo man sich einzeln, Haus für Haus, verschanzt hatte, richteten sich alle gegenseitig zugrunde. Bei uns dagegen hatte sogar der Saëmon überlebt ...«

»Nun ja«, entgegnete der Sohn leise, »selbst wenn sie alle für sich leben, kann man ja mindestens zur Reispflanzzeit nicht das Wasser eigenmächtig zu jedem Haus einzeln ableiten.« Mit diesen Worten verließ er den Raum.

Als die tiefe Nacht vorrückte, dämmerte Saës Großmutter vor sich hin und wurde bald von einer Stimme gequält, die sich in der Dunkelheit erhob. Heulend und bellend zog sie das Feld hinter dem Haus entlang, mal näherkommend, mal sich wieder entfernend. Jedesmal spannte sich ihr Körper unter der Bettdecke wie im Krampf, und ihre Brustwarzen schmerzten sie fast. Im Traum erschien ihr dann ein riesiger Mönch mit einem schmutzigen Lendentuch. Ihm folgte mit gesenktem Kopf ein blaßgeschminktes junges Mädchen in einem prächtigen Kimono, das einen großen, henkellosen Sake-Krug an ihre Brust gedrückt hielt. Immer wenn er einen heulenden Ton hervorstieß, streckte er seine haarigen Arme nach dem Mädchen aus. Das Mädchen reichte ihm dann mit verschämtem Blick den Sake-Krug dar. Unterdessen hatte sich das Dunkel vor ihren Augen aufgehellt und . . .

»Na, heute abend tobt der Saëmon aber wieder herum!« waren von unten Vaters Worte im Selbstgespräch zu hören. »Er sagt nicht Heiliger Mann«, flüsterte die Tochter, ihre Augen öffnend, und lauschte auf die ferne Stimme. Irgendwo vor der Hütte brüllte er betrunken vor sich hin. Vater kam im Nachtkimono die Treppe zur Hälfte hoch und lugte herauf. Dann rief er leise den Namen der Aufpasserin und bat sie, heute nacht auf jeden Fall wach zu bleiben. Die Frau richtete sich verschlafen auf und setzte sich auf ihrem Bettzeug gerade hin. Auch jenen Mann schien man wieder gerufen zu haben; denn der Schatten seines runden, haarlosen Schädels fiel auf die Decke über dem Treppenaufgang, als Vaters Schritte verklungen waren.

Die Stimme – wie das Heulen eines Hundes in der Ferne – schleppte ihren Ton lang nach, und wenn sie gerade verlöschen wollte, stieg sie wieder kalt und klar zum Himmel empor. Wie anklagend wiederholte sie immer das gleiche. Es war zwar die Aufgabe des Saëmon, wenn der Tod eines Menschen zu gewärtigen war, von der späten Nacht bis zum Morgengrauen, immer wieder seine Stimme hören zu lassen und so von der Weiterexistenz zu künden, aber es wirkte bei alledem doch übermäßig hartnäckig. Von Zeit zu Zeit liefen seine Schreie, die er mit aller Gewalt aus seiner Kehle hervorpreßte, geradewegs die Felder hindurch. Trotzdem schien es – suchte man seine Stimme zu orten –, als scheute er selbst jetzt davor zurück, die Felder mit seinen Tritten zu beschmutzen und die Feldraine zu verlassen. Über einen bestimmten Punkt hinaus kam er auch nicht näher, und dort stieß er, wie unruhig mit den Füßen aufstampfend, noch tiefere, rauhe Töne hervor, verzweifelt und angestrengt.

Nach geraumer Zeit entfernte sich die Stimme immer

mehr und verwandelte sich in Sutren-Rezitation. Eine leisere Stimme, aber völlig anders als zur Zeit der Abenddämmerung, wie Saës Großmutter sogleich heraushörte. Sie klang noch erhabener, feierlicher, aber irgendwo vorwurfsvoll. Dann und wann wurde sie schnell wie beim Herunterleiern eines Zauberspruches; sie ließ fast aufdringlich ein Gequältsein spüren in einem hohen, durchdringenden Ton, der dazu angetan war, die Menschen einzuschüchtern.

›Er weiß, daß man dabei ist, die Aufgaben des Heiligen Mannes abzuschaffen!‹ dachte Saës Großmutter. ›Aber wie mag er davon erfahren haben, wo ihn doch eigentlich niemand davon hat unterrichten können?‹ Sie hob vorsichtig den Kopf und spähte zur Aufpasserin, die – auf ihrem Bett sitzend – vornübergesunken und eingeschlafen war. »Dieses Mädchen ist bestimmt in dieser schrecklichen Nacht im Schutze der Dunkelheit zur Hütte gelaufen«, flüsterte sie vor sich hin und stand auf.

Während sie den Mann, der sich beim Geräusch ihrer Schritte umwandte, einschüchternd anblitzte, stieg sie, ohne den Schritt zu mäßigen, die Treppe nach unten, schlüpfte behende an dem völlig verblüfften Mann vorbei und sprang barfuß auf den Tennenboden. Als sie den Riegel der Vordertür wegschob, blickte sie einmal, als sie aus dem Vorgarten herausrannte ein weiteres Mal über die Schulter zurück und brachte den sie verfolgenden Mann jedesmal dazu, kurz wie angewurzelt stehenzubleiben. Dann hüpfte sie in ein Feld und lief, das Korn niedertrampelnd, geradeaus auf die Stimme zu, die die Sutren rezitierte. Aber sie fühlte, daß sie durch ihr Wegrennen den Mann eher anstachelte, ihr nachzulaufen. ›Mit meinen Füßen verunreinige ich jetzt die Felder!‹ – selbst das kam ihr dabei in den Sinn. Der Mann hastete, vielleicht weil er es nicht fertigbrachte, die Felder seines Herrn zu verwüsten, in einem großen Umweg um die Äcker herum. Ohne überhaupt die Leute im Haus aufgeweckt zu haben, ließ er, den Saum seines Kimonos aufnehmend, seinen massigen Körper den Hügelweg abwärts springen. Sein schnaufender Atem, der – fast wie schmeichelnd – in ganz hoher Tonlage ging, war bis zu ihr zu vernehmen. ›Wenn er mich zu packen bekommt, werde ich diesmal von ihm ins Gras gezerrt. Und ich habe bestimmt keine Kraft, mich zu widersetzen. Vielleicht würde ich einen solchen Mann gar als sanft empfinden. Aber davor muß ich unbedingt zum kleinen Tempel rennen.‹

Jedoch, ehe sie noch zum Vorplatz der Halle herausstürmen konnte, wurde sie von dem Mann, der sie vom Wege rechter Hand eingeholt hatte, von hinten am Gürtel gepackt, und ein schwerer Schweißgeruch hüllte sie ein.

»Du Vieh!« schrie sie, und während sie den Mann so hinter sich herzerrte, Brust und Schenkel entblößend, brachte sie einen Fuß auf die Stufen der Tempelhalle. Der Mann, mit dem Atem am Ende, stieß tief aus dem Leibe ein Stöhnen hervor. Durch das Gitterwerk des kleinen Tempels strömte in unerschütterlicher Ruhe die Stimme der Sutren-Lesung.

»Du Vieh, du Vieh!« schrie sie wiederum aus Leibeskräften gegen das Holzgitter gewandt und streckte ihre Hände aus. Da wurde die Stimme drinnen noch um einen Grad feierlicher, hielt für einen Atemzug inne und bekam dann einen drohenden Klang, als wolle sie einen bösen Geist, der endlich seine wahre Gestalt offenbart hatte, durch das Gebet mit einem Schlage zu Boden zwingen.

»Du Vieh, du Vieh, du Vieh!« Mit dem Fuß, der noch am Boden war, trat sie dem Mann zwischen die Beine und kroch, da er zurückwich, die wenigen Stufen zur Halle hinauf, und während sie die Latten des Gitters mit beiden Händen umkrallte, preßte sie ihr Gesicht dagegen.

Der Saëmon saß nicht zu den sechs Jizō-Statuen gewandt, sondern mit dem Blick auf das Dorf gegen das Gitter und rezitierte in dieser Haltung die Sutren. Als das Gesicht des Mädchens so direkt vor seinen Augen auftauchte, noch einmal »Dieses Vieh!« flüsterte und ihre Zähne in einen Gitterstab eingrub, da hielt er mit seiner von Selbstbewußtsein erfüllten Stimme urplötzlich inne.

KAPITEL 10

Saë umkrallte die imaginären Gitterstäbe in der Luft mit den Händen, streckte ihren Oberkörper langsam nach vorne, dann wiederholte sie mit gedämpfter Stimme:

»Er trug die heiligen Texte vor, indem er den Jizō-Gottheiten den Rücken zukehrte! Das hatte niemand gewußt.«

»Ah ja, tatsächlich!« brummte ich zustimmend, schaute aber von ihr weg. In Wirklichkeit hatte ich es mir selber bei den Erzählungen von Saë nicht anders vorstellen können, als daß der Heilige Mann die Sutren mit dem Gesicht zum Dorf hin rezitierte. War für ihn nicht schon das Dorf das eigentliche Gegenüber? Noch dazu, wo jetzt die Frauen wie verrückt zu ihm hergelaufen kamen? Da mußte er sich doch für diese Richtung bereit machen! Wer weiß, vielleicht hatten seit alten Zeiten alle Heiligen Männer die Sutren immer nur in dieser Richtung vorgetragen? Vielleicht war dies letztlich das Geheimnis, das von Saës Großmutter ausgespäht wurde?

»Und was ist danach mit Großmutter geschehen?« Darüber machte ich mir mehr Gedanken, weil ich mir vorstellen konnte, daß die Frau vielleicht wieder von jenem Mann gepackt, vom Gitterwerk weggezogen und ins Gras gezerrt worden war, während der Saëmon ungerührt seine Sutren weiter rezitiert hatte.

»Ich hab' es doch vorhin schon gesagt, es war nichts!« Sie nahm wieder ihre ursprüngliche Körperhaltung ein und legte beide Hände auf das Bündelchen im Schoß.

Als die Stimme hinter dem Gitterwerk des Tempels verstummte, war der Mann von hinten über sie hergefallen, aber als das Mädchen um nichts in der Welt die Hände von den Holzstäben lösen wollte, redete er mit schmeichelnder Stimme auf sie ein: »Schrei nicht, fang bitte nicht an zu schreien!« und begann, ihr die Kleider herunterzuzerren. Genau in dieser Situation tauchte ihr Vater auf und streckte den Mann, der verwirrt und verlegen dastand, mit einem Schlage nieder. Der Mann kroch, sich den Kopf haltend, rückwärts ins Gebüsch, das Mädchen wurde mit einem Fußtritt von den Stufen der Halle hinuntergestoßen und, als sie sich aufgerafft hatte, mit einer nicht enden wollenden Zahl von Ohrfeigen bedacht. Die ganze Zeit hindurch war hinter dem Gitterwerk nicht einmal ein leises Räuspern zu hören.

Den Weg hügelwärts bis zum Haus hinauf gezerrt und geschleift, war sie schon nicht mehr recht bei Sinnen. Als sie das nächste Mal wieder zu Bewußtsein kam, fand sie sich auf allen vieren vor dem Brunnen, den Kopf tief auf dem Boden niedergehalten. Immer und immer wieder wurde ihr kaltes Wasser ins Gesicht geschüttet. Der ihr den Kopf herunterdrückte, war merkwürdigerweise der große Mann von vorhin. Der Vater hielt den Wassereimer in der Hand; Mutter, Großvater und die Aufpasserin standen im Kreis um sie herum und schauten auf sie hinunter. Niemand von ihnen sagte ein Wort. Saës Großmutter empfand die Kälte nicht, obgleich sie am ganzen Leib so ausgekühlt war, als sollte ihr gleich der Kopf abbrechen. Wie Saë später hörte, hatte sie die ganze Zeit, während das Wasser wuchtig auf sie herabklatschte, die Augen weit aufgerissen gehalten.

Als sie dann in den Speicher gestoßen worden und der Riegel heruntergefallen war, fand sie schließlich einen Platz, an dem sie sich erholen konnte. Sie rollte sich wie von selber in eine Matte ein und lag hingestreckt auf dem blanken Tennenboden. Nach einer Weile war die von Erleuchtung durchdrungene Stimme des Saëmon aus der Ferne zu hören, und wie als Antwort stieg tief aus ihrer Brust ein schweres Stöhnen auf. Doch von der Müdigkeit wie in Ketten geschlagen, vermochte sie nicht mehr, Mund und Augen zu öffnen oder gar den Kopf zu heben.

Vom nächsten Tage an war ihr Verstand verdunkelt, aber dafür wurde sie von einem wilden Hunger gequält. Den

Reis, den ihr die Mutter oder die Wärterin brachten, verschlang sie, ohne den kleinsten Rest zu lassen, dann schlief sie traumlos, um beim Erwachen sofort wieder einen schrecklichen, unerträglichen Hunger zu empfinden. Sie trommelte unausgesetzt wie verrückt gegen das Tor des Speichers und ließ nicht eher ab, bis jemand kam, Essen zu bringen. Wenn sie gegessen hatte, schlief sie, wenn sie geschlafen hatte, aß sie. Nichts anderes schien sie zu bewegen, weder die Leute im Haus, die sie hier eingeschlossen hielten, noch die Stimme des Heiligen Mannes, die von Zeit zu Zeit zu vernehmen war. Die Eltern, die sahen, wie gleichgültig sie in dem von ihr beschmutzten Stroh schlief und sich das Essen mit bloßen Fingern in den Mund stopfte, hatten schon resigniert, sie weiter im Hause festhalten zu können, und unter Tränen beschlossen, sie nur noch – damit nichts Schreckliches passierte – solange eingesperrt zu halten, bis das Begräbnis in dem bewußten Hause vorbei war.

Aber genau an diesem Tag war Saës Großmutter noch einmal zur Hütte gelaufen. Es war in der Abenddämmerung; die Stimme des Heiligen Mannes Saëmon war schon seit einiger Zeit zu hören. Aber Saës Großmutter kümmerte sich nicht besonders darum. Sie aß ein wenig von dem Abendreis, den die Mutter anbrachte. Möglicherweise war diese ein wenig leichtsinnig geworden; sie scheuchte die Tochter in eine Ecke der Tenne, und während sie die beschmutzten und stinkenden Matten auswechselte, schluchzte sie vor Mitleid heftig auf. Diesen Augenblick nutzte das Mädchen, das plötzlich wieder bei klarem Bewußtsein schien, packte einen trocknen Ast, der vor ihr herumlag, und mit noch vollen Backen schlüpfte sie mit einer Bewegung gleich der eines wilden Tieres behende ins Freie. An diesem Tage aber wurde sie schließlich, noch bevor sie in die Felder springen konnte, von zwei fremden Männern, die von außerhalb zufällig am Dorf vorbeikamen, gemeinsam zu Boden geworfen. Während sie sich mit beiden Händen in den Boden krallte und aus dem Mund stoßweise Reiskörner hervorspuckte, schrie sie gegen die Hütte gewandt: »Ich bring' euch um, ich bring' euch um!« Als sie aber merkte, daß die Stimme aus der Hütte verstummt war, rief sie nur noch weinend und anklagend: »Helft mir, helft mir doch!«, aber das schien schon an niemanden mehr gerichtet zu sein. Dann wurde es erneut dunkel um sie.

Wie erst kurz zuvor wurde sie wieder, auf allen vieren kniend, am Boden niedergehalten und bekam Wasser über den Kopf geschüttet. Auch diesmal zuckte sie nicht mit der Wimper, sondern bewegte nur langsam den Mund, wie jemand, der gerade zu Ende gegessen hat. Als man sie losließ, wandte sie sich aus freien Stücken zum Speicher hin, hielt dann aber plötzlich im Gehen inne, ihre Oberschenkel eng aneinanderpressend.

Viele Leute, die von der Feldarbeit zurückkehrten, schauten von draußen zu. Der Vater hängte triumphierend das mit Dreck, Schweiß und dem Zeichen der Monatsblutung verschmierte, nasse Unterkleid hoch an einem Ast des Kaki-Baums im Vorgarten auf.

In der Nacht traten die Eltern mit einer Laterne in der Hand an ihr Lager und führten sie, rechts und links sanft stützend, ins Wohnhaus zurück. Im regnerischen Dunkel klang das Rauschen des Bergbaches laut, und die unerschütterlich inbrünstige Rezitation des Heiligen Mannes drang herüber. Als sie im Bade von der Mutter gewaschen wurde und auch noch als sie in einen neuen Nacht-Kimono gekleidet im Webstuhlraum auf besonders weichem Bettzeug schlafen gelegt wurde, klang es so, als stürzte das Wasser vom Himmel herab. Die Eltern setzten sich an ihr Bett und sprachen vielerlei, auch Worte der Entschuldigung, aber außer der Tatsache, daß der Großvater jenes Mädchens gerade seinen letzten Atemzug getan hatte, nahm sie nichts auf.

Einen vollen Monat lang kehrte ihr Verstand nicht zurück. Obgleich man ihr viele Male versicherte, die Geliebte des Saëmon sei in Wirklichkeit das Mädchen von drüben gewesen, behauptete sie auch jetzt noch hartnäckig, sogar mit einem kleinen Lächeln des Erstaunens: »Wie könnt ihr so etwas sagen, die Geliebte des Saëmon war doch ich!« Ansonsten benahm sie sich nicht besonders auffällig, außer daß sie einen übermäßigen Appetit entwickelte. Während sie nur aß und schlief, wurde sie doch von Tag zu Tag ein wenig dünner, so daß sich ihre Eltern schon ängstigten, ob sie nicht vielleicht von einem bösen Geist besessen sein könnte. Als man ihr sagte, der Saëmon sei aus dem Dorf vertrieben worden, lachte sie nur: »Was lügt ihr mich an, man kann doch seine Stimme hören!« Aber sie unternahm keinen Versuch, zur Hütte zu laufen, obwohl sie jetzt keine Aufpasserin mehr hatte. Doch schienen die Erzählungen der Eltern allmählich in ihren verwirrten Kopf einzudringen. Am Ende gab es noch zwei, drei harte Tage, wo ihr der Kopf fast zum Zerspringen war. Als ihr klares Bewußtsein wiederkehrte, hatte sie die Tatsachen im großen und ganzen verstanden.

Die Wahrheit war ans Licht gekommen, kurz nachdem der Großvater jenes Mädchens sein Leben ausgehaucht hatte. Man bahrte den Leichnam ganz einfach auf, ohne die Richtung, in der er lag, zu ändern, und ohne auch nur Räucherstäbchen zu entzünden. Da rückten die Dorfhonoratioren zur Beratung an, um den Angehörigen dringend ins Gewissen zu reden. Die Sutren-Rezitation des Saëmon war beängstigend klar zu vernehmen. Im Halbdunkel am Eingang standen währenddessen schweigend die Helfer für das Begräbnis und warteten auf ein Zeichen. Weil alles das, was jetzt nach dem Eintritt des Todes geschah, ohne Beispiel war, und weil man nicht wußte, wie man vorgehen sollte, befand sich der Hausherr in einer schwachen Position. Aber er schwieg, stur wie ein Ochse, und zeigte nicht die geringste Bereitschaft einzulenken. In dieser Situation war plötzlich die Tochter des Hauses, sich eine Hand vor den Mund pressend, ins Freie gelaufen. Einer der Dorfältesten sah zufällig mit an, wie sie sich unter dem Vordach übergeben mußte, während ihr die Tränen über das Gesicht rannen. Obgleich er eigentlich gar nicht soweit gedacht hatte, ließ er sich doch von seinem Instinkt leiten und befragte den Vater hierzu. Da brach die Mutter zusammen und offenbarte alles.

Der Bürgermeister wartete eine Weile ab und verkündete dann ruhig und sanft den völlig niedergeschlagenen Eltern seinen Spruch. Die Verbindung des Blutes sei zwar eine teure und bedeutsame, aber die Verbindung des Erdbodens erst recht. Dem Wasser könne man keine Grenzen setzen, und ein Haus alleine könne nicht auf Dauer abgetrennt leben. Er gab den am Eingang wartenden Helfern einen Wink mit den Augen. Auch der Vater beugte kurz den Kopf und stand dann auf. Damit hatte er seine Rolle als Herr der Begräbnisfeierlichkeiten akzeptiert.

Das Hinüberbringen über den Fluß vollzog sich nach altgewohntem Brauch. Der Heilige Mann agierte äußerst würdevoll. Jeder spürte, daß er innerlich schon auf alles gefaßt war, und so bekundete man gegenüber seinem letzten Dienst ausgiebig Verehrung mit gefalteten Händen.

Auch die jungen Burschen, die in der Nacht nach Ablauf der ersten Trauerwoche betrunken seine Hütte stürmten, dachten, daß der Saëmon sicher schon alle Vorbereitungen für seinen Auszug getroffen haben mochte und sie schon an der Tür erwarten würde. Deshalb waren sie, ohne sich durch Schreie bemerkbar zu machen, den Weg am Hang heruntergekommen. Der Saëmon hatte zwar tatsächlich seine Habseligkeiten für die Reise um sich herum aufgebaut, als er aber sah, wie die Männer lärmend hereindrängten, fiel er vor Schreck rückwärts auf den Boden und lag dann albern und steif wie eine Holzpuppe da. Aber niemand hatte die Absicht, ihn zu verprügeln. Die jungen Burschen mußten seine Arme und Beine nehmen und sie einzeln in die Kleidungsstücke stecken. Dann schulterten sie ihn, dessen Beine vor Angst ihren Dienst versagten, wie ein Faß, trugen ihn bis zum Ufer und rollten ihn ins Flußbett hinunter. Dort aber schnellte der Saëmon, in dessen Beine urplötzlich wieder Leben gekommen zu sein schien, wie eine Feder hoch, sprang in die Mitte der Strömung, so daß ihm das Wasser bis über die Knie reichte. Zum Ufer hin, von wo niemand versuchte, ihn mit Steinen zu bewerfen, verneigte er sich viele Male demütig und mit aneinandergelegten Händen, dann flüchtete er in tiefgebückter Haltung, den flachen Stellen im Fluß folgend. Die jungen Burschen kehrten kopfschüttelnd ins Dorf zurück, weil sie sich nicht hatten vorstellen können, was das eigentlich für ein Mensch gewesen war. Als sie den Dorfältesten berichteten, lachten diese überhaupt nicht, sondern nickten nur zufrieden. Sein Ruf, ein guter Saëmon gewesen zu sein, wurde nicht im geringsten beeinträchtigt.

Das besagte Mädchen blieb bis kurz vor der Geburt im Haus ihrer Eltern. Saës Großmutter war immer noch nicht – obgleich schon mehr als acht Monate vergangen waren, seitdem sie ihren Verstand zurückerlangt hatte – zu ernsthaften Überlegungen fähig. Sie lebte nur so dahin und zählte die Tage. Sie schien zu fürchten, sich über sich selbst unklar zu werden, wenn sie nicht in allen Dingen des Lebens die Regeln genau beobachtete. Aus diesem Grunde sah es für die Eltern so aus, als sei sie wieder ganz und gar ein anständiges Mädchen geworden. So ging es den Winter hindurch, der Frühling zog vorüber, und als danach das Reispflanzen beendet war, verließ eines Abends jenes Mädchen – von den Eltern fortbegleitet – mit einem zum Platzen dicken Bauch das Dorf. Sie machte nicht den Eindruck, als würde sie sich besonders schämen, sondern wirkte im Gegenteil aufgeräumt und frohgemut. Saës Großmutter, die rein zufällig auf dem Heimweg vom Felde Zeugin der Szene wurde, dachte ganz bestürzt: »Dieses Mädchen ist wirklich verrückt! Die Dorfältesten haben sicher gesagt: ›Es tut uns zwar leid, aber es geht nicht an, daß ihr unser Wasser für das erste Bad des Neugeborenen benutzt!‹« An diesem Abend ging sie ganz erschöpft frühzeitig zu Bett und wurde in schwerem

Schlaf von Alpdrücken gequält. Als der nächste Morgen anbrach, trat ihr Bauch hart und stark hervor.

Die Eltern fanden sich augenblicklich wieder in große Verwirrung gestürzt. Sie wurden ganz blaß bei der Vorstellung, daß sie vielleicht doch mit einem Kind des Saëmon schwanger ging. Weil ihnen aber gleich klar war, daß es nicht sein konnte, zeigten sie diesmal mehr Gelassenheit und fragten sie erst einmal aus, wer wohl der Vater des Kindes sei. Inzwischen erinnerte sich die Mutter, daß sich bei ihrer Tochter vor kurzem mit Sicherheit die monatliche Regel gezeigt hatte. So waren jetzt alle drei zusammen, Eltern und Tochter, doch ziemlich ratlos. Sie wurde immer ausdrucksloser im Gesicht und lag den ganzen Tag hindurch träge herum in einem Zustand, den man – wie man es auch immer betrachten mochte – nur »mit dickem Bauch« bezeichnen konnte. Ganz konzentriert auf das Mädchen scheuten die Eltern nach außen hin die Augen der Menschen, drinnen im Stillen verwunderten sie sich nur und warteten fast atemlos auf das Ergebnis. So vergingen die Tage. Nach ungefähr einem Monat erreichte die Nachricht das Dorf, daß das erwähnte Mädchen im Hause der Verwandten einen gesunden Knaben zur Welt gebracht hätte. Eine Nacht lang wurde die Tochter erneut von schwerem Schlaf gequält, am nächsten Tag war ihr Bauch deutlich kleiner geworden.

»Er hat sich danach tatsächlich innerhalb eines halben Tages völlig zurückgebildet.«

Saë sprach wie von sich selbst und streichelte ganz hingegeben ihren schmalen Leib.

»Und was war denn eigentlich gewesen?«

»Vielleicht wollte sie nur nicht hinter ihrer Freundin zurückstehen?«

Und sie drückte von beiden Seiten der Magengrube ihren Leib hoch und schien ihn mit den Handflächen wärmen zu wollen; dabei schloß sie ihre Augen bis auf einen engen Spalt. Ich empfand eine leichte Verlegenheit, weil ich daran dachte, daß wir kurz vorher miteinander geschlafen hatten. Saë sprach leise, ohne die Körperhaltung zu ändern:

»Danach kam für drei Jahre kein neuer Saëmon.«

»Ah ja, und das war dann der, der sich wie ein Wunderpriester aufführte, nicht wahr?«

»Sicher, die Leute waren ihm schon am ersten Tage überaus dankbar.«

»Sie hatten so sehr auf ihn gewartet, nicht?«

»Er ist an einem Tag mit mächtigen Regenfällen gekommen; als ob ihn das Wasser hergespült hätte.«

»Er hat sich wohl gleich nach seiner Ankunft um die Toten am jenseitigen Ufer gekümmert?«

»Das auch, aber vor allem hat er eine Flut verhindert.«

»Eine Flut ...?«

»Früher war es so, daß sich der Fluß jedesmal aufstaute, wenn es große Erdrutsche gab. Vom Zusammenfluß aus lief dann der Hauptstrom rückwärts, weil die Erdmassen ihn aufhielten, und im Nu breitete sich das Wasser aus. So hatte das Kontrollieren der Erdrutsche auch diesen Sinn.«

»Dann gab es für ihn tatsächlich auch diese Aufgabe?«

Mit einem Gefühl, als hätte sich die Frage von selber erledigt, streckte ich meine Beine lang aus und wartete auf die Fortsetzung der Geschichte. Saë hielt immer noch mit halb geschlossenen Augen ihren Bauch hochgedrückt und schien ganz abwesend ihren Gedanken nachzuhängen. Ihre Erzählung war noch lange nicht zu Ende. Weil ich keine Idee hatte, was ich dazwischen fragen sollte, erzählte Saë ihre Geschichte so lang und ausführlich, wie sie sie von ihrer Großmutter gehört hatte, und legte auch die Gefühle mit hinein, die sich ihr mitgeteilt hatten. Sie erzählte vom nächsten Saëmon und von dem darauffolgenden, bis sie schließlich bei sich selber angelangt war – jedenfalls kam es mir so vor. Ich schlug die Beine übereinander und setzte mich ganz bequem hin. Da riß Saë die Augen weit auf und stieß wie empört heraus:

»Ich bin selbst auch schwanger gewesen!«

Dann stand sie auf und stopfte das Bündel, das sie die ganze Zeit bei sich gehabt hatte, in meinen Rucksack.

»Ich hab's jemandem in Obhut gegeben«, sagte sie, nahm das Tablett vom Mittagessen mit beiden Händen hoch und verließ die Hütte so schnell, daß ich sie selbst durch einen Zuruf nicht mehr zum Stehenbleiben bringen konnte.

Auch nachdem es zu dunkeln begonnen hatte, zeigte sich Saë nicht mit dem Abendessen. Ich wartete schon seit der Zeit, da ihre Schritte verklungen waren. Es war aber ein anderes Warten als die Tage vorher, wo aus einem Gefühl der Sicherheit, allein zu sein, die Sehnsucht nach ihrer Haut meinen Kopf zu beherrschen begann. Jetzt war es ganz so, als wartete ich auf einen Partner, der nur einmal ganz kurz seinen Platz verlassen hatte. Weil mir so war, als müßte sie gleich zurückkommen, widerstrebte es mir, der angefangenen Geschichte nachzuhängen. Jedoch war es mir kaum möglich, meine Gedanken auf etwas anderes zu lenken. So ließ ich mich rückwärts auf den Boden sinken und betrachtete – ganz eingesogen von dem Geschehen –, wie der schon kurze Tag immer mehr zur Neige ging. In diesen Augenblicken hatte ich weder das Abendessen noch Saës Körper im Sinn. Während ich intensiv auf die Fortsetzung der Geschichte wartete, war ich unversehens eingeschlafen.

Als ich die Augen wieder aufschlug, war die Sonne schon lange untergegangen, und inmitten der Dunkelheit spürte ich meinen Hunger. Genau besehen hatte ich auch mittags nicht richtig gegessen, danach mit Saë geschlafen, ihrer Schwägerin Lügen erzählt und bis zum Dunkelwerden Saës Geschichten gelauscht. Offensichtlich hatte sich unterdessen der Zustand der Kranken im Haus drüben verschlechtert. In diesem Fall würde Saë sich wohl bis zum nächsten Morgen nicht zeigen. In der Hütte gab es außer dem Sake keinen Vorrat.

In meinem Hunger fühlte ich mich wie ein völlig anderes Lebewesen, und ein lauwarmer Geruch von Unruhe und Angst war zu spüren. Ich dehnte und streckte mich ausgiebig und schloß wieder die Augen. Ich war zwar keinesfalls ein schlechter Esser, aber es kam eigentlich nicht selten vor, daß ich einen ganzen Tag, ohne irgend etwas zu essen, in meiner Wohnung herumlag. Das geschah zu Zeiten, da ich meine misanthropischen Anwandlungen hatte. Ich empfand dann ausnahmslos alle Menschen, mich eingeschlossen, als überaktiv und unerträglich. Die Blicke der anderen, die ganz beiläufig etwas betrachteten, erschienen mir widerlich aufdringlich und monomanisch, und die Versuche, mit meinen Augen dagegen anzustieren, waren mir selbst mehr als unheimlich. Bei diesen Gelegenheiten nutzte ich meine Appetitlosigkeit aus, aß nichts und döste den ganzen Tag vor mich hin. Dabei empfand ich ein quälendes Wohlgefühl, als würde ich meine Umgebung übertölpeln und mich selber gleichzeitig langsam bestrafen. Im Augenblick hatte ich zwar solche Anwandlungen nicht, aber die Geschichte, die ich von Saë zu hören bekommen hatte, war mir doch reichlich an die Nieren gegangen. Wegen der Verrücktheiten von Saës Großmutter und der anderen tauchte ich jetzt also tief ein in die Schwäche des Hungers, und das ergab irgendwie ein Gleichgewicht. So dachte ich, während ich meinen Rükken noch enger an den Boden schmiegte, als befände ich mich in meinem eigenen, vertrauten Bett, und gab mich ganz dem Rauschen der nächtlichen Strömung hin.

Aber bald schon setzte ich mich im Dunkeln wieder auf, weil es mir vorkam, als wäre ich von einem Windhauch gestreift worden. Mit zur Seite gelegtem Kopf stützte ich beide Hände auf den Dielenboden und wunderte mich, was es wohl gewesen sein könnte. Ganz ohne Zweifel, der Hunger hatte mich ängstlich gestimmt. Wenn ich daran dachte, daß mir eine Essensration fehlte – und sei es auch nur die eines einzigen Abends –, so breitete sich eine drängende Ungeduld im ganzen Körper aus. Alle meine Gelenke waren kraftlos und bargen ein leichtes Zittern. Ich kroch auf allen Vieren, senkte den Kopf tief und streckte ihn dabei lang vor; währenddessen sah ich mich in der engen Hütte mehrfach um. Ich hatte ein Gefühl, als vernähme ich Atemgeräusche an einer von mir ziemlich entfernten Stelle, und das in einem stockfinsteren Luftschutzkeller, gegen den schwere Detonationen schlugen. Vor meinen Augen erschien das Profil des Saëmon, wie er schmatzend Süßkartoffeln im Munde zerdrückte. Zugleich kam mir die Halluzination, als hörte ich mit »Su-mm su-mm su-mm« eine Sutren-Rezitation, und ehrfürchtige Schauer rieselten von oben auf mich herab.

›Was ist bloß los! An einem Abend, wo es eine Leiche gibt, keinen Reis vor die Hütte zu bringen!‹ Ich dachte kurz ›Holla!‹, aber kein Gefühl von Beschämung kam hinterher.

›Ich muß die Lampe anzünden‹, überlegte ich mir und suchte nach den Streichhölzern. Solange das Fenster im Webstuhlraum noch hell war, sollte in der Hütte Licht sein, so war doch wohl die Abmachung. Wenn ich mich nicht an sie hielt, war auch Saë nicht verpflichtet, mir Essen in die Hütte zu tragen.

Ich zündete die tief von der Decke hängende Lampe an und schaute nach draußen. Die Papierschiebefenster vom Webstuhlzimmer waren geschlossen, und das elektrische Licht war offensichtlich gelöscht. Ein wenig Helligkeit breitete sich trotzdem im Inneren noch aus, und es schien so, als wenn sich in dieser schwachen Helligkeit ständig Schatten von Menschen bewegten. Die Kranke war jetzt sicher ins Besucherzimmer gebettet worden, und Saë und ihre Verwandten gingen um das Totenlager herum. Gegen das Fenster gewandt zeigte ich meinen Kopf mit schüttelnden Bewegungen. »Ein armer Hungerteufel wackelt mit seinem großen Kopf vor der Holzwand der Hütte hin und her.« Und auf dem fernen Papierschiebefenster schienen mir die Schatten der Schatten als Antwort zuzunicken. Wenn man mir plötzlich überreichlich Sake und Reis gäbe, so würde – dieses Vorgefühl spürte ich vage in mir – ein fast feierliches Zittern des Hungers, der sich explosionsartig ausbreitete, vielleicht den Geist des Bettlers Saëmon mit dem Heiligen Mann in Berührung bringen.

Ich ging zum Herdplatz zurück und wartete auf Saë. Doch kaum saß ich, peinigte mich schon wieder der Hunger. Ich versuchte ihn, die Hände auf die Knie gestützt, für eine Zeit niederzuhalten, weil mich aber ein böses Kältegefühl überkam, als ob alles Blut aus den Tiefen meines Bauches gewichen wäre, zog ich die Zweiliterflasche mit dem Sake heran und begann sie zu leeren. Vom vollen, würzigen Duft überrascht, stürzte ich ihn mit Gewalt in meinen widerstrebenden Magen hinunter. Er lief mir aus den Mundwinkeln, ich hustete, trank wieder, unterdrückte einen Brechreiz und trank weiter, so daß ich im Nu fast ein Drittel geleert hatte. Am Ende blieb mir beinahe der Atem weg; ich umfaßte die Flasche, die ich zwischen meine Knie gestellt hatte, fest mit beiden Händen und dachte: »Warum hast du das jetzt getrunken, warum hast du deinen Hunger nicht bezähmen können?« und schwebte inmitten eines bodenlosen Schwächegefühls.

Mein Halt wurde mir plötzlich von der Seite entrissen, so daß ich fast kopfüber in die Feuerstelle gestürzt wäre. Mit den Händen in der Asche konnte ich mich im letzten Moment noch abfangen. In einer für mich ungewohnten Langsamkeit bei einer solchen Situation erinnerte ich mich daran, wie Saë – von mir umgestoßen – nach Kräften mit ihren Füßen in der Feuerstelle herumgerudert hatte. Ah ja, das war nun ihre Rache!

»Da, iß schnell!« mit diesen Worten drückte sie mir einen riesigen, nachlässig in ein Bambussprossenblatt eingewikkelten Reiskloß in die Hände, ohne daß ich Zeit gehabt hätte, sie von der Asche zu reinigen. Im gleichen Moment, wo der süße Duft des frisch gedämpften Reises mir in die Nase stieg, wurde mir fast schwarz vor Augen, und ich fing an zu essen. Sobald der erste Bissen im Magen war, schien erst der absolute Höhepunkt des Hungers erreicht zu sein, und Schweiß brach mir am ganzen Körper aus. Meine Knie zitterten unaufhörlich, aber die Schauder von vorhin hatten sich schon verflüchtigt.

Nachdem ich etwas über die Hälfte gegessen hatte, hob ich allmählich den Kopf. Saë ging unruhig vor mir auf und ab, die Arme fest gegen die Brust gepreßt, die Hände ineinander verkrampft, die Augen ins Leere gerichtet.

»Was soll ich nur machen, was soll ich nur machen?« war ihr Flüstern zu vernehmen.

»Ist sie jetzt tot?« fragte ich etwas dümmlich und kaute versunken an meinem Reiskloß weiter, der von meinen Aschefingern schon ganz beschmiert war.

»Schon gut, iß erst einmal fertig!« lenkte Saë ab und lief immer nervöser im Raum herum, bis sie schließlich vor dem Herdplatz innehielt. Eine steile Falte zwischen den Augenbrauen, schaute sie mit strengem, prüfendem Blick auf mich herab.

In ihren Augen war wieder dieser Ausdruck von Enttäuschung zu lesen. Ich schaute zu ihr auf und nahm dabei unwillkürlich eine Haltung ein, als wollte ich nur demütig ihren Willen entgegennehmen.

Als das letzte Reisklümpchen in meinem Mund verschwunden war, seufzte Saë tief auf und warf mir mit einer plötzlichen Bewegung etwas hin. Wie ich es mit meinen klebrigen, von Reis und Asche verschmierten Fingern aufnahm, sah ich, daß es ein ziemlich zerfleddertes Sutren-Buch und ein Rosenkranz war. Ich schnitt eine klägliche Grimasse, aber mit meinem nun vollen Bauch hatte ich keine rechte Widerstandskraft mehr.

»Verschon mich doch damit!«

»Los, du gehst jetzt sofort in den kleinen Tempel!«

»Aber ich kann doch gar nichts!«

»Na, eine laute Stimme wirst du wohl noch herausbringen. Das schaffst sogar du!«

»Ich habe doch mit solchen Dingen noch nie etwas zu tun gehabt!«

»Das sagst du jetzt, nach allem?« Saë schrie mit durchdringender Stimme und schwang dabei den Stützstab vom rückwärtigen Fenster hoch durch die Luft. »Und was hast du dir dabei gedacht, den Reis aus unserem Haus zu essen? Was hast du dir dabei gedacht, die Enkelin zu verführen?«

Von ihren drohenden Blicken eingeschüchtert, rutschte ich langsam auf den Knien rückwärts, erhob mich in gebückter Haltung und griff fast mechanisch nach Sutren und Rosenkranz. Vom Knüppel, den sie surrend vor mir von rechts nach links schwang, wurde ich in die Ecke zum Ausgang hinuntergetrieben, während ich mir vorstellte, daß sie sich auch diesmal wieder richtig auf mich stürzen konnte. Unten flehte ich sie förmlich an, so daß ich fast meine Hände in bittender Geste aneinandergelegt hätte, aber Saë gab mir nur wortlos eine große Sake-Flasche und drängte mich mit der Spitze des Stockes zum niedrigen Türchen hinaus.

KAPITEL 11

Irgend etwas raste vorbei. Ein Rudel unsichtbarer Wesen wurde aus dem hintersten Winkel des Tales herausgetrieben und hetzte in einem Zug durch das Dorf hinunter, hohle, heulende Töne ausstoßend.

Als ich meine Augen öffnete, spürte ich das Gefühl der Beklemmung noch ganz deutlich auf der Haut. Draußen vor der Tempelhalle glühte ein wildes Morgenrot. Erst dachte ich, es müßte wohl ein Windstoß gewesen sein, doch der Himmel stand tief und unbewegt, das Rauschen der Bergschlucht klang noch näher als in der Nacht, und die Ähren der Gräser hingen wie durchnäßt im roten Licht schlaff herab. Auch die Poren auf den Innenflächen meiner Hände, die das Gitterwerk umfaßten, glänzten häßlich rot angefärbt. Während ich die Hände direkt vor meiner Nasenspitze betrachtete, war es mir für eine geraume Zeit völlig unmöglich zu begreifen, wie und wo ich dieses Gitter mit mir und meinem schweißnassen Körper in einen Zusammenhang bringen könnte.

Nachdem ich angestrengt meine Überlegungen zu Ende geführt und die Arme nach vorne geschoben hatte, lösten sich die Hände endlich vom Gitter, behielten aber ihre gekrallte Gestalt. Die Finger waren an der Innenseite weiß und hart, sie schienen so schwer, als gehörten sie mir gar nicht. Als ich nachdenklich die Hände umwendete, sanken sie wie von selbst auf meine Knie, und diesmal verbanden sie sich zur Gestalt eines sehr wundersamen Zeichens. Die ausgeleerte Sake-Flasche rollte auf dem Boden herum, von der Brust bis zum Bauch klebte mir mein Unterzeug von verschüttetem Sake und von Schweiß an der Haut fest. Rosenkranz und Sutren-Buch waren ganz beiläufig in eine Ecke befördert worden.

Ich atmete erleichtert auf, als ich feststellte, daß ich tatsächlich kaum einen Ton hervorbrachte, dachte aber gleichzeitig an Saës Enttäuschung. Gestern abend hatte Saë mich, mit der Spitze ihres Stockes in Schultern und Rücken stoßend, solange malträtiert, bis ich endlich durch das kleine Hintertürchen der Halle gekrochen war. Da war überhaupt nichts von Fopperei oder Neckerei dabei, wie sie zwischen Männern und Frauen vorkommt; sie zeigte eine unbändige, rohe Kraft. Ich hatte mich fürs erste entschlossen, keine Gegenwehr zu leisten, und stand im Dunkeln des kleinen Tempels. Ich wartete, bis sich Saës Schritte entfernt hatten, und drückte dann gegen die Tür. Die setzte den Händen einen schweren Widerstand entgegen; offensichtlich hatte Saë den Stock dazwischengeklemmt. Mit ziemlicher Anstrengung schaffte ich es, sie halb aufzudrücken, aber im selben Moment sprang ein schwarzer Schatten von der Hütte hervor und stemmte sich mit der ganzen Kraft des Körpers gegen die Tür.

»Wenn du rauskommst, bring' ich dich um!« keuchte Saë. Danach entfernten sich ihre Schritte leise von der Halle, bis sie fast nicht mehr wahrzunehmen waren. Es verging einige Zeit, dann war zu hören, wie sich vom Flusse her langsam schwere Atemzüge näherten. Irgend etwas Gewichtiges wurde vor der Tür abgeladen; danach entfernte sich das Atmen wieder in Richtung auf den Fluß. Einen Augenblick zweifelte ich, ob es vielleicht nicht jemand anderes sein könnte, der von jenseits des Flusses gekommen war, und nun vor der Tür Steine aus dem Flußbett aufschichtete, um mich in der Halle einzuschließen. Bei dieser Vorstellung lief es mir kalt den Rücken herunter. Aber es war doch eindeutig Saë. Ich erkannte sie an ihrem Duft. Als sie den Stein niedergelegt hatte und besonders heftig ihren Atem hervorstieß, breitete sich ein weicher, süßer Duft aus, den ich kannte, ein Duft, der von ihr ausging, wenn sie zornig war oder hingebungsvoll, jedenfalls ein Duft der Erregung. Mir wurden die Knie ganz weich, und ich kauerte mich am Grunde der Dunkelheit nieder.

Saë ging noch dreimal den Weg zum Flußbett hin und zurück. Obgleich sie das Geräusch ihrer Schritte unterdrückte, war doch zu spüren, wie angestrengt sie atmete, und es ließ sich deutlich verfolgen, wie sie den Weg mit einem Steinbrocken beladen heraufkam und ohne Last wieder hinunterging. Es war sogar noch aus dem Rauschen des Bergbaches, freilich ganz schwach, herauszuhören, als sie im Flußbett passende Steine suchte. Diese Laute wurden seltsamerweise nicht von dem Rauschen, das sich in der Nacht über die Erde legte, ausgelöscht, sie hoben sich eher weich daraus hervor und vermittelten das Gefühl, daß sich dort ein Mensch aufhielt. In ihren Atem mischte sich immer stärker ein Keuchen, ein tiefes Keuchen, wie von einem Mann, der – in der Dunkelheit verborgen – schwere körperliche Arbeit verrichtete. Nachdem sie viermal Steine aufgeschichtet hatte, schien Saë schließlich völlig außer Atem gekommen zu sein und sich am Boden, gleich mir, niedergekauert zu haben, denn das langsam abklingende Keuchen kam für eine Weile von ganz tief unten. Dann erhob sie sich und sagte mit leiser, heiserer Stimme: »So, das wird reichen!« Ich konnte hören, wie sich ihr Atmen entfernte, sie an der Hütte entlangging, wie gewöhnlich durch die hohen Sommergräser und diesmal tatsächlich am Weg zum Dorf herauskam.

»Was für eine Hartnäckigkeit!« dachte ich erstaunt und stand mitten in der Halle auf. Im gleichen Moment hatte ich das Gefühl, als wäre die kauernde Gestalt vor der Tür noch sitzengeblieben, und starrte unverwandt auf mein eigenes, unheimliches Verhalten. Bis zum Schluß hatte ich nämlich, nur durch eine Tür von Saë getrennt, kein einziges Wort an sie gerichtet. Wahrscheinlich wollte Saë verhindern, daß noch im letzten Augenblick die Wünsche der Großmutter zunichte gemacht würden, und wollte mich so, wenigstens der Form halber, zur Todesstunde auf jeden Fall im Tempel halten. Ich versuchte nicht, sie danach zu fragen, demonstrierte Ängstlichkeit und schwieg, bereit zu fliehen, sobald sich die Gelegenheit böte. Vielleicht wurde Saë durch mein Schweigen im Inneren des Tempelchens eher noch angestachelt, in einem stillen Anflug von Wahn einen Stein nach dem anderen aufzuschichten. Wenn ich hier nur, der äußeren Form genügend, die Aufgabe des Heiligen Mannes Saëmon übernahm und ich meine Stimme wenigstens einmal aus dem Lattenwerk heraus ertönen ließ, hatte alles seine Richtigkeit.

Als ich scheu ins Innerste spähte, wischte gerade das Scheinwerferlicht eines fernen Autos schräg durch die Halle. Das Gesicht des Jizō ganz rechts tauchte als erstes auf; er hielt seinen Blick gesenkt, und ein geheimnisvolles Lächeln umspielte seine Augen. Unmittelbar darauf zeigten auch die anderen fünf der Reihe nach mit niedergeschlagenen Augen ein schmerzliches Lächeln und lösten sich wieder in der Dunkelheit auf. Unbewußt senkte ich meinen Kopf, als fühlte ich mich hier unwürdig. Dann kauerte ich mich wieder auf den Lehmfußboden nieder und stieß mit beiden Händen ungestüm gegen die Tür, aber sie gab um nichts nach. Ich stellte mir Saës Gestalt vor, wie sie stumm die Steine übereinander gehäuft hatte, und wurde von einer nervösen Ungeduld gepackt, die mir alle Energie zu nehmen schien.

Aber dann, als ich resignierend aufstand, mußte ich inmitten der Finsternis unbändig lachen. Ich verbeugte mich, machte mit den Händen kurz die Andeutung einer demutsvollen Geste zum Inneren der Halle hin, kletterte rasch zum Dielenboden hoch und drückte zur Sicherheit gegen die Lattentür auf der Vorderseite, um mich zu vergewissern, daß sie tatsächlich verschlossen war. Dann setzte ich mich hin, mit dem Gesicht schräg zu den Statuen. Jedesmal wenn das traurige Lächeln von einem auftauchte, lächelte ich unsinnigerweise gequält zurück, drehte mich aber allmählich immer mehr zur Seite, bis ich direkt dem Lattengitter zugewandt dasaß. Den Rosenkranz und das Sutren-Buch hatte ich so weit wie möglich weggeschoben.

Am Anfang gab ich mich noch unterwürfig, klein geduckt, aber bald zog ich mir die große Sake-Flasche heran und setzte mich ganz breitbeinig im Schneidersitz hin. Wenn ich einen großen Schluck aus der Flasche nahm, ließ ich mir den Sake unmanierlich von der Kehle über die Brust rinnen. Dann machte ich einen runden Buckel, streckte den Kopf tief über dem Boden nach vorne und spähte nach dem schwachen Lichtschimmer im Fenster des Webstuhlraums. Ich hatte zwar nicht vor, hier tätig zu werden, aber ich setzte ein ernsthaftes Gesicht auf, als würde ich ständig darüber nachsinnen, wie etwas auszuführen sei.

In Wahrheit fürchtete ich mich nur diese eine Nacht davor, allein im Dunkeln sein zu müssen. In der gleichen Dunkelheit gab es noch jemand anderen, eine Blutsverwandte der Frau, mit deren Körper ich mich vereinigt hatte, und jene Frau war im Begriff, ihren letzten Atemzug zu tun. Die Jizō-Buddhas hinter mir, deren Züge zu verblassen begannen, beobachteten mich. Und hinter ihnen wiederum öffnete schon die schwarze Erde ihren feuchten Schlund. Aber hier war erst einmal inmitten der Finsternis ein Gesicht, mein Gesicht, das sich mit der Nase an das Lattenwerk drückte und allein vor sich hin lachte. In der ersten Nacht im Tempel hier hätte ich mich nicht zu lachen getraut.

Die wahre Gestalt meiner Furcht war die Scham. Die Scham rief die Furcht hervor, aber die eine hatte bald mit der anderen nichts mehr zu tun; sie legten sich gegenseitig nur völlig bloß, ohne in andere Empfindungen eingehüllt zu sein. »Da bist du Idiot nun, nur um den Verwicklungen mit einer Frau zu entgehen, an einen solchen Ort gelangt, und sogar noch hier hereingekrochen, obwohl du doch nichts davon verstehst und nichts kannst! Was hast du vor?« Ich fürchtete mich. Aber immer noch schüttete ich den Sake in mich hinein, und im Anblick des Lichtscheines vom Todeszimmer verzog ich mein Gesicht, beschämt und doch gleichzeitig frech, zu einem schiefen Lächeln.

Indessen merkte ich plötzlich, daß ich unbewußt die Rolle zu spielen begonnen hatte. Ich stellte die Sake-Flasche sacht auf die Seite, setzte mich ordentlich hin, legte meine Hände im Schoß zusammen, schloß die Lider zu einem Spalt und verdrehte von Zeit zu Zeit die Augen. Es sah so aus, als würde ich jeden Moment den Rosenkranz heranholen, eine Verbeugung zum Lattenwerk hin machen und Sutren, die ich nie gelernt hatte, mit lauter Stimme rezitieren. Meine Hand hatte sich schon zum Rosenkranz auszustrecken begonnen, aber ich drückte sie hastig mit meinem Bauch fest. Ich rollte mich klein zusammen und lachte mit düsterer Stimme: »Es war doch nur Spaß, nur Spaß!« Jedesmal, wenn meine Worte in der Halle nachzitterten, war mir, als würden sich unzählige heisere Stimmen aus der Tiefe des Rauschens der Schlucht und vom jenseitigen Ufer erheben. Aber solange ich mich hier in dieser Lage befand, könnte glücklicherweise von meinem so kraftlosen Lachen kein Laut über die Felder hinweg zum Sterbezimmer dringen.

»Ich will versuchen, an nichts mehr zu denken!« Hart auf dem Bauche liegend war ich für einige Zeit geistesabwesend. Meine Stimmung war jetzt völlig in sich zusammengebrochen; ich schlief ab und zu kurz ein, öffnete dann wieder die trüben Augen. Nur wenn ich den Hals der Zweiliterflasche packte und sie herzog, setzte ich mich ordentlich auf, als wäre ich jemand anderes oder als würde ich dabei beobachtet. Weil ich aber mit meinen Lippen, die der Flasche gierig entgegenkamen, fast die Hälfte verschüttete, wurde ich auf der Brust bis zum Unterhemd durchweicht. Der Rausch setzte sich drehend am Grunde des Magens fest, und er durchdrang unversehens den ganzen Körper. Mit einem Ruck hob ich den Kopf.

»Nun denn, jetzt geht's los!« flüsterte ich. Ich leerte den Rest Sake mit einem Zug, seufzte erleichtert auf und rutschte, die Hände am Boden, ganz langsam auf das Lattengitter zu, spähte noch einmal mit nun schon geübtem Blick zum Fenster des Webstuhlraumes und ließ mich im Schneidersitz nieder.

Dabei hatte ich fortwährend das Gefühl, von jemandem

beobachtet zu werden. Aber die Peinlichkeit, alleine, nach eigenem Gutdünken zu handeln, war verschwunden. Es war nichts weiter als eine körperliche Arbeit. Mir wurde klar, daß es etwas völlig anderes war, wenn man, ganz für sich, wild randalierte und sich dafür schämte.

Es war ganz einfach, das spürte ich. Das Mädchen verhält sich völlig richtig. Egal, wer heute nur immer rufen mag und was er auch immer rufen mag, es wäre die einzige menschliche Stimme, die sich aus der ganzen Fläche von Dunkelheit jenseits des Ufers erhöbe, und sie würde tief in die Herzen der Menschen eindringen.

»He da, ich bin der Saëmon! Hier ist es stockfinster! Ich kann hier nicht mehr atmen, holt mich raus, bitte holt mich raus!«

Solche Rufe stellte ich mir vor, nicht klagend, sondern eher fröhlich den eigenen Namen verkündend.

»He da, ich hatte unrecht! Hilf mir bitte, ich wußte nicht, daß es hier so dunkel ist!«

So bat ich um Verzeihung, und eine ganz seltsame, ausgelassene Freude packte mich, ein Gefühl, wie wenn einem das Wasser im Munde zusammenläuft.

»He da, ich bin der Saëmon, der Bettler, der euch die Gräber schaufelt. Hier ist gar nichts. Hier gibt es nur Erde, Wasser und Dunkelheit. Es gibt keinen Buddha und kein Jenseits, es gibt keine Seelen und keine Geister. Ihr werdet von mir getragen und von mir begraben, das ist alles. Wie schwer ihr am Ende seid und wie es um euch bestellt ist nach der ersten, der zweiten, der dritten und der vierten Trauerwoche – das weiß nur ich genau, so genau!«

Es brauchte gar nicht trübsinnig zu klingen. Es reichte, wenn ich nur meine wahnsinnige Einsamkeit herausschrie. Es genügte, wenn ich alle die tief in der Brust versunkenen Schreie der Menschen, die vom Atem des Todes berührt worden waren, befreite und hervorbrachte. Je offener alles herausgerissen wurde, desto heilsamer inmitten all dieser schweigenden Toten heute Nacht –

»Hallo, fürchtet ihr euch? Wenn ihr euch fürchtet, beakkert fleißig das Feld, sät fleißig den Samen aus. Heute abend sind die Felder gut gedüngt. Sieh an, sieh an! Da hat sich schon eine Hand ausgestreckt – ist dort nicht schon ein Saum geöffnet? In allen Häusern geht es lustig zu. Und morgen schreitet man mit unschuldigem Gesicht zum Beileidsbesuch? Und legt mit arglosem Gesicht fromm die Hände aneinander, wenn der Tote über den Fluß gebracht wird? Und ist der Leichnam unter der Erde, fangen wir doch gleich am selben Abend wieder an? Wie kommt es wohl, daß immer, wenn der Saëmon am jenseitigen Ufer ein Grab schaufelt, ein Mädchen schwanger wird?«

Ich setzte mich etwas auf, packte das Holzgitter und rüttelte daran. Gleich im Rücken der Schreie erhob sich das Rauschen des Bergbaches noch deutlicher und wehte sie zusammen zum Dorfe hin.

»Hallo, werden wir nicht immer wiedergeboren, von einem Loch zum anderen Loch? Begleitet ihr eure Vorfahren fort, von einem Loch zum anderen Loch? Begleitet sie fort, begleitet sie weg, der Saëmon ackert gut für euch! Der Saëmon gräbt mit dem Spaten und sät eure Samen aus. Der Saëmon ist ein Kindermacher, er ist der Gott der Männer, euer Vater! Schaut euch das Feld jenseits des Flusses genau an, ihr Mütter!«

So dachte ich mir die verschiedensten Rufe aus, ohne sie mit der Stimme hervorzubringen, empfand sie aber im Inneren ganz intensiv. Wenn er hier so alleine gesessen hat, war das Gewicht zwischen ihm und den Leuten aus dem Dorf, die für gewöhnlich mit Dingen nach ihm warfen, völlig ausbalanciert. Solche Nächte hat es ja wirklich gegeben! In der Stille, da jemand im Sterben lag, schrie er alles laut heraus, als sei er ein einziger Phallus, und in den lauwarmen Betten lauschten alle mit gespitzten Ohren. Solche Nächte haben sich doch wirklich wiederholt! Immer wenn sich seine Stimme erhob, teilte sich jedem einzelnen Körper eine dunkel zusammenströmende Kraft vom Boden jenseits des Flusses – die Erde durchdringend – mit jedem Atemzug mit. Bestimmt gab es Leute, die es für sich so empfanden. Und es gab auch sicher Paare, die sich umarmten, ineinander verschlungen wie zu einem einzigen Erdklumpen.

Aber, dachte ich, in den Rufen des Saëmon, der einmal mit einer Frau aus dem Dorfe verkehrt hatte, war vielleicht nicht mehr diese Kraft. Die Rufe für eine einzige Frau waren – durch Furcht und Begierde getrübt – viel schwächer als die, die dem Leben des Dorfes als Ganzem galten. In diesem Fall hatte seine Stimme gewiß außergewöhnlich rauh, außergewöhnlich feierlich geklungen. Aber nur *eine* Frau aus dem Dorf konnte das heraushören. Die übrigen spürten nur, daß er aus Angst und Unsicherheit um seine eigene Lage Radau machte. Auch wenn es lästigerweise Frauen gab, die in einem Anfall von Wahnsinn zu ihm liefen, so waren es keine Rufe, in denen sich die ganze Lebensumwelt den Körpern mitteilte.

Ich war natürlich jemand, der weit dahinter zurückstand. Ich war nur ein Großstädter, der zufällig an dieser Stelle von den Bergen heruntergestiegen war, und – vom Körper einer Frau gefesselt und in ihr realitätsfernes Gedankengespinst hineingezogen – hier einige Zeit zugebracht hatte. Schreie, wie sie in einer Todesnacht tief in die Herzen der Menschen eindringen könnten, gab es wohl nicht in meinem Innersten. Ich führte ein Leben, in dem ich meine unruhigen Begierden in kleinen Portionen aufbrauchte, deshalb hatte sich in mir nicht einmal die Kraft angehäuft, für eine einzige Frau – und mit dem ganzen Dorf als Zeugen – in verzweifelter Anstrengung meine Stimme zu erheben.

Aber während ich hier so ausdauernd wartete, meine Augen auf das Gitter gerichtet, kam es mir so vor, als wäre allein meine mir jetzt schon vertraute Körperhaltung in sich selbst schon eine Garantie für Schreie, die nicht meine eigenen waren, und für ein Rollenspiel ohne faden Beigeschmack. Das Gefühl, von anderen beobachtet zu werden, hielt unverändert an. Mir fiel nun wieder ein, daß die Scham sich nicht so häßlich, klebrig lang hinzieht, solange andere zusehen. Und wenn ich nur lange genug wartete, würde ich auf jeden Fall Schreie zustande bringen und so wenigstens der Form nach die Aufgaben eines Saëmon erfüllen. In diesem Gefühl der Sicherheit schwieg ich weiter.

Es verstrich viel Zeit und, vom Wind befördert, der durch das Gitterwerk blies, klang mein Rausch allmählich ab. Damit zog sich aber auch die Sinnestäuschung langsam zurück, und das Gefühl, nicht allein zu sein, schwand. Ich sann darüber nach, was es denn für Saë eigentlich bedeutete, wenn ich – obgleich für diese Aufgabe am wenigsten geeignet – irgendwelche Schreie hervorbrächte. Die Ohren der Frau in der Todesstunde erreichten sie sowieso nicht mehr. Die Angehörigen ihrer Familie würden höchstens die Stirn runzeln und meinen: »Saës Geliebter ist betrunken und randaliert!« Und die Leute aus dem Dorf würden vielleicht gar nicht vermuten, daß die Laute aus der Richtung des kleinen Tempels kamen. Saë hatte gesagt: »Wenn Großmutters Wunsch auch nur der Form nach erfüllt werden könnte, wäre das für mein zukünftiges Leben ein großer Halt.« War das nicht die Ankündigung, vom Dorfe Abschied zu nehmen? Aus Tōkyō einen jungen Mann herzurufen, ihn – unter Umgehung der eigenen Familie – in einer Hütte unterzubringen und ihn dann die Rolle des von den Dorfbewohnern längst vergessenen Saëmon spielen zu lassen – war das nicht ein doppelter Widerspruch für Saës jetzt lebende Familie und für die Dorfbewohner? So würde ich auf jeden Fall nicht für das Dorf rufen, auch nicht für eine Frau aus dem Dorf, sondern für eine Frau, die schon Städterin war und das Dorf verließ.

Trotzdem, ich muß schreien, dachte ich. Jetzt, wo meine Halluzinationen und mein seltsames Rollenspiel verschwunden waren, sollte ich aus Dankbarkeit dafür, was Saë für mich getan hatte, nur dafür, einen einzigen Schrei ausstoßen. Sonst würde alles für Saë nur eine Demütigung bedeuten, aber auch für ihre Großmutter.

»Was könnte ich bloß schreien?« überlegte ich mir endlich

ernsthaft. Im Augenblick konnte ich nur das herausschreien, was wirklich in mir war. Und nach einer Weile . . .

»Saë, Saëe . . .!« preßte ich schließlich mit dünner Stimme aus meiner Brust. Es war ein beklagenswert erbärmlicher Schrei, verglichen mit denen des Saëmon, die ich mir vor kurzem noch in meiner Phantasie vorgestellt hatte. Aber im Augenblick gab es für mich nichts Bedeutsameres als diesen Namen, was einen Schrei wert gewesen wäre.

»Saë, Saëe . . .!« rief ich zum Fenster des Webstuhlzimmers gewandt, aber es klang nur dünn und rauh in meiner Kehle, eine richtige Stimme kam nicht hervor. Während ich es noch einmal versuchte, wurde ich von einem solch ungeduldigen Verlangen nach Saë ergriffen, daß ich meinte, es auch nicht eine einzige Sekunde mehr in dieser Dunkelheit aushalten zu können, ohne ihren Namen zu rufen. Ich versuchte zwar zu schreien, riß meinen Mund weit auf, aber jedesmal tauchte das Gesicht der Sterbenden auf, und die schwer lastende Finsternis über den Feldern drängte heran. Es kam nur ein mir selbst unangenehmes Rasseln in der Kehle zustande, dann wurde die Stimme erstickt. Ich umfaßte das Holzgitter mit beiden Händen, rieb meine Stirn daran und krümmte mich vor unendlicher Ungeduld. Mit Sicherheit vergoß ich auch Tränen. Dann schlief ich ermattet ein.

Es gab wieder ein heftiges Morgenrot. Mir war es nun völlig unerträglich geworden, so eingeschlossen zu sein, und ich warf mich mehrere Male mit der Schulter gegen das Türchen, bis ich schließlich kopfüber nach draußen auf den Boden kollerte. Schon in dieser Frühe trug die Luft leichte Hitze in sich, was ich mit meiner schweißnassen Stirn sofort spürte. Die Sommergräser, die schon anfingen, gelb zu werden, sahen für den frühen Morgen unverhältnismäßig schlaff und erschöpft aus. Die Stämme der Bäume glühten in hellem Rot und – recht betrachtet – neigten sich alle ganz leicht zum Tal, zum Oberlauf des Flusses, nach Westen hin.

Die Baumkronen sahen viel dunkler aus als in der Abenddämmerung, und das Rauschen des Bergbaches schien schwer und wie aus dem Inneren der Berge hervorzuklingen. Ich überlegte, ob in der Lattentür wirklich kein Schlüssel steckte; dann hätte man ihn nämlich leicht mit dem Finger herausdrücken können. Es war sicher nicht sehr sinnvoll, wenn der Heilige Mann Saëmon seine Gestalt nicht von der Vorderseite der Halle hätte zeigen können. Möglicherweise hatte es sich Saë gewünscht, gestern nacht, daß ich wenigstens die Lattentür aufstoßen und auf der Frontseite hervortreten würde. Hatte sie deshalb die Steine an der Rückseite aufgeschichtet, um mich zumindest soweit der Form Genüge tun zu lassen? Vielleicht hatte sie es vorher gewußt, ja vielleicht hatte sie mich schon – dies wissend – eingeschlossen? Auf jeden Fall konnte ich Saë so nicht mehr gegenübertreten. Ehe sie mir die Nachricht vom Tod der Großmutter überbringen konnte, entschloß ich mich, wollte ich lieber schnell weg von hier.

So verwandelte ich mich wieder in jenen Bergsteiger, der vor fünf Tagen am Abend zufällig am kleinen Tempel vorübergekommen war. Als ich, den länglichen, großen Rucksack umgeschnallt, auf den Weg trat, der von der Hütte aus die Felder entlanglief, war das Morgenrot zum größten Teil schon verblichen. Über die ganze Fläche des Himmels zogen niedrige, schwarze Wolken, und ein Wind, der Feuchtigkeit in sich barg, kam vom Tal in die Ebene hereingeweht. Ich ging für eine Weile den gleichen Weg zurück, den ich vor fünf Tagen gegangen war, und entdeckte dann einen ziemlich breiten Rain. Ich wandte mich, jetzt sorgfältig darauf achtend, mit meinen Füßen keinesfalls in die Felder zu treten, zum Deich des Hauptflußlaufes. Keine Menschenseele war zu sehen. Die Umgebung war noch ziemlich dämmrig. Dort, wo die Wolkendecke aufgerissen war, glühte noch ein wenig Morgenrot nach. Als ich mir meine Handflächen betrachtete, waren sie leicht rötlich angefärbt. Irgendwie hatte ich das Gefühl, ganz allein durch eine abendliche Szenerie zu fliehen, in der aus unerklärlichen Gründen niemand mehr zu erblicken war, und so packte mich ein Gefühl der Unruhe. Ein Zettelchen, mit meiner Adresse und einer Telefonnummer, von der aus man mich rufen konnte, hatte ich vor den Herdplatz gelegt. Das war meine letzte Verbindung zu Saë. Einerseits empfand ich eine bange Ungewißheit, ob sie sich wohl melden würde, andererseits stellte ich mir schon die Ermattung vor, die über uns kam, wenn wir – allein zu zweit in der großen Stadt verloren – uns mit leisen Stimmen die Geschichten aus diesem Dorf hier ewig weitererzählten, und schließlich die Trübsinnigkeit, wenn uns endlich die Worte ausgingen und wir in Schweigen versanken. Inzwischen war mir eingefallen, daß das Bündelchen, welches mir Saë in Verwahrung gegeben hatte, noch in meinem Rucksack steckte.

Aber ich marschierte trotzdem unverwandt auf dem Feldweg weiter. Das wäre freilich, so malte ich mir aus, nun der passende Abgang gewesen, mich nach diesen fünf Tagen unter dem Anschein, eine Frau um Geld zu prellen, aus dem Staube zu machen! Aber weil ich aus dem Sparbuch im Bündel sicher die Adresse erführe, würde ich es nach der Ankunft in N. von dort aus einfach zurückschicken. Wenn ich so Saë und ihren Leuten wenigstens für einen oder auch nur einen halben Tag das Gefühl vermittelte, daß ich nichts als ein kleiner Gauner war, würde diese Einschätzung sich für immer in ihrem Gedächtnis festsetzen. Das wäre mir eher recht, denn damit wäre alles endgültig erledigt. Zu dumm, schnalzte ich ärgerlich mit der Zunge, daß ich meine Adresse hinterlassen hatte! »Aber hatte nicht die Verstorbene das Bündelchen unter ihrer Matratze verwahrt?« murmelte ich vor mich hin und hielt im Gehen inne. Unmöglich, damit zu verschwinden. Saës bebender, warmer Atem wurde mir an meinem Ohrläppchen wieder lebendig, wie neulich, als ich sie zu Boden gedrückt hatte. Ich war schon kurz vor dem Deich.

In der Hütte saß Saë, hatte das Tablett mit dem Frühstück

vor sich abgestellt und las mit sichtlicher Enttäuschung den von mir zurückgelassenen Zettel.

»Ich hätte fast etwas ganz Wichtiges mitgenommen.«

Um meine Verlegenheit zu verbergen, war ich wie beiläufig eingetreten und warf das Bündelchen, das ich aus dem Rucksack gezogen hatte, vor sie hin.

»Du, es ist schlimm für mich, ganz schlimm!« Saë nahm das Bündel auf ihren Schoß und schaute mit riesengroßen Augen zu mir hoch.

»Es ist noch nicht vorbei!«

Ah, tatsächlich, sie trug noch ein buntgeblümtes Sackkleid im Hawaii-Stil.

Ich stand kleinlaut auf dem Lehmboden des Eingangs herum und fühlte mich beschämt. Die gleichen Worte wie am ersten Tage kamen mir aus dem Mund:

»Es tut mir leid, aber ich mache mich jetzt doch besser auf den Heimweg.«

»Was sagst du da! Nimm rasch dein Gepäck herunter!«

»Ich bin doch zu nichts nütze, selbst wenn ich bleibe!«

»Was meinst du, wie meine Lage wird, wenn du mich jetzt verläßt?«

»Wird deine Lage nicht eher besser, wenn ich nicht da bin?«

»Meinem Bruder und seiner Frau bist du allmählich schon unheimlich geworden, weil du dich so unbesorgt in der Hütte aufhältst.«

»Ah ja, mag sein.«

»Auch mich fangen sie langsam an zu fürchten!«

»Wieso?«

»Na ja, du bist doch der Heilige Mann!«

»Ich bin es nicht! Verstehst du mich?«

»Großmutter hat seit gestern abend wieder im Delirium von dir gesprochen. Sie erkennt mein Gesicht noch.«

»Hör auf damit!«

»Gestern abend hast du glücklicherweise Lärm gemacht. Hab vielen Dank dafür! Großmutter hat die Hände aneinandergelegt und Tränen vergossen. Bei allen bin ich jetzt zu guter Letzt etwas in der Achtung gestiegen.«

»Ich kann mich nicht erinnern, geschrien zu haben.«

»Der Heilige Mann ruft! Großmutter war ganz verzückt.«

»Hast du's auch gehört, Saë?«

»Natürlich, zusammen mit Großmutter. Ich habe vor Erleichterung geweint!«

»Und deine Familie ...?«

»Bruder, Schwägerin und auch die Geschwister, die schnell zusammengerufen waren. Alle haben sehr aufmerksam zur Hütte hinübergelauscht.«

Mir wurde ganz eng um die Brust, und ich setzte mich auf den Rand des Dielenbodens nieder. Saë kam heran, löste geschickt das Gepäck von meinem Rücken und schob es schnell in Richtung auf die Feuerstelle beiseite. Dann barg sie ihre glühende Wange an meiner Schulter. Sie sprach mit leicht belegter Stimme und verströmte den gleichen Duft wie in der vergangenen Nacht.

»Hier, iß jetzt dein Frühstück! Und heute schneidest du bitte das Gras vom kleinen Tempel bis zur Brücke!«

KAPITEL 12

Als ich mit dem Grasschneiden fertig war, begann es zu regnen. Um den Blicken der Dorfbewohner auszuweichen, hatte ich mich von der Seite der Brücke aus vorgearbeitet, war aber zwischendurch immer wieder – mit der Sichel in der Hand – vom Schlaf übermannt worden, bis ich endlich so weit war, daß nur noch eine Reihe fast mannshoher Gräser stehenblieb und ich gleich neben dem Tempel herauskommen mußte. Ich lugte erneut zwischen den Gräsern hervor, zum Haus der Kranken hinüber.

Wunderbarerweise hatte ich mich nicht zur Todesstunde verspätet. Als ich mich umwandte, war ein Weg zwischen den Gräsern freigelegt, so akkurat, daß ich ihn selbst nur für das Werk von unsichtbaren Wesen halten mochte, nicht als die Arbeit eines so Ungeübten, wie ich es war. Hinten am Ende des Grasweges erschien die Senke am jenseitigen Ufer, heute noch ein wenig schwärzer als sonst, und öffnete sich, mit Dunst erfüllt. Es war ein anderer Weg geworden als der, den ich zum Baden hinuntergegangen war. Nach meinem Augenmaß hatte ich geglaubt, mit dem Schneiden von der Brücke aus in Richtung auf die rechte Seite des Tempels vorangegangen zu sein, aber irgendwie war ich wohl einer schwach sichtbaren Schneise im Grase gefolgt, möglicherweise der, die Saë hinterlassen hatte, als sie vergangene Nacht die Steine heraufgeschleppt hatte. Vielleicht sind die Werke unserer Hände in der Tat etwas viel Mysteriöseres als unsere Seelen. Nur die Arbeit ist geheimnisvoll mit dem großen Gezeitenstrom der Natur verbunden, vielleicht treibt sie uns an, während wir nur unbewußt darauf reagieren. Aber kaum hatte ich mir das überlegt, wollte sich meine Hand, die die Sichel hielt, nicht mehr richtig bewegen.

Zunächst hielt der Wind noch seinen Atem an, aber bald

begannen die Grasähren leise zu wispern. Ein Rauschen erhob sich in der Ferne und in der Nähe, überall zugleich. Es kam nicht aus einer bestimmten Richtung und zog auch nicht vorüber, sondern schwoll an jeder einzelnen Stelle von innen heraus langsam an. Danach legte sich mir eine Beklemmung auf die Brust, wie ich sie beim Aufwachen in der Halle gespürt hatte. Als ich zum Himmel aufschaute und nach einem Windstoß forschen wollte, klatschten mir bereits große Regentropfen ins Gesicht. Die Ähren der Gräser richteten sich hoch auf, dann wurden sie wieder – fast wie in einen Strudel gezogen – zu Boden gedrückt. Die Bäume, die die ganze Fläche des Berges am jenseitigen Ufer überwucherten, drehten wie wild die Rückseite ihrer Blätter in Richtung flußaufwärts, so daß das Grün eine Welle schlug, bis hin zum Oberlauf. Ein hohles Heulen war die nächste Welle, die von der Einmündung aus den Bergbach stromaufwärts raste. Kurz darauf war der Abbruch im Ufer wie auch die Senke vom Regen ausgelöscht. Die Sichel und meine Hände glänzten feucht; aus einer Wunde rann mir Blut.

Auch die Richtung, wo sich das Dorf befand, war durch dichte Regenschwaden vom Feld vor dem kleinen Tempel getrennt. Die Gräser schneidend, kroch ich jetzt flink voran. Ich umfaßte die Sichel mit festerem Griff und begann damit, die einzelnen Grasbüschel zu packen und mit säuberlichem Schnitt zu kappen. Meine selbstquälerische Ungeduld war geschwunden. Im Takt mit den unbeirrbar sicheren Bewegungen der Hände summte ich unversehens ein etwas melancholisches Lied, dessen Töne aus dem Rauschen des heftigen Regens heraussickerten. Wenn hier die Bahn frei war, war das doch sicher auch ein Weg für das Wasser? Die Schlammflut folgte exakt der Spur der Sichel und stürzte mit großer Gewalt hinab. Mit einem Gefühl der Befriedigung verließ ich den Ort.

Ich war gerade bis zur Hütte vorangekommen, da erschien Saë aus dem Regen. Sie barg – ohne den Regenschirm aufgespannt zu haben – das Tablett mit dem Mittagessen unter ihrer Brust. Als sie mich sah, errötete sie und rannte mit kleinen Schritten auf mich zu. Auf dem ungedielten Platz am Eingang neigten sich unsere durchnäßten Oberkörper wie selbstverständlich aufeinander zu, dann vereinigten sich unsere Lippen, als verwunderte uns gegenseitig die nur matte Wärme. Über dem erhöhten Dielenboden stieß die Sichel leicht an den Rand der Eßschale und ließ ein paar Wassertropfen auf den weißen Reis fallen. Als die Atemzüge immer heißer wurden, lösten wir uns wie von selbst wieder voneinander. Saë räumte schnell die Sichel aus dem Wege und trug das Tablett rasch vor den Herdplatz. Ich zog zwei Tücher aus dem Rucksack hervor und warf Saë eines davon hin.

Nachdem wir uns vom Nacken bis zur Brust fertig abgetrocknet hatten, holte Saë von irgendwoher zwei etwas kürzere Stöcke und ließ die Fensterläden an beiden Seiten halb aufgestellt herunter, um zu verhindern, daß der Regen hereintrieb. Ich trug ein dick mit Staub bedecktes Reisigbündel herbei, das – wer weiß seit wann? – neben dem Herde lag. Ich steckte Reisig zu einem kleinen Kreis zusammen, drückte darunter eine Mulde in die Asche und stellte die Büchse mit dem Festbrennstoff hinein. Dann wartete ich, bis die Flammen des Alkohols rötlich auf das Reisigholz übergriffen, um dann mit der Spitze eines Holzes die Büchse wieder herauszuholen, wie ich es immer in den Bergen machte. Bald breiteten sich alle möglichen Gerüche auf einmal aus, vom Wohlgeruch des Würzig-Trockenen bis zum Gestank nach Mäuseharn – wie man mir einmal erzählt hatte.

»He, großartig, wie du das kannst!« Saë setzte sich neben mich und näherte ihre Stirn den Flammen.

Bald begann Dampf von unseren Kleidern aufzusteigen. Saë teilte mir die Portion für das Mittagessen zu und legte, weil sie wahrscheinlich heute abend nicht würde kommen können, den Abendreis in einem Bündel neben die Herdstelle und blickte sinnend ins Feuer. Während sie von den Sorgen sprach, die ihr die Familie bereitete, öffnete sie ganz mechanisch und unabsichtlich das Bündel, zerdrückte einen von zwei großen Reisklößen mit den Fingerspitzen und fing an zu essen. Seit gestern habe sie kein Auge zugetan und sei so niedergedrückt, daher habe sie auch keine Lust gehabt, sich zu den Mahlzeiten zu setzen. Erst als sie naßgeregnet wurde, hätte sie den Hunger gespürt. Das erzählte sie ohne ein Lächeln und angelte sich den Reiskloß heran. Weil sie ihre andere Hand wieder und wieder nach meinem Teller ausstreckte, wusch ich die Stäbchen, die ich in den Bergen benutzt hatte, mit warmem Wasser ab und reichte sie ihr. Dann aßen wir vom selben Teller, tranken abwechselnd aus derselben Schale die Suppe, aber während sie offensichtlich hungrig ihren Mund bewegte, bekam sie einen schläfrigen, trüben Ausdruck um die Augen.

Der Regen hüllte die Hütte ein und fiel mit solcher Gewalt, daß er sie ins Leere nach oben zu drücken schien. An der Decke traten viele Flecken dunkelrot hervor, ohne daß es nach Feuchtigkeit aussah. Das Reisigfeuer loderte unaufhörlich flackernd hoch. Auf der Lattenwand hinter Saë bewegte sich schwankend ein mächtiger Schatten, wie von einem Mann, nach oben und unten, so als ob er voller Inbrunst einen Text rezitierte. Ab und zu wurde er von einem blasseren Schatten überlagert, der – schräg darüber – ebenfalls den Körper verdrehte und für kurze Momente, mit dem anderen verschlungen, auf und abtanzte. Ich überlegte mir, ob bei der Kranken jetzt wohl schon die Finger und Zehen zu erkalten anfingen, und betrachtete Saë, die ganz versunken dasaß, von der Seite. Mit dem roten Widerschein auf ihrer Stirn erschien sie mir irgendwie unheimlich. Auch ich ließ meine Stirn vom Feuer bescheinen und schob mir den Reis in den Mund.

»Oh, bin ich müde!« Saë packte den Rest des Essens wieder ein und seufzte tief auf. Auch ich empfand eine Erschöpfung wie nach einer atemlosen Liebesvereinigung. Der

Klang des Regens entfernte sich, und auf dem Grund der leeren Stille glitt das Rauschen des Bergbaches heran.

»Mußt du nicht bald wieder drüben sein?« ermahnte ich Saë.

»Eigentlich schon; ich gehe gleich«, antwortete sie, stützte ihre Arme auf den Boden und machte Anstalten, sich zu erheben. Aber ihre Arme knickten immer mehr ein, sie sank vornüber zusammen und fing an – noch mit hochgerecktem Po –, wie im Schlaf zu atmen. Nach einer kleinen Weile hörten diese Atemzüge auf, sie hob ein wenig den Kopf und blickte mit schmerzlicher Miene auf den Boden.

»Im Hause kann ich mich überhaupt nicht mehr ausruhen!« Mit einer Hand ordnete sie ihren Rocksaum, strich mit der anderen die Haare hoch und legte sich dann richtig hin. Den Kopf auf dem Arm, lächelte sie schwach mit schlafverschleierten Augen:

»Ich möchte ein klein wenig schlafen, läßt du mich, bitte?«

»Und was ist, wenn du verschläfst?«

»Dann ist alles umsonst gewesen.«

»Aber wenn du in einem so wichtigen Augenblick mit einem Mann ...«

»Dann nimm mich direkt von hier mit in deine Wohnung!«

»Es ist doch schon fast geschafft. Würdest du dir nicht dein ganzes Leben lang Vorwürfe machen?«

»Bitte, laß mich nur noch einen winzigen Moment schlafen, Großmutter wird schon auf mich warten!«

Ihre Augenlider klappten herunter, und während ich sie noch an der Schulter rüttelte, wurden ihre Schlafgeräusche schon immer tiefer.

Ich brach ständig neues Reisig und legte es ins Feuer nach. Als ich meine Ohren aufmerksam auf die Geräusche außerhalb der Hütte richtete, spannten sich alle Nerven meines Körpers wie von selbst bis zum äußersten an, als wollten sie selbst noch so etwas wahrnehmen wie das dünne Atmen der

Kranken. Wenn ich bisher hier allein im Dunkeln saß, hatte die ständige ungeduldige Geschäftigkeit von Saë – drüben, jenseits des Feldes – immer wieder verhindert, daß die Umgebung für mich in völlige Stille versank. Jetzt könnte ich Saë sofort an mich drücken, wenn ich nur die Hand ausstreckte; allerdings war es mir nun nicht mehr möglich, aus der Ferne nach ihr zu rufen. Wenn ich jetzt rufen müßte, käme vielleicht eher ein direkt an die Kranke gerichteter Ruf zustande. Saë lag mit leicht angezogenen Beinen da und hatte die Lider lang und tief über die Augen gesenkt. Ihre Lippen waren einen kleinen Spalt geöffnet, von Zeit zu Zeit zitterten sie ein wenig, als weinte sie vor Kummer. Ich streckte die Hand aus und berührte sie mit der Fingerspitze. Da ging ein leises Lächeln über ihr etwas verschwollenes Gesicht: »Du bist sanft zu mir!« Sie kniff mit dem Lippenrand leicht in den Finger und ließ gleich danach wieder das Atmen einer Schlafenden hören. Erstaunt zog ich meine Hand zurück und stützte mein Kinn auf einen dicken Reisigknüppel, den ich in die Asche steckte. Das Geräusch des Regens überdeckte aufs neue alles.

»Saë, Saëe!« tönte aus dem Regen die ärgerliche Stimme einer Frau. Zu dieser Zeit hob sich die Asche des heruntergebrannten Feuers schon weiß aus der Dämmerung hervor. Saë fuhr hoch und blickte mich mit erschrecktem Gesicht an. Aber als sie noch zwei-, dreimal gerufen wurde, blitzten ihre Augen gehässig.

»Was ruft sie mich denn nur wie verrückt! Sie weiß doch, daß ich in der Hütte bin. Sie kann kommen, wenn sie etwas will!«

»Vielleicht hat sich der Zustand der Kranken verändert?«

»Bei der Stimme? Die will sich unbedingt mit mir über etwas aussprechen. Bevor ich kam, hatten wir uns gerade am Krankenbett gezankt. Sie versucht immer wieder, Großmutter zu irgendwelchen Äußerungen zu bewegen und rüttelt sie dabei an der Schulter.«

»Willst du nicht gehen? Wenn sie so ruft, wird sie sonst kommen!«

»Die kommt nicht! Sie denkt nämlich, wir schlafen hier zusammen. Widerlich, so aus der Entfernung zu rufen!«

Die Schwägerin rief noch ein paarmal Saës Namen mit nun schon ziemlich kraftloser Stimme, fast klagend. Saë setzte sich an der Feuerstelle auf, goß sich aus der Thermoskanne heißes Wasser in die Teeschale und schlürfte es offensichtlich mit Genuß. Im Haar hatte sie feine Aschenreste, ihre Haut wirkte trocken und spröde. Während dieses kurzen Schlummers schien sie mir um zehn Jahre gealtert. Auch in ihren Augen war kein Glanz, der weiche Duft ging aber immer noch von ihrem ganzen Körper aus, es war der gleiche Duft, der am ersten Tage durch das Holzgitter geströmt war, als jene furchterweckend schöne Frau mich bis zum kleinen Tempel verfolgt hatte. Die Handbewegungen, mit denen sie die Teeschale zum Munde führte, wurden immer hastiger, und um Schultern und Nacken drückte sich ihr ganzer Zorn aus. Die Winkel ihrer Augenbrauen zuckten, und mit großen Augen und einem starren Blick schien sie sich innerlich auf zu Hause auszurichten und auf den Streit, der jetzt wieder beginnen würde. Ich spürte, daß sie gleich aufstehen würde, und fragte deshalb:

»Und heute abend gehe ich wieder in die Halle?«

»Ah ja, ... aber du hast keinen Sake mehr. Ich komme und rufe dich, wenn es soweit ist.«

»Ich werde hier liegen und warten, ohne etwas zu unternehmen.«

»Aber laß auf jeden Fall das Licht an. Das Sparbuch habe ich wieder in deinen Rucksack gesteckt.«

Ins Leere schauend stand Saë mit geschlossenen Knien auf. Dann räumte sie – ohne ein einziges Mal mit den Augen zu blinzeln – das Geschirr zusammen und ging mit still gespannten, den Boden entlangschleifenden Schritten hinunter zum Ausgang. Ohne sich noch einmal nach mir umzuschauen, hockte sie sich am kleinen Türchen nieder. Ich rief sie zurück:

»He, was hast du vor?«

»Was ich vorhabe?«

»Bist du darauf vorbereitet, gleich mit mir loszugehen?«

»Ja, danke. Rechne ruhig mit mir. Ich kann deshalb jetzt auch ganz unbesorgt streiten!«

Bei diesen Worten machte Saë wieder Anstalten zu gehen. Diesmal wirkte es aber viel unentschlossener. Meine Stimme bekam einen nachforschenden Ton:

»Deshalb frage ich ja. Was möchtest du wirklich?«

»Das weiß ich eigentlich selbst schon nicht mehr!«

»Hast du vor, sofort wegzugehen, wenn die Wünsche der Großmutter erfüllt sind?«

»Sogar die Schwägerin spricht schon davon, das Dorf zu verlassen.«

Ihr Blick wurde unsicher; sie schaute sich nervös in der Hütte um.

»Mein ältester Bruder wollte schon immer in die Stadt ziehen und dort ein Geschäft aufmachen. Seine anderen Brüder rechnen alle auf ihren Anteil, und da ist es letztlich das gleiche wie bei euch in Tōkyō. Selbst ich denke schon bei mir, ich sollte ruhig etwas fordern!«

»Dann ruf dir besser einen Rechtsanwalt als den Bettler Saëmon!«

»In Wirklichkeit wünschte ich mir, die Schwägerin bliebe standhaft. Die eigentliche Nachfolgerin der Großmutter ist doch wohl sie. Mit meinem Bruder ist nichts los. Sie soll mich ruhig ohne einen Pfennig hinauswerfen. Denn wenn sie sich dabei hart zeigt, werden es sich wohl auch mein Bruder und die Geschwister aus dem Kopf schlagen, das Land hier zu verkaufen.«

»Dann wäre es ja noch einfacher!«

»Das hab' ich mir auch gedacht, und in diese Richtung versuche ich auch, die Dinge zu lenken. Aber dann bringt sie wieder dummes Zeug vor, und alles, was wir einander sagen, wird das Gegenteil vom Gegenteil. Ich weiß wirklich schon nicht mehr, was was ist!«

»Deine Schwägerin glaubt doch wohl, daß wir beide in Tōkyō wieder – wieder, nicht wahr? – zusammenleben werden. Ist damit nicht alles in Ordnung?«

»Es ist noch nicht klar, ob sie es wirklich billigen würde. Es hängt davon ab, auf welche Weise ich das Dorf verlasse. Angenommen ich gehe mit meinem Anteil, nachdem das Land verkauft worden ist ... Ich denke, es gibt viele Frauen, die nur an das Geld glauben, obwohl sie noch jung sind.«

»Ah, dann gäbe es für uns keine Notwendigkeit mehr, wieder zusammenzuleben.«

»Du bist für mich wirklich ein großer Halt. Nur weil du dich hier bereitwillig in der Hütte aufhältst, nur weil du so bereitwillig alles akzeptiert hast, konnte ich mich so ganz und gar auf die Dinge der Vergangenheit einlassen. Wenn du nicht gewesen wärest, wäre ich ganz allein geblieben mit all diesen Vorstellungen, denn wie sehr es auch Großmutters Wünsche waren – sie verstand ja schon nichts mehr richtig. So sich auf den anderen verlassen können – so möchte ich immer leben! Aber ich bin ein Mädchen aus dem Haus da drüben, ich bin die Schwägerin. Wenn es zu einer Vermögensteilung kommen sollte, weiß ich selbst nicht, wie habgierig ich mich aufführen könnte. Entschuldige, ich rede dauernd nur von meinen Dingen ...«

Ihre Worte stockten, sie ließ den Kopf über das Tablett hängen, das sie mit beiden Händen stützte. Im Halbdunkel mir seitlich zugewandt, zeigte sie im Umriß eine fast unnatürlich lange Nackenlinie. Sie stand in einer Haltung da, als wollte sie mit der Reisschale ihre Tränen auffangen, und tatsächlich erklang schon bald ein dünnes Schluchzen. Es war das unverfälschte Weinen eines Kindes, das – müde vom Herumtollen – nicht mehr weiß, wo rechts und links ist, einfach traurig und hilflos.

»Aber, aber, es wird nicht geweint!« Ich schämte mich unbewußt, sie so direkt zu bedrängen, deshalb rief ich es ihr zu wie aus weiter Entfernung. »Vor einem Streit ist man nun mal gedrückter Stimmung, oder? Folge ganz und gar deinem Gefühl! Ich werde auf jeden Fall warten. Bis deine Großmutter ihren letzten Atemzug getan hat, warte ich hier, danach in meinem Appartement in Tōkyō. Wenn man dich hinauswirft und du ganz auf dich allein gestellt bist – komm! Und solltest du eine Frau werden, für die nur noch das Geld wichtig ist – schadet das denn etwas? In diesem Fall spendier' ich dir ein Abendessen in Tōkyō, und das ist dann der Abschluß!«

»Gut, dann kann ich mich ganz auf dich verlassen!«

Saës Gesichtsausdruck hatte sich völlig verändert. Sie strahlte und schlüpfte durch das niedrige Türchen, spähte aus dem Regen noch einmal zu mir herein und nickte mir überaus munter zu. Ich nickte etwas unbestimmt zurück und stemmte beide Hände kräftig auf die Knie. Sie war viel stärker und entschlossener, als ich dachte! Wie von selber krümmte sich mein Rücken unterwürfig. »Also dann, jetzt kommt die Arbeit!« überlegte ich mir. Es war eine Stimmung, als müßte ich mich darauf einrichten, lange auf einem Fleck sitzen zu bleiben.

Die Arbeit, die mir einfiel, war, meinen Schlafsack neben dem erloschenen Herdfeuer auszubreiten und zu schlafen. Es war noch vor fünf Uhr, aber innerhalb und außerhalb der Hütte herrschte eine Dunkelheit, die sich in nichts von der Abenddämmerung unterschied. Die schwächer gewordenen Geräusche von Wind und Regen riefen Schläfrigkeit hervor. Da es für mich kaum möglich war, etwas gegen die Erdrutsche zu unternehmen, blieb mir nichts weiteres übrig, als zu schlafen. Heute nacht würde bestimmt etwas geschehen, deshalb fühlte ich mich gedrängt, vorher unbedingt noch etwas zu schlafen. Als Vorsichtsmaßnahme für den Fall, daß ich nach Anbruch der Dunkelheit nicht aufwachen würde, zündete ich die Lampe an und hängte sie in Fensterhöhe auf. Weil die Fensterläden halb heruntergelassen waren und über dem Feld Regenschwaden alles einhüllten, hatte es eigentlich keinen Sinn, sich an die Abmachung zu halten. Es kam mir freilich so vor, als würde das in der Hütte eingeschlossene Licht – vom schmalen Ausgang zusammengepreßt – seine Strahlen viel kräftiger in die Dunkelheit hinaussenden. Außerdem war es möglich, daß die Gewalt des Regens nachließ, der Dunst ein wenig durchsichtiger wurde und für Augenblicke eine etwas weitere Sicht erlaubte. Vielleicht würde es Saë zufällig bemerken, wenn sie gelegentlich – um ein wenig Luft zu schöpfen – von der Familie und der Kranken aufstand und ins Webstuhlzimmer hinaufstiege. Und wenn sie es bemerkte, könnte sie möglicherweise, um des einen Augenblickes willen, Lust bekommen, mit dem jungen Mann aus der Hütte in der Stadt zusammenzuleben. Durch einen Wink des Zufalls ausgelöst, könnte ich von ihr, so wie ich war, aus der Hütte hinausgetrieben oder in blinder Begeisterung wieder hineingejagt werden. Wahrlich, das alles wurde nicht von Mögen und Nichtmögen bestimmt . . .

Mein Schlaf glich einem langen Erwachen. Mit dem Gesicht zur Decke langgestreckt daliegend, empfand ich eine erdrückende Schwere. Draußen brauste unablässig der Regen. Das Rauschen des Bergbaches in der Schlucht wurde einmal leiser, dann wieder lauter; auch war zu hören, daß sich Klangfarbe und die Richtung, aus der es zu kommen schien, ständig in Nuancen änderten.

Viel Zeit verging, bis plötzlich ein rotes Licht über meinen Augenlidern flackerte. Ich schreckte auf und spürte im gleichen Moment, wie mir beißender Ölqualm in die Nase drang. Als ich hustend die Augen öffnete, blakte im total verrußten Lampenzylinder eine kleine Flamme auf und ab und war gerade daran zu erlöschen. Ich wälzte mich aus dem Schlafsack, packte die Stangen, die an die Wand gelehnt standen, und stellte von den nur halb geöffneten Klappläden zunächst den am Vorderfenster ganz auf, danach den am rückwärtigen Fenster, wobei ich – von der Feuerstelle behindert –

mich ganz mit Asche beschmutzte. Im Luftzug, der endlich die Hütte durchströmte, lehnte ich mich ächzend ans Fenster.

Der Regen hatte aufgehört. Die Senke am jenseitigen Ufer in der Gestalt einer nach hier geneigten Schüssel glänzte in der Nässe blau. Auch der schmal eingeschnittene Abbruch, inmitten der Wellen von grauen Blattrückseiten, leuchtete von oben bis unten blau und ließ das Wasser still vorbeigleiten. Die Hängebrücke, die Sommergräser vor der Hütte und der Erdboden, alles weit und breit war blau. Als ich zur Hütte zurückblickte, lag ein viereckiger Lichtschein scharf umrissen neben der Herdstelle, und es sah so aus, als ob davor jemand säße. Auch aus dem Fenster an der Vorderseite bot sich von der Hütte aus bis fern zu der Gegend um die Einmündung, wo silbriger Dunst stand, ein ebenes Glänzen, bei dem man kaum unterscheiden konnte, wo die Felder endeten und wo das Wasser begann. Das Rauschen aus der Schlucht erklang klar und scharf.

Danach hieß es nur noch, darauf zu warten, bis Saë mit ihrer Botschaft kam. Ich kniete auf den Dielen und fing zunächst damit an, meinen Schlafsack zusammenzufalten. Dann verstaute ich im Handumdrehen meine persönlichen Dinge der Reihe nach im Rucksack und machte mich so für die Rückkehr bereit. Wie auch Saës Bescheid immer lauten sollte, ich war nicht willens, auch nur einen Augenblick länger in der Hütte zu verweilen, nun da ja die Kranke ihren letzten Atemzug getan hatte. Daß ich weitere Aufgaben, die danach folgen sollten, übernehmen könnte, daran dachte ich nicht einmal im Traum. Sobald ich Saë gesprochen hatte, wollte ich mich stracks nach N. wenden, die Nacht hindurch auf der Busroute marschieren, stand mein Entschluß fest. Ich zog mir sogar schon meinen Anorak an, und als ich den Rest des Reiskloßes von Saë aufgegessen hatte, ging es gerade auf Mitternacht.

Trotzdem blieb ich geduldig weiter sitzen, so als rechnete ich fest damit, daß hier noch irgend etwas passieren mußte.

Erst als kleine Steine prasselnd zu rollen begannen, empfand ich diese Vorzeichen direkt körperlich. Es fühlte sich an, als ob der ganze Berg von innen heraus mit äußerster Langsamkeit Stück für Stück einsänke und dabei nach vorn hervortreten würde. Ich richtete meine Aufmerksamkeit jedoch weiter auf den Klang der Bergschlucht. Während ich lauschte, wie unzählige Stimmen in ihr untertauchten und von Zeit zu Zeit eine Klangfarbe sich wie singend daraus hervorhob, nickte ich für mich allein Zustimmung: In der Tat, wenn das Bewußtsein dafür, daß sich in der Hütte jemand aufhielt, in den Herzen der Lauschenden nur stark genug gegenwärtig war, sollte doch jederzeit aus dem Rauschen der Schlucht der Schrei des Fleisches heraustönen!

Ein schweres Dröhnen aus der Erde drängte gegen die Hütte, und einen Atemzug später war es so, als würde der Fußboden vom Grund der Erde nach oben gedrückt. Auch da hatte ich noch unverändert das stille Fenster im Blick, stand aber mit einer ganz ruhigen Bewegung auf. Als ich, die Bergschuhe halbwegs ordentlich geschnürt, aus dem Türchen in das fast blendend helle Mondlicht hinaustrat, hatte ein ganz frischer Strom von Erde und Geröll das Gräberfeld schon völlig verschluckt. Der Erdrutsch trat aus dem Abbruch am Flußufer hervor, der sich auf das Doppelte verbreitert hatte, und drückte, seltsam belebt und geschmeidig, mit einer feucht glänzenden Haut gleich der eines neugeborenen Tieres hoch gegen das diesseitige Ufer an. Das aufgestaute, schlammige Flußwasser drehte unter der noch unversehrten Hängebrücke langgezogene Strudel in Richtung auf den Oberlauf hin. Plötzlich stiegen flußabwärts Schreie auf. Da mir der Rückweg abgeschnitten war, fing ich unbewußt an, auf das Dorf zuzulaufen.

Die Felder mied ich wie von selber, rannte den Hangweg in einem Zuge hinauf. Mir war dabei, als müßte ich mir jeden Moment die Bergschuhe ausziehen, als würde ich jeden Augenblick eingeholt. Als mir die Beine fast ihren Dienst versagten, hielt ich schließlich ein und blickte mich um. Inmitten des friedlichen Mondlichtes drängte vom Zusammenfluß her eine schlammige Flut heran, ihre Spitze wirbelte, den silbrigen Schlangenkopf hoch erhebend, heran, das tiefe Flußbett schon ganz ausfüllend. Jedesmal wenn sie eine Welle aus dem entgegenkommenden Flußlauf erreichte, schwoll sie höher auf und stemmte sich lautlos gegen den aufgestauten Damm von Erde und Gestein. Dahinter drehten sich zahlreiche Wellenkämme, die miteinander wetteiferten, die vorauseilenden Wellen zu schlucken, sie wanden träge ihre Rücken und glänzten glatt.

Ich fing wieder an zu laufen. Als ich aber den Hügel bis zur Seite von Saës Haus erklommen hatte, blieb ich stehen. In der schweren, stockend-feuchten Luft schwebte der Duft von Räucherstäbchen. Außerdem war zu spüren, daß sich Leute versammelt hatten; es roch nach Aufregung von vielen. Ich näherte mich mit leisen Schritten. Dort drüben standen, im vollen Schein des sich schon nach Westen neigenden Mondes, ungefähr zwanzig Leute mit dunkler Kleidung und in Gummistiefeln in einer Gruppe eng zusammen. Mir den Rücken zuwendend blickten sie angestrengt alle in die gleiche Richtung. Eine etwas rauhe, fromm-salbungsvolle Stimme ertönte:

»Daß uns das Wasser diesmal zuerst von vorne bedroht . . .!«

»Ob jetzt der Zeitpunkt gekommen ist, wo man verkaufen sollte?«

»Nein, nein. Orte mit Überschwemmungen sind gar nicht beliebt!«

»Es ist sowieso ein Gebiet mit viel Wasser!«

»Es bleibt wahrscheinlich nichts anderes übrig, als weiter Reis anzubauen, oder?«

Als ich mich umblickte, war auch auf der Rückseite des Dorfes die ganze Fläche schon mit Wasser bedeckt; hier und dort schwankten Reisähren in der Flut, sich der sanften Strömung hingebend. Das Wasser begann sich zum flacher gewordenen Flußbett hin auszubreiten.

»Hier hinten ist auch schon alles voll Wasser!« rief ich die Leute mit leiser Stimme an.

Die Dorfleute drehten sich mit einem Ruck alle zu mir um, würdigten den Sprecher aber keines Blickes, machten alle, Männer wie Frauen, etwas undurchsichtige, ausdruckslose Gesichter und betrachteten das Wasser auf der Rückseite, als ob es für sie schon eine Selbstverständlichkeit wäre. Dabei gingen sie langsam an mir vorüber, bildeten hinter dem Haus wieder eine enge Gruppe, die unbewegt stehenblieb.

Hinter der halbgeöffneten Schiebetür der menschenleeren Veranda war eine Bettstatt zu sehen, mit weich aufgeschütteten Decken, klein und verloren. Vom weißen Kopfende, zum Fluß hin ausgerichtet, stieg der Rauch von Räucherstäbchen auf, von niemandem beachtet. Für diesen Menschen also war ich in der Hütte geblieben. Quer über den Garten hinweg machte ich mit aneinandergelegten Händen eine Verbeugung. In diesem Augenblick packte mich jemand leicht am Ellenbogen, fast wie tadelnd. Ich wandte mich um – da war das Gesicht einer Frau, die vorhin noch mit verschränkten Armen in der Mitte der Gruppe gestanden hatte, Saës Gesicht. Sie drückte es kühl an meine Schulter, und mit wieder weit aufgerissenen Augen blickte sie in dieselbe Richtung wie die Leute, die vor ihr standen.

Der Friedhof am jenseitigen Ufer lag in Schlamm und Geröll begraben, die Hängebrücke neigte sich schräg und verdreht, nur die kleine Tempelhalle und die Hütte waren unversehrt, mit den Opfergaben vor dem Holzgitter und den aufgestellten Fensterläden standen sie inmitten der glitzernden Wasserfläche.

Mir schien, als sähe ich im Erwachen einen Traum, den die vielen Saëmon, die sich mit den Frauen des Dorfes vereinigten, immer wieder geträumt hatten, und ein Grauen lief mir den Rücken hinunter.

Anmerkungen

SEITE

7 *Lattenwerk*, japan. *kōshi*. Element der Tempelarchitektur. Ermöglicht den Gläubigen, von der Vorderseite des Gebäudes einen Blick auf die Buddha-Statuen zu werfen.

10 *»Den Frühlingsregen ...«* Teilzitat eines Gedichtes vom berühmten Haiku-Poeten Matsuo Bashō (1644–1694) aus seiner lyrischen Reiseschilderung *Oku no hosomichi* (»Den Frühlingsregen / in sich sammelnd ward er schnell / der Mogami-Fluß« (Samidare wo / atsumete hayashi / Mogamigawa).

14 *Sechs ... Jizō-Statuen. Jizō bosatsu* (sanskr. Kṣitigarbha), populäre buddhistische Schutzgottheit, besonders der Schwangeren, der Kinder und der Reisenden. Sein Bild – kahlköpfig, mit mildem Gesicht und in Mönchsgestalt – ist häufig in Stein am Wegesrand zu sehen.
Die sechs *Jizō* (*Roku Jizō*) versinnbildlichen den rettenden Boddhisattva, der die Wesen aus allen Sechs Welten des Leidens erretten will.

37 *Saë no kami*. Autochthone japan. Gottheit, auch *Dōsojin* genannt. Im Volksglauben schützt er vor dem Eindringen böser Geister und vor Seuchen, ist Wegegott und Schutzpatron der Reisenden (Vermischung des Kultes mit dem von *Jizō*, s. vorige Anmerkung). Zahlreiche Steinstelen für ihn sind an Wegen, Straßen und Gemarkungsgrenzen zu finden. Häufig stark vereinfachte Darstellungen eines sich umarmenden Paares, aber auch Feldsteine in Phallus-Form.

38 *Zwei Friedhöfe*. Zum sog. Doppelgrabsystem vgl. das Nachwort.

39 *Neunundvierzig Tage* (*shijūkunichi*). Die Trauerzeit von sieben mal sieben Tagen. Erst danach verläßt nach buddhistisch volksreligiöser Vorstellung die Seele des Toten endgültig das Diesseits und tritt in ein neues Leben ein.

42 *Amida-Sutra*. Kurze populäre buddhistische Lehrschrift, die die Glorie des Amida-Buddha (sanskr. *Amitāyus*) im Reinen Lande (japan. *Jōdo*) preist. Wichtiger Text für die in Japan weit verbreiteten Lehren des Jōdo-Buddhismus. Da der Text rein

chinesisch geschrieben ist, müssen für Laien Lesehilfen in Form japan. Silbenzeichen beigegeben sein (*kanatsuki*).

48 *Privatschule*, japan. *juku*. Heute Bezeichnung für private Institute, die auf die Universitäten vorbereiten. Die berühmte Keiō gi*juku* daigaku in Tōkyō trägt noch heute diesen Namensbestandteil. Zur Gründungszeit (1858–68) war dieser Ausdruck freilich noch nicht durch die Masse entwertet.

50 *Miso-Suppe*. *Miso* ist eine braune Paste aus vergorenem und gesalzenem Bohnenbrei, der, mit heißem Wasser versetzt, als kräftig-würziger Fond für vielerlei Suppen dient.

53 *Saë-san*. Die höfliche Anrede mit *-san* nach dem Namen ist unter Verwandten oder sehr Vertrauten natürlich nicht üblich.

57 *Raum für den Webstuhl* (*hataba*). Im Bauernhaus bestimmter Regionen in Japan früher ein ausgebauter Dachstuhl mit Platz für die Seidenraupenzucht bzw. den Webstuhl zur Seidenverarbeitung. Bei Häusern dieser Bauart war in der Mitte des Stroh- oder Schilfdaches ein größeres Mansardenfenster eingelassen (vgl. auch S. 99).

60 *Sen*. 1/100 Yen (ca. 0,13 Pfennig). Heute nicht mehr als Münze im Umlauf, sondern nur noch redensartlich (»roter Heller«).

82 *Viereinhalb-Matten-Zimmer*. Die Größe von Wohnräumen wird in Japan nach genormten Matten (*jō*) gemessen, ca. 0,90 x 1,80 m (1,62 m^2). Ein Viereinhalb-Matten-Zimmer ist mit 7,30 m^2 einer der kleinsten Räume.

Kamisama. *Kami* ist die japan. Bezeichnung für alle Formen von autochthonen Geistwesen, »Gottheiten«.

83 *Fuchsgeist*. *Inari*. Die Gottheit der Reispflanze und damit des Wohlstandes. Weil zwei rote Fuchsfiguren die Tore der äußerst zahlreichen, meist sehr kleinen, Inari-Schreine bewachen, wird im Volksglauben die populäre Inari-Gottheit mit der Fuchsfigur gleichgesetzt.

93 *Der Alte, der die Bäume zum Blühen brachte* (*Hanasaka jijī*). Bekanntes japanisches Volksmärchen, in dem ein alter Mann, von seinem treuen Hund an die Stelle geführt, einen Goldschatz ausgräbt.

114 *Fudō myōō* (sanskr. *Acalanātha*). Einer der *Fünf Lichtkönige*, der sich verwandelt hat, um die Dämonen zu unterdrücken. Schutzgottheit des Buddhismus, deshalb häufig paarweise an

Tempeltoren aufgestellt, schwarz bemalt, mit zornigem Gesichtsausdruck, halbnackt, muskulös und mit hervortretenden Adern vor einem Flammenhintergrund.

161 *... die Stämme der Bäume ... neigten sich nach Westen hin.* Hinweis auf den nun eintretenden Tod der Alten. Die Seele wendet sich nach dem Erlöschen der irdischen Existenz nach Westen, in die Richtung auf das Reine Land (Jōdo) hin.

179 *... eine ... fromm-salbungsvolle Stimme ...* Andeutung darauf, daß nunmehr der buddhistische Priester des Ortes mit dem Begräbnis nach dem »neuen« Ritus beauftragt worden war.

NACHWORT

Japan ist ein Land, in dem schon seit jeher viele Weltanschauungen nebeneinander existieren, ohne wirklich miteinander zu konkurrieren. Der Gesellschaftsentwurf des ganz Ostasien prägenden Konfuzianismus ist ebenso gegenwärtig wie die Naturphilosophie des Taoismus und vor allem die echte Hochreligion des Buddhismus, der seit dem 6. Jh. n. Chr. in Japan Aufnahme fand und sich in der Folgezeit rasch und umfassend über das ganze Land verbreitete. Als geistige Basisströmung zu allem besteht der Shintōismus, eine animistisch bestimmte Naturreligion, die zwar überall durch Stätten der Verehrung präsent ist, die aber nur noch Rudimente eines eigenen Kultus aufweist und vielfach von synkretistischen Strukturen mit dem Buddhismus überwuchert ist. Die Verbindung mit Kaiserhaus und mythischer Vergangenheit kann nicht darüber hinwegtäuschen, daß sich für den heutigen »Durchschnittsjapaner« Shintō fast nur noch mit dem Hochzeitsritus verbindet. Im Gegensatz dazu ist der Buddhismus eine Religion für das Jenseits. Die wichtigsten Riten sind die für das Begräbnis und die Totenmessen. Das komplizierte System der verschiedenen Sekten und Schulen braucht einen Japaner wenig zu bekümmern, wenn er nur offiziell bei einem »Haustempel« (*dannadera*) registriert ist, der auch einen Friedhof unterhält.

Mit dem Buddhismus gelangte auch die Sitte der Feuerbestattung nach Japan, die den Reinheitsvorstellungen des autochthonen Shintō sehr entgegenkam und sich so schnell durchzusetzen vermochte. Im Shintō sind die Begriffe »Befleckung« und »Reinigung« von zentraler Bedeutung, so daß das »reinigende Feuer«, das die »Befleckung des Todes« hinwegnahm, eine große Akzeptanz besaß.

Eine frühe Art der Bestattung in Japan war offensichtlich

die Aufbahrung des Leichnams auf dem freien Felde; später spielte die Erdbestattung eine bedeutende Rolle. Aber während sich Kremation und Urnenbestattung etwa seit dem 17. Jahrhundert fast flächendeckend durchsetzen konnten, blieben doch Brauchtumsinseln erhalten, wo eine andere Bestattungsform überlebte. Es ist die des sogenannten »Doppelgrabsystems« (*ryōbosei*), die den Hintergrund für den vorliegenden Roman abgibt. Hierbei wird zwar der Leichnam – meist namenlos und unbezeichnet – in der Erde bestattet, die Seele des Verstorbenen verehrt man jedoch separat auf einem buddhistischen Friedhof, wo man einen Grabstein aufstellt und dort für sein Heil in zukünftigen Existenzformen betet.

Besonders in gebirgigen Regionen, wo nur wenig Fläche für Reis- und Gemüseanbau zu Verfügung stand und ausgedehnte Friedhöfe mit Familiengrabstellen wertvollen Boden für lange Zeiträume mit Beschlag belegen würden, bildete sich so die Sitte aus, ein kleines kollektives Gräberfeld für die Erdbestattung einzurichten, das weit genug von den Wohnstätten entfernt war, um die spirituelle Befleckung mit dem Tode zu vermeiden, und gleichzeitig topographisch günstig lag, damit kein Wasser auf dem Weg über den Friedhof in die Felder gelangen konnte.

Ein volkskundliches Lexikon vom Jahre 1951 weist (nach den Feldforschungen unter der Leitung des berühmten Ethnologen Yanagita Kunio) über siebzig Orte in Japan nach, wo – zumindest bis zum Erhebungszeitraum in den ersten Nachkriegsjahren – Berichte und Belege über das Doppelgrabsystem vorlagen.

Unser Autor datiert das Geschehen des Romans (nach mehreren Hinweisen im Text) auf die Zeit kurz vor der Olympiade in Tōkyō, das heißt in die frühen sechziger Jahre zurück, wo die Erinnerungen an überkommene Begräbnissitten bei den Menschen der älteren Generation noch lebendig sein konnten. Selbst die Protagonistin, Saë, ist zum Zeitpunkt der Romanhandlung schon Mitte Zwanzig, so daß auch sie den letzten »Heiligen Mann« noch gesehen hat. Dieser Mann ist nun alles andere als ein Heiliger, er ist ein Landstreicher, ein Bettler, ein Außenseiter, der nicht aus dem Dorfe stammt, nichts mit dem Dorfe zu tun haben darf, das er nur zu regelmäßigen Bettelgängen besucht.

Da die beschriebenen Gräberfelder viele Generationen, ja sicher auch oft Jahrhunderte hindurch, benutzt wurden und auf engem Raum neben- und praktisch übereinander viele Leichen bestattet wurden, hatten solche Plätze mit vielen Knochen und Schädeln, die bei den jährlichen Monsun-Regengüssen freigespült wurden, natürlich ihre Schrecken. Sie waren Orte, die die Bewohner auf jeden Fall mieden und meiden mußten. So hatten die Landstreicher oder andere Ausgestoßene (auch eine Verbindung zu den japanischen Parias, den sog. *eta* oder *burakumin* wird vermutet) ihre wichtige Funktion als Totengräber und Wächter über das Gräberfeld.

Im vorliegenden Roman von Furui Yoshikichi (geb. 1937), wo ein solcher »Heiliger« zur Titelfigur wurde (*Hijiri*, 1975), ist er aber nicht nur Totengräber und Friedhofswärter, er ist auch Mittler zwischen Diesseits und Jenseits, da er die Toten über den Fluß zum »jenseitigen Ufer« bringt (*kawamukō* im Text; angespielt ist dabei natürlich auf das buddhistische *higan*, gleichbedeutend, wenn auch in anderer Schreibweise). Bei Todesfällen verwandelt sich der verachtete Bettler, der – innerhalb eines überschaubaren Zeitraumes – alleine weiß, wer wo wie lange schon liegt, zum Heiligen Mann; die bloße Furcht vor ihm schlägt in Ehrfurcht, ja sogar Verehrung und Dankbarkeit um.

Die alten Begräbnisbräuche werden aus der Erinnerung einer Greisin erzählt. Die Großmutter, die im Verlauf der im Roman erzählten Zeit (nur wenige Tage) im Sterben liegt, spricht durch den Mund ihrer Enkelin Saë wie durch ein Medium, wobei sich oft die Grenzen verwischen und Saë die Ereignisse wie aus eigener Erinnerung – oder kollektiver Erinnerung – zu berichten scheint. Dies wirkt im Original um so glaubhafter, weil es im Japanischen keinen grammatikalischen Unterschied zwischen direkter und indirekter Rede gibt und die Redeteile hier sehr oft auch noch ohne Anführungszeichen stehen.

Im Namen »Saë« sind mehrere Anspielungen enthalten. Die Abkürzung von »Saëko« (kein ungewöhnlicher Name) weist zunächst offen auf den »Heiligen«, auf Saëmon hin. Sollte sie als Kind eines der letzten Saëmon dargestellt sein? (Ihre leiblichen Eltern werden bezeichnenderweise so gut wie nicht erwähnt). Daneben deutet der Name, im Text angesprochen, auf »Saë no kami« (auch Dōsojin; vgl. Anmerkungen zur Übersetzung), eine Gottheit, die sich aus Unterweltsmythen herleitet, mit dem Totenkult in Verbindung steht und als Wegegottheit vor der Verfolgung durch böse Geister schützt. Auch »Sai no kawara«, das »Flußbett der drei Ströme« im Totenreich klingt an. Dort errettet die buddhistische Gottheit Jizō, im Text mehrfach erwähnt, die verstorbenen Kinder, die fürs Seelenheil ihrer Eltern Steine aufschichten, von den Qualen der Hölle. So ist es wohl kaum ein Zufall, wenn Saë am Anfang von Kapitel 11 Steine aus dem Flußbett (kawara!) holt und vor der Tür des Tempels aufhäuft, damit der junge Mann – zum Nutzen für die Sterbende – darinnen gefangen bleibt.

Saë wirkt von Anfang an wie eine Hohepriesterin, eine Schamanin; das weiße Gewand und ihre »furchteinflößende Schönheit« scheinen es zu suggerieren. Sie plant, getragen von der kollektiven Erinnerung auf dem Wege über die Erzählungen ihrer Großmutter, zum letzten Male ein Begräbnis nach dem »alten Ritus« durchzuführen, was im letzten Augenblick durch die Naturgewalten vereitelt wird.

Der junge Mann, der – wie von geheimnisvollen Mächten geführt – in das kleine Bergdorf verschlagen und von der jungen Frau »gefesselt« wird (Anklänge an die Fabel von Abe Kōbōs berühmten Roman *Die Frau in den Dünen*), läßt sich nur äußerst widerwillig in die Rolle des »Heiligen Mannes« Saëmon drängen, wobei ihn Saë mit der gleichen

Mischung aus Verachtung, Dankbarkeit und erotischer Zuwendung behandelt wie die Frauen aus dem Dorfe die Saëmon früherer Zeiten. Er identifiziert sich aber zusehends und in lustvoller Unterwerfung mit der Rolle, so daß er schließlich selber meint, mit seinen Füßen die Felder nicht mehr »beschmutzen« zu dürfen.

Die überkommenen Begräbnissitten stehen im Roman stellvertretend für eine alte Ordnung. Die Ablösung durch neue Sitten und Gebräuche weist auf die umwälzenden Änderungen im Zusammenleben hin, auf die Auflösungen im sozialen System. Der Untergang des Gräberfeldes bei der Überschwemmung im letzten Kapitel scheint wie eine Metapher für den Zusammenbruch der spirituellen und sachlichen Ordnung zu stehen: Lebensstrukturen und das System der ursprünglichen Dorfgemeinschaft gehen mit dem alten Friedhof unter. Faßbar wird die Zerstörung der tradierten Lebensformen in Japan auch im mehrfach beschworenen Bild von der großen Stadt, die sich unaufhaltsam, bedrohlich und zerstörerisch in die Natur und die gewachsenen Strukturen des menschlichen Zusammenlebens hineinfrißt.

Dieser Prozeß ist ein häufiges Thema in den Werken Furuis, wobei besonders das latente Überleben des mythischen Japan innerhalb der sich rapide verstädternden Gegenwartszivilisation bzw. die gegenseitige Durchdringung der Welten des real Erfahrbaren und des Numinosen die Hauptgegenstände der dichterischen Erfassung bilden. Seit seinen frühen Erzählungen wie *Tsumagomi* (*Ehebande*, 1970, engl. als *Wedlock*, 1977) und *Yōko* (1970) – für letztere erhielt er im darauffolgenden Jahr den renommierten Akutagawa-Preis – kreisen seine Werke um die Themen Angst und Wahnsinn, Verstörung und Tod unter ständiger Präsenz des Mysteriösen und Unerklärlichen.

Auch in seinen späteren repräsentativen Schöpfungen wie dem Roman *Asagao* (*Trichterwinden*, 1983) und der Erzählungssammlung *Biu* (*Augenbrauenregen*, 1986) durchdringen sich um das Thema des Eros die Ebenen der Realität mit denen des Wahns, des Traums und der Phantasien.

Der vorliegende Roman wurde Ausgangspunkt einer lose durch die handelnden Figuren verbundenen Trilogie. Das weitere Schicksal der jungen Protagonisten wird in *Sumika* (*Der Zufluchtsort*, 1979) aufgegriffen, ein Roman, für den Furui im darauffolgenden Jahr den Großen Japanischen Literaturpreis erhielt, und mit *Oya* (*Die Eltern*, 1980) abgeschlossen.

Furuis erzählerische Werke bis 1982 liegen in einer siebenbändigen Werkausgabe vor (Tōkyō, Kawade shobō 1982); die gesammelten Essays in einer dreibändigen Ausgabe (Tōkyō, Sakuhinsha 1980). In letzter Zeit gilt sein besonderes Augenmerk einer Textform, die erzählerische und essayistische Elemente verbindet.

Von der japanischen Literaturkritik wird unser Autor als einer der Hauptrepräsentanten der sog. »introvertierten (oder introspektiven) Generation« bezeichnet und »eingeordnet« (*naikō no sedai*), einer Gruppe von Autoren, die sich seit den siebziger Jahren verstärkt von der Beschreibung auffälliger Gegenwartsthemen ab- und der Schilderung innerer Vorgänge und Veränderungen zuwandten. Furui versteht es in ganz besonderem Maße, die Schilderung von seelischen Zuständen bis ins kleinste Detail durch die Evozierung aller denkbaren Sinneswahrnehmungen nachfühlbar zu machen. Neben den optischen sind es vor allem die akustischen Wahrnehmungen, die zur erzählerischen Vergegenwärtigung herangezogen werden – in unserem Buch in ganz auffälliger Weise durch die Wiedergabe der differenzierten Laute des Bergbaches (*sawa no oto*). Daneben stehen haptische Eindrücke (eigentlich mehr ein allgemeines »Körperfühlen«) und – in geringerem Maße – Geruchseindrücke, die in die Beschreibungen hineinverwoben sind.

Der Stil von Furui Yoshikichi ist extrem dicht, reich, oft dunkel und mit einer großen Zahl von ungewöhnlichen Wendungen versehen, die sich vielfach nicht spontan erschließen. Seine Schreibweise ist nicht zuletzt von seiner intensiven Beschäftigung mit der europäischen Literatur angefärbt, was sich unter anderem in einer sehr bewußten Strukturierung seiner Werke zeigt. Als Germanist gewann er nach eigenem Bekunden durch Übersetzungsarbeit den eigentlichen Impuls zum selbständigen dichterischen Gestalten. Neben der Übersetzung von zwei Erzählungen Robert Musils (1968) war es vor allem die intensive Erfahrung bei der Übertragung von Hermann Brochs Roman *Der Versucher* (*Yūwakusha*, 1967), die den noch jungen Autor in einer wichtigen Entwicklungsphase entscheidend prägte.

Furui, der neben den erwähnten noch mit drei weiteren wichtigen Literaturpreisen ausgezeichnet wurde, gilt in Japan als anspruchsvoller und nicht leichter Autor. Die sprachlich-stilistischen Schwierigkeiten haben auch offensichtlich bislang Übersetzungen in westliche Sprachen entgegengestanden. Lediglich drei kurze Erzählungen liegen in englischen Übersetzungen vor; von einer Erzählung gibt es eine deutsche Übertragung (*Tani*, *Das Tal*, 1973, in: *Zeit der Zikaden*, München 1990). Mit dem vorliegenden Buch wird hier zum ersten Mal ein Roman Furuis in einer westlichen Sprache vorgestellt.

Ekkehard May